# お神酒《みき》徳利

深川駕籠

山本一力

祥伝社文庫

# 目次

# 本書関連地図

両国橋
竪川
大川
横川
沢町
浜町
栄橋
新大橋
町河岸
小名木川
水戸屋敷
永久橋
万年橋
扇橋
田安屋敷
土井下屋敷
北新堀町
下田屋
仙台堀
深川佐賀町
永代橋
深川平野町
富岡八幡宮
深川黒江町
永代寺
門前仲町
千住
三ノ輪
坂本村
吉原
今戸
勝山屋
丸木屋
入谷
浅草寺
大川
本所
深川

北
西
東
南
神田川
駿河町
万橋
小網町
親仁橋
杉浦屋
中之橋
長谷川町
御城
新乗物町
篠田屋
思案橋
道三堀
箱崎町
猿の九蔵の賭場
蛎殻町
日本橋
崩橋
久世屋敷
三ノ橋
京橋
尾張町

図版　三潮社

# 紅蓮退治

# 一

天明《てんめい》八年（一七八八）二月晦日《みそか》の昼下がり。

深川黒江町《ふかがわくろえちょう》の駕籠《かご》舁き新太郎《しんたろう》と尚平《しょうへい》は、箱崎町中洲《はこざきちょうなかず》近くの大川《おおかわ》土手に寝転んでいた。

朝から立て続けにいやな思いをしたことの、験直《げんなお》しの休みを取っていた。

この朝四ツ（午前十時）の口開けの客は、浜町河岸《はまちょうがし》までやってくださいという、紅色《べにいろ》の道行《みちゆき》を着た女だった。

髷《まげ》が結《ゆ》われたばかりなのか、びんつけ油の香りが強かった。薄い唇には、道行と同じ色味の紅がひかれていた。

色白で頬骨《ほおぼね》がわずかに突き出た、三十見当の艶《あで》な玄人《くろうと》といった感じの客だった。

新太郎好みの女である。

唇が薄くて頬骨が張った女を見ると、新太郎は落ち着かなくなる。たとえそれが貧相な器量の女であっても、新太郎は頬骨の張った女には弱かった。

「お足はいかほど?」

　女は駕籠に乗る前に駕籠賃を問うた。

「永代橋《えいたいばし》からなのか、新大橋《しんおおはし》がいいのかで違いやす。お客さん、どちらがいいんで?」

「なんで道順で駕籠賃が違うんですか」

　女の声が不満そうだった。

　この客はよくね……。

　尚平は、かかわらないほうがいいと目配せをした。ところが客の様子が気に入った新太郎は、尚平の目配せに気づかなかった。

　権高《けんだか》な物言いをされると、ひと一倍腹を立てるのが新太郎である。しかし好みの女が相手だと、少々のいやな物言いは気にせずに受け流した。

「橋代が違うんでさ」

「橋代って、渡り賃のこと?」

　新太郎が女に笑顔を見せてうなずいた。

「永代橋はひとり六文《もん》になりやすが、新大橋は四文なんでさ」

「たった二文の違いじゃないですか」

「ですが、毎日橋を何度も渡るあっしらには、二文の違いがばかにならねえんでさ」

「あら、そうなの」

女の口調は、明らかに駕籠舁きを見下していた。

「だったらいいわよ。高いほうでやってください。二文ばかりのことで、どうこう言いたくはありませんから」

「がってんでさ」

新太郎は、にこにこ顔で客の言い分を受け入れた。

「二文高いのは分かりましたけど、駕籠賃はいったいお幾《いく》らですか?」

「銀四匁《もんめ》てえことで行きやしょう」

笑顔のまま、新太郎が駕籠賃を伝えた。尚平が合点のいった顔で、にやりと笑った。

銀銭相場は、いまは銀一匁で銭八十二文である。四匁ということは、三百二十八文に相当する。

辻駕籠の乗り賃は、客の様子を見て決める相対《あいたい》相場である。同じ道のりを乗せても、男に比べて目方が軽い女は駕籠賃を安くした。

太った男や相撲《すもう》取りなどは、走り出す前に駕籠賃を客としっかり取り交《か》わした。

富岡八幡宮《とみおかはちまんぐう》の鳥居下から浜町河岸まで、新太郎は銀四匁だと言った。これは相場の倍、相撲取りを運ぶときの駕籠賃である。

にこにこ笑いながらも、新太郎はきっちり腹を立てていた。それが分かって、尚平がにやりとした。

新太郎は永代橋から豊海橋《とよみばし》を渡り、武家屋敷の通りを抜けて浜町河岸へと向かった。

橋を渡るときも武家屋敷の塀《へい》が連なった道を駆けるときも、新太郎は駕籠を揺らさないように気遣《きづか》っていた。

気に入らない客ではあっても、揺らさずに走るのは駕籠舁きの見栄《みえ》だ。前棒《まえぼう》の尚平は、新太郎のやさしい走り方に感心していた。

ところが浜町河岸に着くなり、女は難癖《なんくせ》をつけ始めた。

「見てくださいな、この道行のほこりを」

女が示したところは、土ぼこりで汚れていた。

「こんな走りをして四匁も取る気なら、これからあたしが会う、浜町の親分に間に立ってもらいましょう」

女は目明しの名を出して、二匁しか払えないとごねた。新太郎のていねいな走りが分かっている尚平は、きつい目で女を睨《にら》みつけた。

「分かりやした。二匁てえことで」

あっさり新太郎が女の言い分を呑み込んだので、尚平はなにが起きたのかと驚いた。

二匁を払った女が、辻を曲がって姿が見えなくなった。

「なにがあっただ、新太郎」

まだ笑顔を消していない相肩《あいかた》を見て、尚平が本気で案じていた。

「二日間は怒らねえからって、深川のお不動様に願掛けしたんだ」

「いつ、そんなことを?」

「いいじゃねえか、いつだってよう」

尚平の問いに答えなかったが、声の調子は穏《おだ》やかだった。

「願いごとが大きいからよう。おれには一番きついことを、二日の間きっちり断ちゃすとお願いしたんでえ」

短気な新太郎が怒《いか》り断ちをするのは、確かにきつい。尚平は返事ができなかった。

ふたりはともに六尺《しゃく》(約百八十二センチ)近い大男だが、気性はまるで違う。

臥煙《がえん》(火消し人足)屋敷で暮らしたことのある新太郎は、まどろっこしいことが苦《にが》手《て》だ。どれほど熟睡していても、板木《ばんぎ》の一打で飛び起きるのが臥煙だからだ。

しかし両替商の惣領《そうりよう》息子として生まれた新太郎は、短気と上品さとを併《あわ》せ持っていた。

尚平の在所《ざいしょ》は、房州《ぼうしゅう》の漁村だ。網元のせがれを相撲で投げ飛ばしたことで、尚平は村を出る羽目になった。江戸に出たあとは相撲部屋に入門し、懸命に稽古《けいこ》を続けた。

我慢強い性格で、尚平はひとを押しのけることがなによりも苦手だ。気性が勝負師に不向きなことを、おのれが一番知っている。ゆえに、力士をやめることに未練はなかった。

短気な新太郎とは、深川の富岡八幡宮で出会った。ともに暮らし始めたあとは穏やかな気性の尚平が、陰に回って細々と新太郎の世話をしていた。

「だがよう、尚平」

「なんだ」

「怒らねえてえのは、きついぜ」

ぼそっと言葉を口にした新太郎は、泣き笑いのような顔になっていた。

それでも、なにを願掛けしたのかを言わない。相肩の胸のうちを察したらしく、尚平はもう余計な問いかけをしなかった。

浜町河岸の外れまで、空《から》駕籠で走った。大川端につながる辻に出たところで、新太郎が駕籠をとめた。

「蕎麦屋《そば》ができてらあ。一杯やろうぜ」

富岡八幡宮から浜町まで走っただけだが、尚平も腹が減っていた。店のわきに駕籠を立てかけてから土間に入った。

「困るんだよ、あれは」

蕎麦屋の親爺《おやじ》が、あからさまに顔をしかめた。

「あんな風に駕籠を立てかけられちゃあ、ほかの客に迷惑だ」

蕎麦屋は辻を入った小道にあった。道幅は確かに狭いが、ひとの通りを駕籠がふさいでいるわけではない。

「どうすりゃあいいんでえ」

新太郎が物静かに問いかけた。

「辻の先の、広い所に出してくんなせえ」

元の道まで駕籠を戻せと親爺は言っていた。

「さきに注文しといてくれりゃあ、あんたがたがけえってきたときには、食えるようにしておくからさ」

親爺の物言いには、意地のわるさは感じられなかった。このまま店を出ていっても
よかったが、新太郎も尚平も、すっかり蕎麦を食べる気になっていた。
「なにができるんでえ」
「かけとしっぽくだ。壁の短冊《たんざく》に書いてあるだろうよ」
親爺が口にした通り、短冊が張ってあった。
『かけ　十六文』
『しっぽく　二十六文』
店構えをした蕎麦屋としては安い。かけそば十六文は、担《かつ》ぎ売りの値段だった。
「そいじゃあ、かけ二杯だ」
ふたりは駕籠を置きに行った。道のりとしては一町《ちょう》（約百十メートル）も離れて
いない。
それでも蕎麦屋を待たせてはわるいと思ったふたりは、駆け足で戻ってきた。
蕎麦はまったくできていなかった。茹《ゆ》でる湯が沸《わ》いてなかったのだ。
親爺は知らぬ顔で、へっついに薪《まき》をくべている。その薪がまだ生乾《なまがわ》きらしく、煙が
土間にまで流れてきた。
新太郎は焦《じ》れながらも待った。気分が苛立《いらだ》っているときのくせで、わらじを履《は》いた

足で地べたを交互に踏んでいる。

「新太郎」

尚平が小声をかけて、相肩を落ち着かせた。

一向に新しい客が入ってこない土間で、三度目の足踏みを始めたときに、やっと蕎麦ができてきた。

ひと口つけて、新太郎が顔をしかめた。

つゆがぬるいのだ。まだ沸き立っていない湯で茹でたらしく、蕎麦も腰が砕けていた。

なによりひどいのが、つゆの味だった。

ただただ醬油辛《しょうゆから》いだけの味で、まるでダシの旨味《うまみ》がしない。

新太郎と尚平が顔を見合わせた。

新太郎は蕎麦を半分食べ残した。

尚平は食べ物を残さない男だ。どれほどまずい物を口にしても、食べ残すことはしない。その尚平が、つゆを全部残した。

「すまねえ、つゆを残しちまった」

新太郎は愛想がわりの詫《わ》びを口にした。

「詫びることたあねえ。銭さえ払ってもらえりゃあ、食おうが残そうがあんたらの勝手だ」

親爺があごを突き出した。

新太郎はなにも言わず、首からさげた巾着《きんちゃく》から蕎麦代の三十二文を取り出そうとした。

ところが、今日に限って銭を入れるのを忘れていた。巾着に入っているのは、一匁の小粒銀《こつぶぎん》だけだ。

尚平は巾着を持ち歩かない。銭のやり取りは新太郎の役割だった。

「あいにく銭の持ち合わせがねえんだ。小粒で勘弁してくんねえ」

「よしてくれ」

親爺が腕組みをして口を尖《とが》らせた。

「十六文の蕎麦を食うのに、小粒で払われちゃあ、商《あきな》いの迷惑だ」

言い分は親爺のほうが合っていた。蕎麦を食うときに銭を用意しておくのは、客としてのわきまえである。

分かってはいたが、新太郎には業腹《ごうはら》だった。頬のあたりが引きつっている。それを見て、尚平が新太郎の肩に手を置いた。

尚平の目を見て、新太郎が落ち着いた。

「釣りはいらねえ。うまい醤油を買うときの足しにしてくんねえ」

怒り断ちをした新太郎にできる、精一杯の嫌味のお返しだった。


「ひでえ目に遭《あ》ってるぜ」

土手に寝転がったまま、新太郎が呟《つぶや》いた。

「なんだか、おれが腹を立てねえかどうかを、お不動様に試されてるみてえだ」

「たしかに、そだな」

尚平が物静かな口調で応じた。

「なにか聞こえねえか」

起き上がった新太郎が、耳に手を当てた。

「おれには聞こえね」

「そんなわきゃあ、ねえだろう」

言っているさなかに、土手の下から女のうめき声が聞こえた。

「聞こえただろうがよ」

「ああ、聞いた」

ふたりは素早く立ち上がり、土手の下に駆け下りた。

おなかの大きな女が、土手に手をおいてうずくまっていた。

二

箱崎町から中洲にかけての町を、尚平は医者を探して駆け回った。しかし一軒も見つけることはできなかった。

江戸市中のほとんどに、尚平は土地鑑《かん》を持っていた。しかし中洲と箱崎町は、あまり詳しくなかった。このふたつの土地は、町民がほとんど暮らしていなかったからだ。

尚平は探すことをやめて、新太郎の元に駆け戻った。

「だめだ、どこにもねえだ」

「どうすりゃあいい」

「浜町なら医者がいるだ」

「東庵《とうあん》先生か」

尚平がしっかりとうなずいた。

「このひとを、おめはさっきの蕎麦屋まで担いでいけ」

「なんだとう?」

新太郎が目を尖らせた。

「おめ、願掛けしてるだべ」

「そうは言ってもよう……」

新太郎は得心《とくしん》していなかった。

「このあたりで、ひとがいる宿はあそこっきりねえだ」

尚平に強く言われて、新太郎も納得した。

「おれは東庵先生を蕎麦屋に連れてくだ。おめはそのひとを、蕎麦屋で介抱《かいほう》してやってくれ」

「がってんだ」

蕎麦屋に向かうことを渋っていた新太郎だが、ひとの容態にかかわることである。おのれの意趣《いしゅ》を捨てて、人助けに気を向けた。

尚平はすでに姿が見えなくなっていた。

「ねえさん、気分はまだひでえかい」

女には返事をする気力もなかった。

しかしおなかのこどもに障《さわ》るような発作ではなさそうだ。着物の前は汚れていなかった。

「おれがねえさんを抱えて歩く。落っこちねえように、おれにしがみついてていいぜ」

駕籠を土手のわきに片付けてから、新太郎は女を抱え上げた。

「ゆっくり歩くから我慢してくれ」

土手から箱崎町に向かう坂道を、新太郎は一歩ずつ、足元を確かめるようにして歩いた。

蕎麦屋の場所は分かっている。しかし、あの因業《いんごう》そうな親爺が、病人を見たらなんと言うか。

店に行ってからの談判《だんぱん》を思うと、新太郎は足が止まりそうになった。

腕のなかで、身重《みおも》な女がぐったりしている。そのか弱さを見て、新太郎は気を取りなおした。

「ねえさん、おれの声が聞こえるか?」

問いかけても、女から返事がない。

「ねえさん……ねえさん……」

三度目の問いかけに、女が薄目をあけた。すがるような目で、新太郎を見ている。

新太郎は歩くのをやめた。

「聞こえるかい？」

女が小さくまばたきをした。

「よかった。もうじき着くからよう」

女が息をしていると分かり、新太郎は歩きをわずかに速めた。目の前に、蕎麦屋に通じる辻が見えてきた。角を曲がれば、五、六軒目が蕎麦屋だ。

重たい物を持ちなれている新太郎だが、身重でぐったりとしている女の重さはこたえた。重たくて、足が前に出なくなった。

どこかにおろして腕を休めれば、すぐに回復する。しかし抱えているのは物ではない。生身《なまみ》の女だ。

地べたにおろすこともできない新太郎は、気力を集めて歩こうと決めた。

歯を食いしばり、腹に力をこめた。

腕とこめかみに、青い血筋が浮き上がった。

息が上がり、ひたいには脂汗《あぶらあせ》が浮かんできた。

情《なさ》けねえぞ、新太郎！

胸のうちで、おのれに活を入れた。あと五歩で辻だ。蕎麦屋までもう一息と分かり、新太郎に新たな気力が湧き上がった。

辻を曲がったら蕎麦屋が見えた。

あと二十歩……あと十九歩……。

残り十二まで数えたとき、蕎麦屋から親爺が出てきた。いぶかしげに見ていたが、抱えた女の様子に驚いて駆け寄ってきた。

「なにがあったんでえ」

「おれにも分からねえが、とにかくこのねえさんを寝かせてやらねえと……」

「分かった。うちに布団《ふとん》を敷くから」

親爺は店に駆け戻った。見かけの歳よりは、はるかに動きが敏捷《びんしょう》だった。親爺が助けを買って出てくれて、新太郎に元気が戻った。

残る十歩足らずを、しっかりした足取りで歩いた。

店に入ると、親爺は板場《いたば》わきの板の間に布団を敷いて待っていた。店には相変わらず、客がひとりもいない。

「ここに寝かせなせえ」

親爺は敷布団の端を引っ張り、新太郎が寝かせやすいように手を貸した。そうっと布団に寝かせたあと、新太郎が両腕をだらりと下げた。

「容態は？」

親爺が女の様子を案じている。見ず知らずの他人だが、案じ方には情があった。

「さっきは薄目をあけたが、いまは分からねえ。相肩が医者を呼びに行ってる」

医者がくると知って、親爺が大きく安堵《あんど》した。つい半刻《はんとき》（一時間）前に、新太郎に無愛想にした男とは別人のようだった。

しかし生来が無口な男らしく、あとの言葉が出てこなかった。新太郎も、格別に話すことがあるわけではない。

男ふたりが黙って女を見守っていた。

女がわずかに動き、小さな声を漏らした。

新太郎が女の口元に耳を近づけた。

「……生まれそうで……」

これだけが、はっきり聞こえた。

「生まれそうだと」

「おれにも聞こえた」

蕎麦屋の親爺が思案顔になった。目が天井を見詰めており、右手の人差し指と親指で自分の鼻を摘《つま》んでいる。懸命に、なにかを思い出そうとしているようだった。

「思い出した」

親爺の顔が明るくなった。

「崩橋《くずればし》のたもとだ」

親爺が真正面から新太郎を見ていた。

「あんた、崩橋が分かるか」

「行徳河岸《ぎょうとくがし》の崩橋か?」

親爺が大きくうなずいた。

「あの橋のたもとに、おさだ婆さんで通ってる産婆《さんば》がいる。ひとっ走り行って、婆さんを連れてきてくんねえな」

「相肩が医者を呼びに行ってるぜ」

親爺は顔の前で手を振って、新太郎の言い分を打ち消した。

「このひとは、生まれそうだと言ったんだ。いま入り用なのは医者じゃねえ。おれの言うことを信じて、ひとっ走りやってくんねえな」

親爺が新太郎に頼み込んだ。

蕎麦屋も新太郎も、この女にはかかわりのない者だ。それなのに、親爺は親身になって女のことを案じている。それが新太郎に伝わった。

「がってんだ、まかしてくれ」

「おれはたっぷり新しい湯を沸かしとくからよう。連れてくる産婆に、そう言っといてくれ」

親爺の言葉を背中で聞きながら、新太郎は蕎麦屋を飛び出した。

尚平と東庵はまだこなかった。

三

新太郎が崩橋に着いたとき、間のいいことに産婆は宿にいた。

「おれは深川の新太郎てえ駕籠舁きだが、この先の浜町の蕎麦屋に、いまにも生まれるてえ女がいて、えれえ騒ぎだ」

一気に新太郎がまくし立てた。

しかし言葉はぽんぽん飛び出しているが、筋道立てての話になっていない。おさだにはわけが分からず、ぽかんとした目で新太郎を見上げていた。

「てえわけで……」

「ちょっと待ちなさい」

おさだがきつい声で新太郎の口を止めた。

「あんたの言ってることは、まるでわけが分からないよ。浜町の蕎麦屋がどうしたの」

「蕎麦屋の話なんざ、どうでもいいやね。そこにおれが担ぎ込んだ女が、いまにも生まれそうだてえんだ」

「あんたの知り合いかい？」

「いや、名めえもしらねえ」

「そんな見ず知らずのひとのことで、浜町からここまで来たの」

新太郎が焦れた顔でうなずいた。

「へええ。いまどき、あんまり聞かない話だねえ。若いのにえらいよ」

「誉《ほ》めてもらってありがてえけどよう、急がねえと出ちまうてえんだ」

「行ってあげたいけどねえ……ここ二、三日、足が痛くて歩けないんだよ。うちでなら取り上げてやれるから、わるいけどここまで抱えてきてちょうだい」

「勘弁《かんべん》してくんねえな」

新太郎が土間にしゃがみ込んだ。

「身重の女てえのは、信じられねえほどに重てえんだ。浜町からここまでなんざ、とっても無理だ」

しゃがんだまま、新太郎が腕をぐるぐると振り回した。

「そんな大きな身体をしてて、情けないこと言うんじゃないよ」

おさだがいきなり怒り出した。

「ことによったら、赤ん坊と、その女のひととの、生き死ににかかわるかもしれないじゃないか。あんた、きんたまぶらさがってんだろう」

歳を重ねた産婆の物言いには遠慮がない。新太郎は言い返すこともできず、気を変えようとして素早く立ち上がった。

「婆さんなら背負って走れそうだ」

「なんだって？」

「あの女を抱えてくるのは無理だが、あんたなら背負って走れる」

「ばかいうんじゃないよ。いい歳して、ひとに背負われるのなんか、まっぴらだよ」

「そう出るかい」

「なんだよ、いきなりあごを突き出して」

「さっき、ひとの生き死にがどうとか言わなかったか」

新太郎に見下ろされて、おさだはふてくされたように横を向いた。

「おれの口もわるかったよ、勘弁してくんねえ」

ひとにあたまを下げるのが苦手な新太郎が、おさだに深くあたまを下げた。深川不動への願掛けを思い出したようだ。

「浜町の蕎麦屋も、まるで見ず知らずの女のために、てめえの宿を使わせてる。おれも相肩もそうだ」

「そんなに何人ものひとが？」

産婆が物言いをやわらげた。

「背負われるてえのは、たしかにみっともねえだろうが、ひとの命がかかってることだ。おれのおふくろになったつもりで、親孝行がわりに背負わせてくんねえ」

親孝行という言葉を口にして、言った当人が驚いていた。が、それでおさだは気持ちが定まったようだ。

「いま支度《したく》してくるから」

奥に引っ込んだおさだは、取り上げの道具箱と、長いたすきを手にして出てきた。

「これであたしを縛っておくれ。あんたも後ろに手を回したままだと、浜町まではくたびれるだろうから」

「がってんだ」

背負ったおさだを、たすきで縛った。

「おさださん、少し走ってもでえじょうぶかい？」

「あんたにしがみついてるからさ。好きにやっとくれ」

新太郎が足を速めた。

背負われたおさだは、左手に道具箱をさげ、右手は新太郎の肩を摑んでいる。

足を速めながら、新太郎は母親のことを思い出していた。

四

蕎麦屋は、客ではない者でごった返していた。

親爺は蕎麦湯を捨てて、茹で釜《がま》でしゃかりきになって新しい湯を沸かしていた。

東庵は、弟子をふたりも連れてきていた。ひとりはまだ坊主あたまの小僧に近かった。

尚平に連れてこられたものの、東庵の手に負える病人ではない。蕎麦屋の親爺が言った通り、産婆に任《まか》せるべき女だった。

「せっかくきたんだ。おまえたちも、ひとが生まれるところをよく見て、学ぶがいい」

医者は臨終《りんじゅう》には立ち会うが、誕生とは無縁である……東庵の口にすることに、ふたりの弟子はいちいちうなずいていた。

尚平は新太郎が気がかりらしく、蕎麦屋と辻とを行き帰りしていた。

「湯が沸いたぜ」

親爺は、ひとりごとのように、湯が沸いたと口にした。

女はひとりで敷布団に横たわっていた。

「産婆さん、まだですか……」

女が小声で問いかけた。わきにいた東庵の弟子が、女の手を取って脈を診《み》た。

いろいろに動きながらも、だれもが新太郎の到着を待ちかねていた。

女がまた小声を漏らした、そのとき。

新太郎が蕎麦屋に飛び込んできた。

産婆が背負われているのを見て、蕎麦屋の親爺と東庵が呆気《あっけ》に取られた。

尚平の動きは素早かった。新太郎に近寄ると、背後に回って産婆をだき抱えた。背負って走ってきた新太郎を見て、尚平は産婆が動けないと察したのだろう。

尚平に抱えられたまま、おさだは板の間まで運ばれた。産婆の到着を知って、横たわっていた女が動いた。

「ほかに部屋はないのかねえ。ここで産ませるのは、幾らなんでもかわいそうだよ」

おさだは蕎麦屋の親爺に言っていた。親爺は気づかずに、釜の湯を見張っていた。

「親爺さん」

新太郎に呼びかけられて、親爺が釜から離れて寄ってきた。

「あすこで産ませるんじゃあ可哀そうだと、産婆さんがそう言ってるぜ」

新太郎は、女が横たわっているところを指し示した。

「板の間の奥に、おれが寝起きしている部屋がある」

板の間に駆け上がった親爺は、そのまま部屋に飛び込んだ。大慌《おおあわ》てで片付けているのか、物がぶつかる音が部屋から漏れてきた。

やがて物音が消えて、親爺が出てきた。

「六畳間で汚《きた》ねえが、布団を敷くこたあできる」

「ちょっと黙っててちょうだい」

着物越しに女の腹に耳を当てていたおさだが、親爺の口を閉じさせた。

「このひとを六畳間に運んであげてちょうだい。それと蕎麦屋さん、お湯はたっぷり沸いてるんだろうね」

「釜からあふれそうだ」

親爺が即答した。

女を部屋に運ぶのは、東庵の弟子ふたりに任された。が、何歩も歩かないうちに、小僧のほうが音《ね》を上げた。

新太郎が弟子たちから女を引き取り、抱えて六畳間に運んだ。

「お弟子さんふたりは、あたしのそばで手伝いをしてちょうだい」

おさだは、東庵の弟子ふたりを連れて部屋に入った。

蕎麦屋の親爺、尚平に新太郎、それに東庵と、男四人が土間にいた。だれもなにも言わず、赤ん坊が生まれるときを待っていた。

「いいよ、いいよ……」

産婆が女を力づけている。男四人が耳をそばだてていたら、弟子のひとりが部屋から飛び出してきた。

「湯がいるそうです」

「分かった、待っててくんねえ」

親爺がたらい一杯に釜の湯を汲《く》み入れた。

「親爺さん、そのままじゃあ熱すぎねえか」

新太郎に言われて、親爺は瓶《かめ》の水をたらいに注《つ》ぎ足した。手を入れて湯加減を確かめてから、たらいを弟子に渡した。

弟子が部屋に入って幾らも間をおかずに、赤ん坊の産声《うぶごえ》が聞こえてきた。

土間の男四人が笑顔を交わした。

赤ん坊の泣き声が、一段と元気を増した。

その声に重なって、半鐘《はんしょう》の音が流れてきた。

新太郎がびくっとして立ち上がった。

同時に何ヵ所かで打たれているらしく、半鐘の音が大きくなっている。

新太郎は蕎麦屋から飛び出した。

## 五

半鐘の音で飛び出した新太郎は、火元が見つけられないままに蕎麦屋に戻ってきた。

「どこにも火の手がめえねえんだ」

新太郎が首をかしげているさなかにも、半鐘は鳴り続けている。

「ここは低くて遠くがめえねえ。大川の土手に出てみようぜ」

相肩を促《うなが》して立ち上がらせた。新太郎の顔がそれほど張り詰めていないのは、鳴っているのが二番打ちだったからだ。

カン、カン。カン、カン、カン。

鐘が二連打で鳴っている。方々《ほうぼう》で鳴っているのも二連打だった。二番を打っている限り、火元まではまだ相当に隔《へだ》たりがある。

「親爺さん、赤ん坊は？」

新太郎が蕎麦屋の親爺に問いかけた。

「威勢のいい男の子で、八百匁（約三千グラム）はありそうだとよ」

「そいつあいいや。今日一番の縁起《えんぎ》だぜ」

赤ん坊のことは医者と産婆にまかせて、新太郎は大川の土手に戻った。駕籠が土手の斜面に立てかけたままになっている。

駕籠を担ぐ前に、新太郎は土手の上から周囲を見回した。火の手も煙も見えない。

「どういうことでえ。火《ひ》の見番《みばん》が滑《すべ》りやがったのかよ」

滑るとは、見間違い、打ち間違いのことである。元が臥煙の新太郎は、駕籠舁きになったあとでも、火事となると顔つきが変わってしまう。

滑りは火の見番のしくじりだが、打ち間違いに公儀《こうぎ》の咎《とが》めはなかった。処罰を恐れて鐘を叩かぬよりは、怪しいとにらんだときには臆《おく》せず打つほうが、はるかに有益だからだ。

煙を見間違えたときは、すぐさま一点鐘《いってんしょう》を打って鎮火《ちんか》を知らせるのが定めである。

「どうやら、湿《しめ》ったようですなあ」

一点鐘を聞けば、江戸の住民は鎮火したと安心した。

煙は見えないが、いつの間にか二番が鳴らなくなっていた。

「おめえ、一点鐘を聞いたか？」

「いや、聞いてね」

ふたりは顔を見合わせた。

鎮火を知らせる鐘が鳴ってないということは、まだどこかでくすぶっていること以外には考えられない。火の見番が滑ったのであれば、なにより先に鎮火の鐘を打ちたいからだ。

勢い込んで蕎麦屋を出ただけに、新太郎は肩透《す》かしを食った思いを抱いた。

「とりあえず深川にけえろう」

「がってんだ」

尚平がすぐさま応じた。

深川門前仲町《もんぜんなかちょう》の辻には、高さ六丈《じょう》（約十八メートル）の堂々とした火の見やぐらが建っている。よその火の見やぐらからは見えない火元も、仲町の辻のやぐらなら探し出すこともできる。そこに行けばわけが分かると判じた新太郎は、空駕籠を飛ばした。

やぐら下の火の見番小屋に詰める半鐘職人たちとは、新太郎も尚平も顔なじみである。小屋では替えの職人たちが茶を飲んでいた。

「どうしたい、新太郎」

かしらの胴助《どうすけ》が寄ってきた。上背《うわぜい》が六尺を超える大男の胴助は、駕籠舁きふたりと向き合っても、同じ高さで目が合った。

「いましがたまで箱崎町にいたんでやすが、半鐘を聞いたのに煙がめえねえんでさ」

胴助は三十五歳で新太郎よりは年長である。しかも半鐘打ちを十五の年から続けている。新太郎の物言いはていねいだった。

「ここにも流れてきたが、当番のふたりは煙がめえねえてえからよう。追い半《ばん》を打たせねえでおいたところだ」

「かしらんところでも、煙はめえなかったんで？」

うなずく胴助の顔の、濃い眉毛が上下に動いた。追い半とは、よそで鳴った半鐘を後追いすることだ。

「ですがかしら、箱崎で聞いた半鐘は、何ヵ所かが追い半を打ってやしたぜ」

「分かってる」

また胴助の眉が動いた。物事に得心できていないときのくせである。

「うちでも放っておけねえんで、若いのをふたり、日本橋《にほんばし》に走らせてるところだ。おめえさんらは、どこで聞いたんでえ」

「浜町河岸の蕎麦屋だ」

答えたのは尚平である。

「あのあたりのやぐらは、箱崎町の崩橋と、小網町《こあみちょう》の思案橋《しあんばし》しかねえ」

「あとは、あのあたりにうじゃうじゃある、でえみょう屋敷の火の見でしょう」

言いながら、新太郎と胴助が互いの目を見交わした。

「でえみょうか……」

ふたりが、同じ言葉を口から漏らした。

箱崎町の中洲から、浜町河岸、蛎殻町《かきがらちょう》、小網町にかけての一帯には、大名屋敷が建ち並んでいた。

　大名屋敷は上屋敷と下屋敷とに分かれており、江戸在府中の国主が公邸として用いるのが上屋敷である。禄高《ろくだか》と格によっては、中屋敷や拝領屋敷を公儀から与えられている大名もいた。

　いずれも、高さ二丈（約六メートル）の白壁で囲まれた数千坪の屋敷である。敷地を取り囲む塀の上部には、家臣の長屋が普請《ふしん》されている。屋敷をおとずれる者を、塀の上から家臣が常に見張っているわけだ。

　長屋に暮らす家臣たちは、ひとたび火が出ると火消しの役目を負わされた。江戸の町を火事から守るのは、町人だけでない。広大な屋敷を公儀から与えられている諸国大名は、みずからの手で屋敷を火事から守る責めを負っていた。

　半鐘を打つのは、各町に構えられた火の見やぐらの役目である。が、屋敷内にやぐらを構えた大名は、町場《まちば》の火の見やぐらに先駆けて、自家の半鐘を鳴らすこともある。

　火事をいかに早く見つけるかを競《きそ》い合うのは、町人の火の見やぐらだけではなかった。

「でえみょう屋敷だとしたら、やっけえだ。あの連中は、滑りのケツを拭《ふ》かねえ」

胴助が顔をしかめて言葉を吐き捨てた。大名屋敷が勝手に鳴らした半鐘のせいで、町場の火の見番が右往左往《うおうさおう》させられたことが何度もあったからだ。

奉行所も大名たちの半鐘滑りについては、その多くを詮議《せんぎ》しなかった。

鳴らさぬよりは鳴らせ。

これが火の見番に対する、公儀の姿勢だったからだ。大名屋敷の家臣のなかには、責められないのをいいことに、勝手に半鐘を打ち鳴らしてふざける者までいた。

「仲町でめえなかったとすりゃあ、あれはやっぱり、でえみょう屋敷の滑りでやしたんでしょうね」

臥煙時代には、仲間から大名屋敷のカラ打ちの話を聞いたことはあった。しかし新太郎が滑りで踊らされたのは、この日が初めてだった。

こんど聞いたら、かならず鐘を打った屋敷を突き止めてやる……。

胴助に目を合わせたまま、新太郎は胸のうちで思い定めた。

半鐘が鳴ると、ひとは怯《おび》える。いつ火の粉《こ》がふりかかるかもしれない怖さを、江戸の住人はだれもが抱えて暮らしていた。

滑りならまだしも、最初から遊び気分でカラ半鐘を打つ連中に、新太郎は心底から腹を立てた。

が、胴助相手に話す新太郎は、なんとか顔つきをおだやかに保とうと苦心していた。

　深川不動尊に、二月晦日と三月一日の二日間は、なにがあっても怒らないという、怒り断ちの願掛けをした。朝からここまで、何度もいやな思いをしてきた。それでも、まだ一度も腹を立てていなかったし、怒鳴《どな》り声をあげることもしていない。

　短気な新太郎が怒り断ちをしてまで不動尊に願掛けしたのは、尚平とおゆきとの祝言《しゅうげん》が調《ととの》うように、である。

　新太郎が長屋の家主《いえぬし》木兵衛《きへえ》と一緒に北新堀町《きたしんぼりちょう》番屋に留め置かれたとき、尚平は賭けを受けて相州遊行寺《そうしゅうゆぎょうじ》までひとりで走った。

　尚平が賭けに勝てば、新太郎の無実を申し出る。負けたら口をつぐみ、知らぬ顔をする。

　これが賭けの条件だった。

　尚平は相肩の濡れ衣《ぎぬ》を晴らすために、新太郎の息杖《いきづえ》を手にして命がけで走った。

　賭けの勝ち負けにかかわりなく、新太郎と木兵衛は揚屋《あげや》から出された。それを知らない尚平は最後まで走り抜いて、見事に勝った。

　そのことを新太郎は恩義に思っていた。

坂本村《さかもとむら》のおゆきと尚平とは、互いに好き合う仲である。ところが新太郎に遠慮してのことなのか、尚平は一向におゆきとの仲を男と女の間柄《あいだがら》にまで進めない。

「おれに構ってねえで、とっとと祝言を挙げちめえな」

新太郎がどれほど焚《た》きつけても、尚平は動こうとしない。しかもわるいことに、それはおゆきも同じらしいのだ。

新太郎には、尚平はかけがえのない相肩である。尚平のためなら、新太郎はなんの迷いもなしに命を張ることができる。

尚平も同じであるのは、毎日同じ駕籠を担いで察していた。

しかし自分のせいで、惚《ほ》れあった男と女が祝言も挙げず、肌も合わさずにいるというのは、新太郎には耐えられなかった。

おゆきさんと所帯を構えろと口で言っても、尚平は耳を貸さない。おゆきも焦《こ》がれるほどに尚平を思っていながら、新太郎に遠慮して先へ進もうとしない。

新太郎には、それがつらかった。

おれの口で言ってもだめなら、お不動様に頼むしかねえ……。

それで新太郎は、ふたりが添い遂げるようにとの願掛けをした。

ぜひとも願いを聞き届けてもらいたくて、自分が一番苦手な「怒り断ち」をしていた。

「どうしただ、新太郎」

尚平が案じ顔である。胴助との話の途中で、新太郎は思い返しをしていた。

「なんでもねえよ」

新太郎のぶっきらぼうな物言いに、激しく鳴り始めた半鐘の音が重なった。

「どこだ、火元は」

大柄な胴助が、驚くほど機敏にやぐら下まで駆け寄った。

「浜町から小網町の見当でやす」

当番がやぐらの上から怒鳴った。大川を渡ったさきの火事ゆえ、まだ二番を打っている。が、新太郎の顔がこわばった。

小網町には、新太郎の実家杉浦屋《すぎうらや》があるからだ。

「火の手はどんなでやしょう？」

「煙はひでえが、火の粉はめえねえ」

昼火事のため、火の粉は見つけにくいのだろう。

「気がかりだから行ってみる」

「そうするべ」

番小屋の隅《すみ》に駕籠を置いた新太郎と尚平は、永代橋に向かって駆け出した。橋を駆けている途中で、大きな煙が立ち昇り始めた。

新太郎が足を速めた。ひとの肩にぶつかっても、足をゆるめなかった。

## 六

永代橋を西に渡り、新太郎たちはさきほどと同じ大川の土手にいた。ここからだと深川方面は見にくいが、日本橋から江戸城方面は一望にできた。

南西の正面には、降り注ぐ二月の陽光を照り返らせる、江戸城の本瓦《ほんがわら》が目についた。明暦《めいれき》の大火で焼け落ちてから、天守閣は造られていない。

しかし周《まわ》りのどの建物よりも大きい江戸城は、天守閣のあるなしにかかわりなく、図抜けた存在だった。

城の手前を北にたどると、日本橋駿河町《するがちょう》の大きな家並みが見えていた。この町の商家は多くが大店《おおだな》で、屋根瓦にはやはり黒い本瓦を用いている。空に雲はなく、陽光は町の大通りにも降っていた。

通りはひとで賑《にぎ》わっているが、煙が立ち昇っているようには見えない。

遠くを見詰める尚平の目が、駿河町から手前の町におりてきた。

駿河町からさらに北東方向に目を下げれば、小さな路地が縦横に走る日本橋の職人町が見えた。

「煙があがってるのは、小網町ではね。入堀《いりほり》のあたりだ」

尚平が煙の方角を指差した。仲町火の見やぐらの半鐘番は、火元の見当を見誤っていた。

火元は入堀に架けられた栄橋《さかえばし》の根元、日本橋富沢町《とみさわちょう》だった。

ついいましがた、新太郎と尚平は永代橋を駆け渡ってきた。西詰《にしづめ》に渡りきる直前に、大きな煙が立ち昇るのを橋から見た。

いま富沢町から出ている煙は、永代橋から見たものと同じらしい。煙の真っ白い色には見覚えがあった。

「富沢町から小網町なら、町はだいぶに離れてるべ」

「二十町（約二千二百メートル）は離れてらあ」

答える新太郎も、落ち着いた声音《こわね》に戻っていた。

父親から勘当《かんどう》された新太郎は、表立っては実家の両替商、杉浦屋には近寄れない。

しかしそのことと、実家を案ずる気持ちとはまるで別物だ。

「火元からは遠そうだがよ。駕籠も担いでねっから、さとに顔出せ」

「顔出せって、おれが勘当されてるのは知ってるだろうがよ」

「知ってるが、勘当なんかかかわりねって」

実家の様子を案じている新太郎の思いを、尚平はしっかり汲み取っているようだ。

「見れ、新太郎」

尚平が富沢町の煙を指差した。

「煙が流れているのは、小網町の方角だべ。そっただ強い吹きかたではねが、風は一寸《いっすん》さきのことは分からね」

「おめえのいう通りだ」

新太郎の肚《はら》が決まった。

「はなは富沢町に駆けてってよう。火消しの具合を見てから、小網町に行くかどうするかを決めようぜ」

「がってんだ」

尚平も得心し、すぐさまふたりは土手を駆け下りた。目の前に建っているのは、田安中納言《やすちゅうなごん》十万石の屋敷である。一万四千坪の敷地を持つ屋敷は、深川の町が幾つも収まる大きさである。

屋敷内の池には、帆掛《ほか》け舟が浮かんでいるといわれる田安屋敷は、幾ら駆けても塀の切れ目があらわれてこない。新太郎がいい加減うんざりしかけたとき、やっと塀の角があらわれた。

尚平と新太郎は、肩を揃《そろ》えて角を曲がった。

田安屋敷の隣には、下総古河《しもうさこが》藩土井大炊頭《どいおおいのかみ》八万石の下屋敷と、同じく下総関宿《せきやど》藩久世大和守《くぜやまとのかみ》五万八千石の下屋敷が連なっていた。

土井屋敷が四千五百坪、久世屋敷が三千三百坪である。これに田安屋敷の一万四千坪を加えれば、実に二万一千八百坪もの土地が、田安家と大名二家の、それも下屋敷用地として使われている勘定《かんじょう》である。

新太郎たちが暮らす深川黒江町は、商家も路地も、どぶ川も井戸も、あらいざらい含めても二千坪にも満たない。

新太郎は主だった大名屋敷の敷地の大きさを諳《そら》んじている。駆けても駆けても、大名屋敷の塀が途切れない。

でえみょうがこんな地べたの使い方をしやがるから、おれっちは陽《ひ》のあたらねえ長屋に暮らさなきゃあなんねえ……。

塀のわきを走りながら、新太郎は湧き上がる業腹な思いを抑《おさ》えるのに難儀《なんぎ》していた。

「待て待て、そこのふたり」

田安家の裏門番が、屋敷の前を走り抜けるふたりを呼び止めた。

構わねえで、行っちまおう。

隣の尚平に目で伝えた新太郎は、聞こえないふりをして走り続けた。

「ピッ、ピッ、ピッ……」

田安家の門番が呼子《よぶこ》を吹いた。

呼び止められることに、新太郎は身に覚えがない。笛が鳴っても構わずに走った。

田安家の隣の土井家裏門番が、六尺棒を地べたに突き立てて立ちふさがった。

さらには一番奥の、久世家裏門番も駆け寄ってきた。

手に六尺棒を持ってはいても、門番たちの背丈《せたけ》はいずれも五尺二、三寸の見当だ。

上背も大きく違うし、なにより新太郎は臥煙くずれで、喧嘩は得手《えて》。尚平は相撲取りを目指して房州から出てきた男である。

ふたりなら、三人の門番を蹴散らして走り去ることもできた。立ち止まったのは、深川不動尊への願掛けがあったからだ。

「どうしたてえんでえ」

駆けてきた新太郎は、息遣いがほとんど変わっていない。裏門から詰め寄ってきた門番のほうが、よほど息が上がっていた。

「ここをどなた様の屋敷と心得て、駆け抜けているのか」

田安家裏門番が、居丈高《いたけだか》な物言いで問い詰めた。

「手前が田安様で、真ん中が土井様、一番奥が久世様でやしょう。それがどうかしやしたかい」

新太郎は淀《よど》みなく、大名屋敷の名前を言い当てた。

広さは桁違《けたちが》いだが、屋敷といっても下屋敷である。しかもいま呼び止めているのは、いずれも裏門番である。大名の名を借りてえらそうな物言いをする門番に、新太郎はぞんざいな答え方をした。

「なんだ、その無礼な物言いは」

田安家の門番がいきり立った。他の二家の者も同じような顔つきで詰め寄ってきた。

「ここは田安家の屋敷地だ。無用の者は通り抜けならんわ」

「きた道を帰れ」

門番たちがてんでに六尺棒を振り上げた。

いつもの新太郎なら、ここで立ち回りを始めるところだが、この日は様子が違った。おとなしく、下手《したて》に出た。

「半鐘が鳴ったもんで、火元に急いでいるさなかでやす。断わりもなしに走り抜けようとした無礼は、なんとか勘弁してくだせえ」

鉢巻《はちまき》を取ってあたまをさげた。

「ここにも半鐘にひっかかった者がいる」

「田中《たなか》様も罪なことを……」

後ろの門番ふたりが、声をひそめてささやきあった。新太郎はその声を、はっきりと聞いた。しかし顔色は動かさなかった。

「半鐘というが、どこにも鳴っておらんぞ」

口入屋《くちいれ》から回された奉公人でありながら、田安家の門番は、武家のような物言いをした。

「そんなこたあねえ。あっしら、土手の上から煙も見やしたから」

「どこにそんな煙が」

門番がさらに語気を強めたとき、久世家の屋敷内から半鐘が鳴り響いた。

「ほら、門番さんにもいまのが聞こえやしたでしょう」

「本物か、あれは？」

田安家の門番が、久世家の門番に問いかけた。問われたほうは、首をかしげただけで、返事はしなかった。

「とにかく半鐘が鳴ったのはわしも聞いた。今日のところは咎めはせんが、以後、このあたりに立ち入《い》るでないぞ」

胸を反り返らせて言い終わった門番は、他の二家の同輩とうなずき合って裏門前の持ち場に戻った。

はからずも、どこのだれが半鐘をカラ打ちしたかを、新太郎は知り得た。

久世大和守下屋敷の、田中なにがし。

胸のうちにしっかり刻みつけてから、思いっきり足を速めて富沢町へと走った。

大名屋敷を抜けたあとは、永久橋《えいきゅうばし》を北に渡り、入堀伝いに銀座鋳造所《ぎんざちゅうぞうじょ》のわきを走り抜ける一本道である。このあたりまでくると、富沢町の方角から上る煙が、はっきりと見えた。

新太郎は、銀座鋳造所の門のわきで足を止めた。銀座のなかを覗《のぞ》き込んだが、様子に変わりはない。

銀座は鋳造所独自の、火の見やぐらを持っている。なかがいつも通りに落ち着いているということは、火の行方を見切っているとしか思えなかった。

ここから富沢町までは、およそ五町。風の吹きかたひとつで、あっという間に火の粉が飛んでくる。

「てえしたことはねえのかなあ……」

町の静かさに拍子《ひょうし》抜けした新太郎は、走るのをやめたくなっていた。ここから引き返せば、小網町の実家にも行かずに済む。できることなら、杉浦屋に出向きたくなかった。

「ここまできただ。とにかく行くべ」

新太郎の胸の思いを読み取った尚平が、相肩の尻を叩いて走り始めた。

銀座を通り過ぎて一町ほど走ったら、木の焦げる臭いにおいが鼻をついた。

風が出ており、煙が横に流されている。

風は小網町に向かって吹き始めていた。

# 七

小網町の端は箱崎町との町境《まちざかい》に架かる崩橋である。ここから、御城《おしろ》につながる広い堀の北側に、小網町河岸が長々と続くのだ。一丁目から三丁目まである大きな小網町は、河岸に漁師の干し網が並んだことに町名の由来があった。

しかしそれは、権現《ごんげん》（家康《いえやす》）様が江戸の町造りを始めた早々のころのことである。新太郎が物心ついたころの小網町は、漁師はほとんどおらず、大きな商家が建ち並んでいた。

新太郎の実家杉浦屋は、小網町一丁目の中之橋《なかのはし》たもとに、堀に面して建っていた。日本橋駿河町の本両替ほどの規模ではないが、取引先から預かるカネは二十万両に届く。公儀公金を扱わない町場の両替商のなかでは、江戸でも十本指のひとつに数えられた。

杉浦屋の造りで、なによりも目をひくのは大きな金蔵と高い塀だ。

盗賊の侵入を阻《はば》む塀は、地べたからの高さが二丈もある。壁の厚みは一尺で、掛矢《かけや》でぶっ叩いてもびくともしない。塀の上部は忍び込む者が足を滑らしやすいように、上薬《うわぐすり》を重ね塗りした本瓦が山形に載《の》せられていた。

蔵は塀よりもさらに頑丈な造りである。

屋根までの高さは三丈もあり、蔵のなかは三階建てだ。蔵の壁は厚みが一尺五寸である。駿河町の三井《みつい》両替店の金蔵よりも厚いというのが、杉浦屋吉右衛門《きちえもん》の誇りだった。

蔵に火が入るのは、壁や窓ではなく、壁と屋根とのつなぎ目である。鉢巻と呼ばれるこの部分は、蔵の造りでもっとも火に弱い箇所だ。

漆喰《しっくい》で目塗《めぬ》りをしても、季節の移ろいのなかでは剝《は》げ落ちる。質屋や両替商など、ひとの品物やカネを預かる生業《なりわい》の蔵は、ことのほか蔵の目塗りに気を遣った。

「蔵を大事にしないような店に、虎の子のカネを預けられるか」

目塗りを怠《おこた》ったり、費《つい》えを惜しんで手抜きをすると、たちまち客が逃げた。

とりわけ蔵が自慢の杉浦屋は、年に二度、六月と十二月に職人五人を入れて、しっかりと隙間《すきま》をふさいだ。

高い壁と、目塗りを怠らない頑丈な蔵。

新太郎が生まれ育った杉浦屋は、これを家訓とする両替商だった。

日本橋はどこも町が古い。家康が江戸を開いた慶長《けいちょう》時代から、すでにひとが暮らしていた町がほとんどである。

小さな町が入り組んでいるが、どの町にも肝煎《きもいり》がいて、町木戸もしっかり構えていた。

木戸を構えるためには、出入りを見張る木戸番を雇わなければならない。戸数の少ない小さな町や、ひとの出入りが激しい新しい町では、住人から木戸番代の割り前を集めるのが一苦労だった。

ところが日本橋周辺の町々には、江戸開府以来住み着いているという住人が、大勢を占めていた。

それゆえ町の規模は小さくても、しっかりした町木戸が構えられていた。

富沢町から小網町に向かう新太郎と尚平は、長谷川町《はせがわちょう》、新乗物町《しんのりものちょう》のふたつを通り抜ける道筋を取った。

「ごめんよ、通してくんねえ」

長谷川町の木戸で、新太郎は番太郎《ばんたろう》（木戸番）に断わりを言った。

「あにいたちは、どこに行きなさるんで」

番太郎は、ひとの目利《き》きができる年寄りが多い。長谷川町の男も、白髪《しらが》あたまの痩《や》せた年寄りだった。富沢町から煙が流れ込んでいるというのに、番太郎は少しも慌てた様子がない。

「小網町一丁目の宿にけえるところだ。すまねえが、町内を走り抜けさせてもらうぜ」

「そいつあ構わねえが、なんだってまた、そんなに慌ててるんでえ」

番太郎は、火事にまるで気づいていないようだ。

「とっつあん、見ねえな。煙がこっちに襲いかかってきてるだろうが」

「おれは去年の暮れに目を痛めちまって、遠くの物がめえねえんだ」

番太郎は鼻をひくひくさせた。

「こいつあまずい。にいさんがたの言う通り、煙が流れてきてらあ」

「板木を叩いて、みんなに知らせなよ」

新太郎が火事を知らせろとせっついた。

「あさってから出る、大山《おおやま》参りの水垢離《みずごり》でよう。ひとり残らず両国《りょうごく》の垢離場に出払ってて、町は空っぽなんだ」

番太郎ひとりしか、長谷川町にはいなかった。煙は流れてきているが、火の粉が飛び散っている様子はない。しかも煙は濃い白色で、火事が鎮火したあとの煙に見えた。

「うめえ具合に、富沢町は湿ったんじゃねえか」

「そういやあ、そんだな」

ひたすら駆けてきて、新太郎も尚平も、後ろを見ていなかった。

「なんだ、にいさん。火は湿ったのか」

「そうかもしれねえや。余計なことを言って、騒がしてわるかったぜ」

「いいてえことさ。火が湿ってなによりだ」

番太郎の両目には、べったりと目やにがくっついていた。

「これで今日は二度目の空騒ぎだな」

「空騒ぎで終わってくれりゃあ、なによりじゃねえか」

ふたりは、話しながら長谷川町の木戸を抜けた。まっすぐ行けば新乗物町である。

「せっかくだ、小網町に行くべ」

「そうだなあ……」

鎮火したとなれば、小網町に行く用はない。新太郎が返事を渋っていると、尚平が袖《そで》を強く引き、小網町河岸へとつながる道に入った。

「新太郎、焦げ臭くねかか」

「言われてみりゃあ……」

返事を終える前に、小網町の方角から真っ黒な煙が立ち昇り始めた。まだ半鐘も鳴ってないが、まぎれもなく火事だった。

新太郎はものも言わずに駆け出した。煙の黒さが、火事の勢いを伝えていた。

ジャン、ジャン、ジャン、ジャン。

三連打を崩橋の火の見番が打ち出した。それに続いて、日本橋界隈《かいわい》の半鐘がほとんど同時に三連打を打った。

新太郎の足が目一杯に速くなった。それを追うかのように、半鐘が擦半《すりばん》に変わった。

火元はすぐに分かった。小網町三丁目の油問屋、篠田屋《しのだや》からどす黒い煙が上っていた。油が燃えるときの煙である。

杉浦屋までは、篠田屋から五町ほどしか離れていない。篠田屋の奉公人が、顔を引きつらせて水をぶっかけていた。水では手に負えない火勢だと見て取った新太郎は、半端《はんぱ》な手助けをせずに杉浦屋に駆けた。

小網町の周りにも大名屋敷は幾つもあった。火消しが黒煙を見れば、すぐに油火事だと分かる。火元の火消しはその連中にまかせようと決めて、新太郎は杉浦屋を目指した。

店の前は大騒ぎになっていた。

今日は二月晦日だ。両替商の晦日は月のなかで、もっとも忙しい日である。その晦日にきた客が、立ち昇る黒煙を見て怯えていた。

「てまえどもは大丈夫でございますから。どうぞ、そのままお引き取りくださいまし」

番頭、手代《てだい》が総出で、うろたえる客をさばいていた。そのさなかに、新太郎と尚平が店に顔を出した。

ひときわ背が高い新太郎を見て、頭取番頭が飛び出してきた。

「手伝うぜ」

土間の隅に立てかけてある梯子《はしご》を抱えた新太郎は、杉浦屋の二丈の壁に梯子をかけた。

八

杉浦屋の白塀にかけた梯子を三段上ったところで、新太郎が動きを止めた。

身体が小刻《こきざ》みに震《ふる》えている。

梯子を握った手も、段に乗せたわらじ履きの足も、身体と同じように震えていた。

「できねか、新太郎」

相肩を案ずる声を尚平が投げかけた。

臥煙屋敷の纏《まとい》振《ふ》りだったとき、新太郎は雷に打たれて屋根から転がり落ちた。それ以来、高いところが苦手なのだ。いや、苦手なのではない。高い場所に上ろうとすると、怖気《おじけ》づいた身体が固まってしまい、一歩も動けなくなるのだ。

あたまでは、おのれを叱りつけたり、励ましたりした。しかし身体はあたまの言うことをきかない。それを年下の纏振りにあざけられたのが引き金となって、新太郎は臥煙屋敷を出た。

尚平は一度だけ、新太郎からその顚末《てんまつ》を聞かされていた。相肩が高いところに怯えることも知っていた。

しかしいまは、新太郎の実家が災難に直面しているときだ。それに梯子は新太郎がおのれの手で持ち出してきた。

ことによると、新太郎は上るかもしれね。

尚平は余計なことを問わず、相手のするに任せた。が、やはり駄目だった。

梯子の三段は、地べたからわずか三尺上がっただけである。そのわずかな高さで、新太郎が動けなくなっていた。

傷ついている相肩のこころを思い、尚平は話しかけることも、手を貸すこともせず、黙って梯子の下で新太郎を見上げていた。

思案橋の方角から流れてくる煙の色味が、一段と黒くなってきた。油を燃やしたときのにおいが、鼻を強くついている。煙のなかに生臭さが含まれているのは、安い魚《ぎょ》油《ゆ》も燃えているからだ。

半鐘が、気が狂《ふ》れたように鳴り渡っている。真っ黒な煙から逃れようとして、ひとの群れが思案橋の方から走ってきた。

騒ぎの真っ只中で、新太郎は歯を食いしばった顔つきで梯子から降りた。両方の足が地べたをしっかりと踏んだとき、杉浦屋の店先から火消しの集団が、新太郎たちが立っている場所を目がけて駆けてきた。

「邪魔だ、邪魔だ」

「梯子を持って、とっととどきやがれ」

「素人《しろうと》の手におえる仕事じゃねえ。わきにどいてろ」

火消し装束《しょうぞく》に身を包んだ鳶《とび》三人が、口々に新太郎と尚平を邪魔者呼ばわりした。

店から持ち出した梯子を手にした新太郎は、黙ったまま場所を譲った。すぐさま鳶のひとりが梯子を塀に立てかけた。そして軽い身のこなしで、塀の屋根に立とうとした。

「瓦は、滑りやすい本瓦だ。足元に気をつけたほうがいいぜ」

勘当されてはいるが、生まれ育った実家の塀である。なにが滑りやすいかをわきまえている新太郎は、塀の屋根に立とうとした鳶に気をつけろと促した。

地べたから二丈の高さがある塀だ。転がり落ちて打ち所がわるければ、命を落としかねなかった。

「素人が分かったような口をききやがるぜ」

鳶は新太郎を睨みつけてから、言うことをきかずに、そのまま立とうとした。

盗賊よけに上薬を重ね塗りした瓦は、新太郎の注意をなめてかかった鳶の足元をすくった。ツルッと右足を滑らしてしまい、身体が真横に倒れた。

それでも転がり落ちずに瓦にしがみついたのは、さすがに火消しの稽古《けいこ》を積んだ鳶の動きだった。

「なんてえ瓦だ」

鳶は屋根の本瓦に悪態《あくたい》をついた。

「火消しの邪魔だ、片っ端からひっぺがしちまおうぜ」

鳶が瓦の端を摑むと、力任せに一枚を引き抜こうとした。

両替屋の塀の瓦葺《ぶ》きをした職人は、なにが大事かをわきまえた仕事をしていた。鳶が乱暴に抜こうとしても、瓦はびくとも動かない。

「掛矢をとっつくれ」

壊し道具を手にして待ち構えている仲間に、鳶が掛矢をよこせと怒鳴った。下の男が手にしているのは、槌面《つちめん》の差し渡しが八寸（約二十四センチ）はありそうな、大きな掛矢である。それで屋根をぶっ叩いたりしたら、焼物の本瓦はひとたまりもない。

掛矢を手にした男が梯子に近づいたとき、新太郎が肩を押さえて止めた。新太郎と掛矢を持った若い鳶とは、背丈に四寸の差があった。

「なんでえ、てめえは」

鳶は新太郎を見上げて声を荒らげた。

「瓦に気をつけろのどうのと、余計なことを言いやがって、その上、今度は止め立てしようてえのか」

「おめえさんの邪魔をする気は、これっぱかりもねえが」

「おれの肩を押さえてるのが、邪魔をしてるてえんだよ」

「そいつぁ、わるかった」

新太郎が手を引っ込めた。

火事騒ぎのさなかでも、新太郎はおだやかに話をしている。相肩が願掛け中なのを知っている尚平は、新太郎が可哀そうで見ていられなかった。

「だがよう、にいさん」

「てめえっちから、にいさん呼ばわりされる筋合いはねえ」

新太郎には構わずに、鳶は梯子を上ろうとした。五段も上れば、掛矢が塀の屋根にいる鳶に手渡せそうだ。新太郎がふたたび男の肩に手をおいて動きを押さえた。

「てえげえにしやがれ」

梯子を降りた鳶が、新太郎に向かって掛矢を振り回した。新太郎は男との間合いを見切ったところで、一歩踏み込んで男の手首をぐいっとつかんだ。

「瓦をぶっ叩かなくても、中腰で進めば足を取られることはねえ。おれはそれが言いてえだけだ、塀に乗ったにいさんに、そう言ってやってくれ」

新太郎が耳元で男に伝えた。男は耳を貸さず、掛矢を振り回そうとしてもがいた。が、新太郎に手首をつかまれてうまく動けない。

仲間が押さえつけられているのを見て、さらに別の鳶が新太郎に飛びかかろうとした。素早く動いた尚平が背後から羽交《はが》い締めにして、三人目の鳶の動きを封じた。

「このくそ忙しいときに、てめえら、なにやって遊んでやがるんでえ」

赤筋の入った刺子半纏《さしこばんてん》姿の男が、火消し頭巾《ずきん》を脱いだまま駆けてきた。その後ろから、息をぜいぜいさせた頭取番頭が追ってきた。

赤筋半纏の男は、火消したちのかしらだった。

「若旦那様、どうしたんですか」

掛矢を手にした男の手首を握っている新太郎の元に、番頭が駆け寄った。

「若旦那てえひとはあんたか」

番頭に続いて、かしらも新太郎に近寄った。新太郎と尚平が、それぞれの手を放した。

「番頭さんの話だと、あんたは臥煙だそうじゃねえか」

「そうじゃないよ、かしら。もとは臥煙で、いまは駕籠舁きだ」

臥煙と駕籠舁きを口にしたときの番頭は、なんとも情けなさそうな顔を見せた。

「火がそこまできてんだ、のんびり話してるひまはねえ。てめえら、なにをやらかしてそんな目に遭ってやがんでえ」

かしらが下にいるふたりの若い者を睨《ね》めつけた。

「塀の瓦を叩き壊そうとしたから、おれが待ったをかけてたとこだ。中腰で動いてくれりゃあ、どうてえことはねえ」

「そうかい」

かしらは正面から新太郎を見た。ひとの器量を見抜く、まさに鳶のような目だった。

「だったら、あんたがやっつくれ。あんたの宿だし、うちのわけえのよりは、蔵の拵《こしら》えにも詳しいだろう」

かしらは、新太郎の腕を正味《しようみ》で認めたという物言いをした。その目を受け止めた新太郎は、深く息を吸い込んだ。それをふうっと吐き出すと、かしらに自分から一歩詰め寄った。

「すまねえがかしら、おれはたけえところが怖くなっちまってる。梯子を上りたくても上れねえんだ。勘弁してくんなせえ」

新太郎は顔色も変えずに、おのれの恥をさらけ出した。実家の蔵に火が迫っているのを見て、見栄を捨て去ったのかもしれない。尚平も深い息を吐き出した。

「そいつあ、すまねえことを言っちまった。おれのほうこそ勘弁してくれ」

あたまを下げたかしらは、どこを目塗りすればいいかを新太郎にたずねた。新太郎は蔵を指し示しながら、目塗りの要所を教えた。

「あんたに折り入っての頼みがある」

「なんでやしょう」

目塗り話をするなかで、新太郎とかしらは互いに火消しの器量を分かり合ったようだ。新太郎が歯切れのよい言葉で応じた。

「あんたの宿は、おれが身体を張って目塗りを指図《さしず》する」

かしらは曇りのない声で請《う》け合った。

「あんたと相棒とは、すまねえが火元の篠田屋で、火消しを助《す》けてやってくれ。たけえところに上がらなくても、あんたの腕を貸してもらえりゃあ、あっちも大助かりだ」

「がってんでさ」

新太郎は迷いなく引き受けた。

「おれの相肩は、一荷《か》（約四十六リットル）の水がめをひとりで運ぶ男だ。しっかり助《す》けてきやすぜ」

ふたりが駆け出そうとしたとき、かしらが呼びとめた。

「ここにはまだ、火がきてねえ。あんたらは、こいつを着てくれ」

若い者に脱がせた半纏と頭巾を尚平に渡し、自分の赤筋半纏を新太郎に手渡した。頭巾は掛矢の男から取り上げた。

「おれは小網町の英三郎《えいざぶろう》だ」

「深川黒江町の新太郎で、こいつは相肩の尚平てえやす。そいじゃあ、ごめんなすって」

新太郎も尚平も、走りながら火消し半纏を着ていた。

九

火元へと駆ける新太郎と尚平は、小網町二丁目から逃げてくるひとの群れとは、走る向きが逆だった。

多くの者は、手に持てるだけの荷物を提《さ》げている。人々は、火よりも真っ黒な煙に怯えていた。

河岸を流れているのは、先で御城の道三堀《どうさんぼり》へとつながる大きな堀である。小名木川《おなぎがわ》から大川に出た塩船は、この堀を走って御城まで行徳の塩を運び込む。

ほかにも米・味噌・醬油・酒など、諸国から江戸城に運び込まれる品々は、そのほとんどが小網町河岸を流れる堀を使っていた。

いわば江戸城の命綱のような堀である。

それゆえに、大きなはしけや重たい荷を積んだ船も行き来できるように、堀幅は広かった。水面から堀底までは、深いところでは五尋《ひろ》（約九メートル）もあった。

大量の荷は水運を用いるようにと、公儀はまつりごとを推《お》し進めている。ゆえに陸地の道幅は、情けないほどに狭かった。

火消し半纏をまとったふたりは、いつものようには動けない。しかも逃げてくる人波に行く手をふさがれている。

火元の篠田屋がある小網町三丁目は、思案橋を渡った東岸である。橋までは二町もないが、ひとの群れに巻き込まれて身動きできなくなった。

「新太郎、こっちくるだ」

尚平が石垣下の小さな船着場を指差した。櫓《ろ》のついた小舟が一杯、杭《くい》に舫《もや》われていた。ふたりは船着場への石段を駆け下りた。

舟は長い間舫われたままらしかった。船着場の周りを見まわしたが、人気《ひとけ》がない。対岸は丹後田辺藩《たんごたなべ》三万五千石、牧野豊前守《まきのぶぜんのかみ》の上屋敷である。七千坪近い広大な屋敷は、高い塀で囲まれていて、そこにも人の姿は見えなかった。

陽にさらされ、雨風にいじめられた綱は、結び目が固くなっている。

「断わろうにも、持ち主がめえねえ」

「捨て舟かもしれね」

「そんなぜいたくをするやつはいねえだろうが、とにかくこれを借りていこう」

新太郎が舫いをほどいている間に、尚平は櫓の具合を確かめた。浜育ちの尚平には、この程度の小舟を扱うのは造作《ぞうさ》のないことだ。

「だめだ、固くてほどけねえ」

「櫓も根元が腐ってるだ。どうする、新太郎」

「どうするったって、陸《おか》はとっても走れねえ。おれが舫いをほどいている間に、おめえは板っきれを四枚探してこい」

「がってんだ」

新太郎の思案を察した尚平は、櫂《かい》代わりに使えそうな板を探しに行った。舫い綱は結局ほどけず、業《ごう》を煮やした新太郎は、杭をへし折って綱を抜いた。

尚平はうまい具合に、長さ一尺、幅五寸の板四枚を手にして戻ってきた。

「うめえのが見つかったじゃねえか」

「火事場から逃げてるとっつあんに頼んで、棚板《たないた》を貸してもらった」

「貸してもらったって、おめえ……」

「この騒ぎが終わったら、けえしに行くだ。北新堀町の平助店《へいすけだな》の……」

尚平が名前を思い出そうとした。

「いいから漕《こ》ぎ出そうぜ。その裏店《うらだな》が焼け落ちるかもしれねえのに、棚板のしんぺえしても始まらねえ」

呆《あき》れながらも、新太郎は相肩の律儀《りちぎ》さがたまらなく嬉しかった。

櫓は使い物にはならなかったが、船板は傷《いた》んでいなかった。尚平の調子に合わせて、新太郎も棚板で堀の水を掻《か》いた。

小網町三丁目には、うまい具合に篠田屋自前の大きな船着場が拵えられていた。乗ってきた小舟を杭に縛り付け、棚板を舟に放り込んだふたりは、石段を駆け上がって火事場に向かった。

「小網町の英三郎親方に指図されて、火消しの助《す》けにきやした」

油が燃える炎を正面に見ながら、新太郎が火消しの差配《さはい》に助《すけ》っ人《と》を申し出た。頭巾をかぶった差配は、新太郎と同い年ぐらいの若さだった。

「篠田屋はどうにもならねえが、火は思案橋の手前でなんとしても食い止めてえ」

差配が橋の方角を指差した。相変わらず、逃げるひとで橋はごったがえしていた。

「あの思案橋が焼け落ちたらやっけえだ。あにいたちは、なんとか橋を守っててくんねえな」

「がってんだ。いま渡ってる連中は、奥の親仁橋《おやじばし》と万橋《よろずばし》に回り道させるが、それでいいかい」

「いいとも。若いのが行ってるが、指図はあにいたちに任せたぜ」

差配は炎の行方を見定めようとして、燃え盛る篠田屋に向き直った。

新太郎と尚平は、すぐさま思案橋のたもとに駆けた。橋の東詰《ひがしづめ》では、ふたりの鳶が声をからして、橋に入る者を押しとどめようとしていた。

しかし群れになって押しかけてくる連中は、鳶の止め立てなど聞きはしない。突き出した手を払い除《の》けるようにして、橋に突っ込んで行った。

「水桶《みずおけ》はあるか」

新太郎が鳶のひとりに問いかけた。

「ありやす」

赤筋の入った新太郎の火消し半纏を見て、男はすぐさま桶を取りに行った。戻ってきたときには、半荷は入りそうな細長い桶と、手桶三つを抱えていた。

「目一杯、堀の水を汲み入れてくれ」

尚平に細長い水桶を手渡した。溢《あふ》れるほどに汲み入れたら、それなりの重さになる。

「あっしも行きやす」

鳶が手伝いを申し出た。

「でえじょうぶだ。あいつなら、ひとりで担げる。それよりにいさん、どこにも竜《りゅう》吐水《どすい》が見当たらねえが」

「燃えちまってるんでさ」

「なんだとう」

「二つある竜吐水は、どれも篠田屋の納屋《なや》に仕舞ってありやしてね。この火事で、そっくり焼けちまってやす」

新太郎が思案顔をこしらえているところに、水桶を担いで尚平が戻ってきた。

「おれにも手桶を貸してくれ」

手桶と水桶を、新太郎は人波の真ん中に運んだ。逃げてくる連中が、舌打ちをしながら桶をよけた。

「思案橋は火消しで使う。みんなは親仁橋と万橋に回ってくれ」

新太郎が怒鳴っても、聞き入れる者は皆無《かいむ》である。

「構わねえから、手桶の水をぶっかけろ」

「そういうことでやしたか」

言うことをきいてもらえずに苛立っていた鳶は、ここぞとばかりに水を振り撒《ま》いた。

陽は出ているが、二月晦日はまだ肌寒い。水を嫌う人波は、親仁橋へと向きを変えた。

「さすがはかしらだ、あっしらとは知恵が違う」

「かしらじゃねえ。おれは駕籠舁きだ」

新太郎はさきほどの若い鳶を呼び寄せた。

「このあたりに、竜吐水を持ってる臥煙屋敷はねえか」

「臥煙は大川を渡らねえといやせんが、中洲の大名屋敷には、くさるほどありやす」

「そういやあ、大名火消しはどっこも助《す》けにきてねえじゃねえか」

「中洲の連中は、てめえらのことしか、かんげえてねえんでさ」

鳶が顔を歪《ゆが》めて吐き捨てた。

新太郎の顔色が変わった。

「おれは中洲に行ってくる。おめえはわけえのと一緒に、橋番をしててくれ」

「無茶するでねえだぞ」

尚平が目元を曇らせた。新太郎は相肩の心配を振り切って駆け出した。

十

新太郎が駆けた先は、中洲の久世大和守下屋敷だった。小網町三丁目のどす黒い煙は、大名屋敷の裏門からもはっきりと見えた。

「田中さんに取次いでもらいてえ」

門番の前に立った新太郎は、用向きを言わずに家臣の名前を告げた。

「なんだ、そのほうは」

火消し半纏姿の新太郎を見て、門番は手にした六尺棒を両手持ちにして身構えた。

「見ての通りの火消しでさ」

「そんなことは分かっておる。用向きはなんだと訊《き》いておるのだ」

門番は武家奉公人だが、口入屋から周旋《しゅうせん》された町人である。横柄《おうへい》な物言いは気に障ったが、新太郎は顔に出さないように踏ん張った。

「門番さんにも、あの黒い煙がめえるでしょうが」

「それがどうした。当家には、かかわりのない火事だ」

「そんな不人情なことを言わねえでくだせえ。いまにも小網町三丁目は、町ぐるみが焼け落ちそうなんでさ」

「だからなんだ。だいいち、なにゆえ田中様の名をそのほうが知っておるんだ」

裏門を固める門番はふたりだ。新太郎が掛け合っている右側の男は、左の門番よりも年長である。その男はかたくなに新太郎の願いを拒《こば》んでいるが、左の若いほうが立ち場所を離れて寄ってきた。

「三丁目の様子はどんなですか」

ていねいな言葉遣いで問うてきた。

「篠田屋という油屋をご存知で？」

「界隈に暮らす者なら、だれでも知っています。あの煙は篠田屋からですか」

新太郎がきっぱりとうなずいた。

「田中様は何人もいらっしゃいますが、どの田中様のことですか」

「庄助《しょうすけ》、勝手なことを話すな」

年長の門番がきつい物言いで、左の門番を叱りつけた。

「小網町三丁目には、あたしの両親《ふたおや》が暮らしているんです。あんなに煙が凄《すご》いのに、うちも隣も、火消しを出さないのはひどいじゃないですか」

年長の門番に食ってかかった若い男は、新太郎と正面から向き合った。

「あたしは庄助といいます。火消しにかかわることなら、あたしが取次ぎますから」

「今日、半鐘をカラ打ちした田中さんを呼んでもらいてえんだ」

「分かりました」

田中がだれなのか、庄助は思い当たったようだ。取次ぎに入ろうとしたら、年長の門番が庄助の前に立ちふさがった。

「勝手なことをするな。おまえが動いたら、わしまで咎めの巻き添えを食う」

「次郎《じろう》さんには迷惑をかけません」

「いや、かかる」

「てえげえにしやがれ、このくそったれが。あんだけ火が燃えてるてえのに、てめえのことしかかんげえねえのか」

新太郎がぶち切れた。次郎を門扉《もんぴ》に押しつけると、庄助に駆け出すようにとあごをしゃくった。庄助が屋敷のなかへ走り込んだ。

「てめえのせいで、でえじな願掛けがふいになった。このさきは遠慮しねえぜ」

次郎を門扉に押しつけたまま、新太郎は田中が出てくるのを待った。

　庄助がどんな話をしたのか、田中はさほどに間を置かずに出てきた。

「そのほうか、奉行所からの火急の使いというのは」

　庄助は奉行所の名を出して田中を引っ張ってきたらしい。一瞬答えに詰まった新太郎だが、すぐに顔つきをそれらしく拵えた。

「南町奉行所与力《よりき》、田所京太郎《たどころきょうたろう》様からのお指図を受けてきやした」

　田所与力の名は、長屋の家主木兵衛から何度も聞かされていた。木兵衛と田所の間柄も、それなりに聞かされている。なにか起きたらそのときだと肚をくくって、新太郎は与力の名を口にした。

　田中の顔色が変わった。

「それで与力殿の用向きは？」

「田中さんのカラ打ちを成敗《せいばい》して欲しいとの訴えが、奉行所に幾つもきておりやす」

　田中は小柄で、五尺二寸ほどだ。六尺男の新太郎は、わざときつい目つきを拵えて田中を見下ろした。

「訴えは田所様が握っておりやすが、田中さんの出方次第では、お奉行様の耳に入れると言っておられやす」

「出方次第とはどういうことか」

田中は明らかにうろたえていた。

「町場の火消しを手伝ったら、お咎めなしで済ませるてえことでさ」

新太郎が、いつもの口調に戻っていた。

「あっしがそれを見届けて、田所様につなぎやす。いま小網町三丁目がひでえことになってるのは、田中さんにもめえやしょう」

「あれを手伝えというのか」

「その通りでさ。まごまごしてると、火が堀を越えて二丁目にまで燃え移っちまいやす」

「町場の火消しに出る出ないは、わしひとりでは決められぬ」

「油屋が火元の火事なんでさ。かんげえてるめえに、動いてくだせえ。火が勢いを持ったら、ここの屋敷もただでは済みやせん」

火事が燃え広がることを田中が思い描けるように、新太郎は黙ったまま見詰めていた。

「分かった」

思案の末に、田中は思いを定めたようだ。

「すぐに火消し隊を整える」

田中は大名火消しのひとりらしい。出張《でば》りを請け合ったあとは、目に迷いの色は見えなかった。

「あっしは先に戻ってやすから、思案橋のたもとに来てくだせえ」

「それは分かったが、火事場に着いたあとは町火消しの指図は受けぬ。それをわきまえておけ」

「がってんでさ」

田中にあたまを下げた新太郎は、庄助にも軽く辞儀をしてから火事場へと駆け出した。

走りながら、門番に怒りをぶつけたことを悔《く》やんだ。なんとかここまで踏ん張ってきたのが、水の泡になったからだ。

自分にかかわる願掛けなら、ばかをやったとあきらめもつく。

頼みごとは、尚平とおゆきのことである。おのれの短気のせいで、ふたりの仲がうまくいかなくなったりしたら……。

それを思うと、火事場に駆け戻る足の運びが重たくなった。

次郎という名の門番の、物言いも振舞いも、新太郎には我慢できなかった。しかも次郎は、庄助が屋敷のなかに入ろうとするのを邪魔立てした。

次郎をわきにどけなければ、庄助は屋敷に入れなかった。が、込み上げた怒りにまかせて、怒鳴りつけることはなかった。

穏やかな物言いで、次郎を得心させることができたかもしれない。あそこで怒鳴ったのは、次郎への腹いせに過ぎなかった。

尚平、すまねえ。

走りながら、胸のうちで何度も詫びた。

思案橋に駆け戻ったときも、新太郎の顔つきは沈んでいた。

「どうした、新太郎」

尚平が駆け寄ってきた。

「顔色よくねが、中洲のどこ行ってただ？」

「久世様の屋敷だ」

「半鐘をカラ打ちした屋敷だな」

うなずく新太郎に威勢はなかった。

「おめ、また門番と揉《も》めただか」

「揉めたが、大名火消しが助っ人でやってくるはずだ」

「だったらよかったでねか。そっただ渋い顔してねで、火消しの指図をしてくれ」

尚平が新太郎の背中を押した。

篠田屋の油は燃え尽きたらしく、煙の色が違っていた。が、火勢はまだ強く、周りの家に襲いかかっていた。

新太郎が炎の行方を読んでいる。目つきが臥煙の纏振りのものに戻っていた。新太郎は尚平とふたりの鳶を呼び寄せた。

「あの三軒を壊しゃあ、火を食いとめられる。おめえらふたりは、手前の家を壊してくれ」

「橋の守《もり》はどうしやす?」

「ひとが散ってる。放っておいてもでえじょうぶだ」

尚平と鳶ふたりの働きで、火事場から逃げ出すひとの流れが変わっていた。だれも思案橋には向かってきていないことを見定めてから、新太郎と尚平は家の壊しに取りかかった。

道具は掛矢である。願掛けが駄目になった悔《くや》しさを、新太郎は掛矢の振るいにこめた。若い鳶がふたりがかりで壊しているわきで、新太郎はひとりで一軒を叩き壊した。

三軒すべてが潰《つぶ》れる手前で、久世大和守の火消しが到着した。総勢二十人で、竜吐水を三台運び込んでいた。

「ここはまかせろ」

新太郎たちが壊し終わった家の一角を、田中は守るという。この角に襲いかかる火を消し止められれば、火勢が思案橋を越える気遣いはない。

三台の竜吐水と二十人の火消しは、なにより頼もしく見えた。

「おまかせしやす」

田中と目を見交わして、新太郎は角を離れた。田中の指図で、火消し隊が動き始めた。


火は小網町三丁目から出ずに鎮火した。

三月を目前にした西日が、江戸城の屋根を照らしている。城の西の遠くには、富士山がかすんで見えた。

「どうする新太郎、杉浦屋に寄ってくか」

「おれが守ったわけじゃねえ」

思案橋のたもとに立った新太郎が、堀に小石を投げ込んだ。水面《みなも》にできた丸い紋《もん》を見詰めながら、胸のうちで尚平とおゆきに詫びた。

尚平が投げた石の水紋が、消えかかっている新太郎の輪に重なった。

# 紺がすり

一

「新太郎、起きれ」

いつもは寝起きのいい新太郎が、三度呼ばれても目を覚まさない。焦《じ》れた尚平は相《あい》肩《かた》の鼻をつまんだ。

「なにしやがんでえ」

息苦しくなった新太郎が、掻巻《かいまき》を着たまま身体を起こした。酒が残っているらしく、吐く息が酒くさかった。

「五ツ（午前八時）を過ぎただ。つら洗ってこい」

尚平はすでに、駕籠舁きの身支度《みじたく》を終えていた。

「なんでえ。やけにはええじゃねえか」

「今日は十五日だ」

「いけねえ……もう、その日か」

「おめがきのうの夜、自分でそう言ったでねえか」

「ちげえねえ」

新太郎があたまをかいた。

家主《いえぬし》の木兵衛は深川のほかに、入谷《いりや》にも同じ『木兵衛店《だな》』という名の裏店《うらだな》を持っている。差配《さはい》は配下の者に任せているが、木兵衛は月に一度は入谷に出向いた。

その木兵衛と銭箱《ぜにばこ》とを駕籠に乗せて、毎月十五日に運ぶのが、新太郎と尚平の決まりごとだった。

銭箱込みでも、運ぶのはさほどに難儀ではない。

しかし深川から入谷まで、すべての道のりを駆けずに歩き通さなければならない。歩く駕籠だと、わけを知らない者に指差されて笑われる。これが新太郎には、耐えがたい苦痛だった。

十五日が近づくと、新太郎は腹を下したり頭痛がしたりと、身体の調子がおかしくなる。とりわけ前夜の十四日は、寝酒一合《ごう》では寝つけず、つい深酒をしてしまうのだ。

二日酔いでも、走り始めれば新太郎の酒はあっという間に抜ける。ゆえに相肩が酒くさくても、尚平は心配はしていなかった。

「めえったぜ。もう十五日とはよう……」

立ち上がった新太郎が擂巻を脱いだら、下帯一枚の裸だった。三月中旬の昼間は充分に暖かい。しかし隙間風が入る安普請《やすぶしん》の裏店では、朝夕の花冷えはゆるくなかった。

素肌に掻巻一枚で寝ていられるのは、新太郎が臥煙《がえん》暮らしを経ていたからだ。男の見栄《みえ》が売り物の臥煙は、雪の日でも素肌に木綿《もめん》のさらしを巻き、着るのは紬《つむぎ》のあわせ一枚だ。足袋《たび》も穿《は》いていない素足に、鹿皮の鼻緒《はなお》がすげられた雪駄《せった》が決まり衣装である。

尚平も素肌に掻巻で寝起きした。

相撲取りを目指して安房勝浦《あわかつうら》から江戸に出てきた尚平は、在所《ざいしょ》では漁師だった。相撲取りも漁師も、ともに身体が元手の稼業である。

季節にかかわりなく、薄着で身体を鍛《きた》えてきたことで、尚平はいまでも夏はひとえ一枚、冬はあわせ一枚に半纏《はんてん》をひっかけるぐらいだ。

背丈はふたりとも六尺近い大男である。新太郎も尚平も、掻巻は着丈が六尺の別《べつ》誂《あつら》えだ。去年の十二月に門前仲町で誂えた掻巻は、陽《ひ》に干しさえすれば、まだ綿に膨《ふく》らみが戻った。

しかし木兵衛店に陽が差し込むのは、朝方の一刻《いっとき》（二時間）ぐらいだ。三月は四ツ（午前十時）を過ぎれば陽が差してくるが、新太郎たちはすでに長屋を出たあとである。

汚れ物の洗濯と物干しを、新太郎たちは長屋の女房連中に頼んでいた。

昼と夜は外で食べるが、朝飯は尚平が調《ととの》える。そのための水の買い置きや、棒手《ぼて》振《ふり》から朝の味噌汁用のしじみを買うのも、すべて長屋のひとの助けを得てのことだ。だれもが手伝いをいとわない。職人だの日雇いだのが暮らす長屋は、互いに助け合うことで暮らしが成り立っていた。

なんとか目覚めた新太郎は、井戸端で口をすすいだ。深川の井戸のほとんどは、塩辛《から》い水しか出ない。元は海だった場所を、埋め立ててできた町である。深い井戸を掘っても、塩水しかでなかった。

飲み水にはならないが、洗い物や口すすぎには使える。新太郎が顔を洗えば朝の五ツだと、長屋の連中がときを知った。

しかしこの朝は、五ツを四半刻《しはんとき》（三十分）ばかり過ぎていた。

「新さん、今朝はごゆっくりだねえ」

「ゆんべの酒が過ぎちまった」

「さっきから、木兵衛さんがいらいらして待ってるのよ。新さんたちに早く行ってもらわないと、こっちにとばっちりがきちゃうからさあ……」

「すまねえ。飯をかっこんだら、すぐに出るからよう」

井戸の水を二度ばかり、猫が顔を洗うような形で顔につけて、新太郎は洗顔を済ませた。

木兵衛店の住人は、だれもが口に遠慮がない。ときには言わなくてもいいことまで、面と向かって口にする。

しかし腹で思っていることと口にすることには、違いがない連中である。住人同士の陰口は言わない。言いたい放題を口にしているだけに、陰口の必要がなかったのだ。

弥生《やよい》の風が、富岡八幡宮の方から吹いてきた。散りどきを間違えた桜の花びらが、風のなかで漂《ただよ》っていた。

洗顔を終えて部屋に戻ろうとしたら、渋い顔で歩いてくる木兵衛と出くわした。

「なんだ新太郎、いまごろ顔を洗ってるのか。とっくにお天道《てんと》さまは昇ってるぞ」

新太郎を見上げながら、木兵衛が小言《こごと》を言った。

「明日が十五日だと思うと、夜の寝つきがよくねえんでさ」

「なんだ、それは。朝から嫌味か」

「とんでもねえこった。おれのつらを見てくんねえ」

新太郎が前かがみになり、木兵衛の鼻先に顔を突き出した。顔をわざと崩しているが、目までは笑えていない。

「入谷までのんびり歩けるてえんで、おれも尚平も、わくわくして落ち着かねえや」

「まったく口の減らないやつだ。あたしはとうに支度ができているんだ、とっとと飯を済ませろ」

手を後ろに組んだ木兵衛は、長屋のあちこちに目を走らせながら宿に戻って行った。

「飯が冷めただ。早く食え」

新太郎の箱膳《はこぜん》には、味噌汁、アジの干物、金山寺《きんざんじ》味噌が載《の》っている。駕籠舁きで一日を走り回るふたりには、甘味に富んだ金山寺味噌は欠かせなかった。

味噌汁の具はしじみで、毎日変わらない。扇橋《おうぎばし》たもとの棒手振が売りに来るしじみは、季節にかかわりなく大きな身が詰まっていた。

アジの干物は、坂本村のおゆきが店で出す品を回してくれたものだ。三日ごとに日本橋まで仕入れに出向くおゆきは、遠回りをして黒江町まで届けていた。

おゆきが仕入れるアジは、熱海《あたみ》の海で獲《と》れたものに限られていた。形はそれほど大きくないが、身が厚く、なにより脂《あぶら》の乗りがいい。

七輪《しちりん》で焼くと、身からこぼれ落ちた脂がねずみ色の煙となって立ち昇る。その煙が干物に回り込んで、美味《うま》さを引き立てるのだ。

味噌汁をすったあと、新太郎は干物に箸《はし》をつけた。

「うめえ。今朝のはことのほかうめえぜ」

「きのう、おゆきさんが届けてくれただ。うまくてあたりめだ」

おゆきの名を口にするとき、尚平はどうしても口ごもる。以前はそれをからかっていたが、いまは新太郎の胸が痛んだ。

ふたりとも、相手を好いているのは、新太郎が一番分かっていた。早く添い遂げさせたくて、深川不動尊に願掛けした。

願いを聞き届けてもらえるように、新太郎は『怒り断ち』まで約束した。

小網町の火事騒ぎで、決めを破った。

そのせいでもないが、ふたりはいまだに別々に暮らしている。尚平は新太郎に遠慮して、好いた相手の名を呼ぶのをためらう。

すべてはおれのせいだと、新太郎は本気で思い込んでいた。願掛けをしくじったことを思い出したら、美味い干物の味が分からなくなった。

「味噌汁、お代わりするべ」

新太郎の返事を待たずに、尚平は味噌汁の代わりをつけた。あたかも世話女房のようである。

新太郎は搔巻を脱ぎ散らかしたまま、洗顔に出た。いまはきちんと畳まれて、枕《まくら》屏風《びようぶ》の陰に尚平のものと一緒に重ねられていた。

新太郎はこれまでも何度か、尚平に所帯を構えろと迫った。おゆきさんと一緒になっても、駕籠舁きはやれる、と。

「おめが実家に戻るか、女房をもらうかしたらかんげえるだ」

尚平は決まり文句で答えた。

「冗談じゃねえ。それじゃあまるっきり、おれがおめえたちの邪魔をしてるみてえじゃねえか」

「そったことはね。おらもおゆきさんも、このままがいいと思ってるだ」

新太郎が息巻くたびに、尚平がなだめた。

新太郎は得心《とくしん》していない。

尚平がおゆきをどれほど深く思っているかは、傍《はた》で見ていても強く伝わってくる。

それほど相手に惚れているのに、尚平はまだ口吸いもしていないのだ。

なんとかしねえと、尚平は思いを遂げられねえ……。

新太郎は金山寺味噌の固まりを飯に載せて、一気に搔き込んだ。が、箸の持ち方も茶碗に添えた手の形も、しつけの行き届いた家で育った男ならではの品《ひん》があった。

二

五ツ半（午前九時）過ぎに深川黒江町を出た駕籠だが、四ツの鐘が鳴ってもまだ吾《あ》妻橋《づまばし》を渡ってはいなかった。

大川を渡る風がぬるみ始めている。風に含まれた春の香りにそそられたのか、寒がりの木兵衛が自分から垂れを上げた。

「気持ちのいい日だなあ、新太郎」

「走りゃあ、もっと気持ちがいいですぜ」

「つくづく、おまえはくどい男だ」

新太郎には取り合わず、膝に手をおいて周《まわ》りの景色を眺めた。

吾妻橋の東詰には、火の見やぐらがある。火事の方角見当と、大川の様子を見張るやぐらである。どこからも煙は立っていないらしく、遠くを見張る火の見番の顔つきがおだやかだった。

橋の西詰を北に入れば、今戸《いまど》から吉原《よしわら》につながる道が通っている。入谷に向かうにも、この道を通るほうが一本道で早い。

新太郎も尚平も、もちろんそれは知っていた。分かっていながら入りたがらないのは、この通りには商家と、こどもが多いからだ。

浅草寺《せんそうじ》が近いことで、このあたりの商家には江戸の方々《ほうぼう》からひとが集まっていた。その人込みをよけながら駕籠が歩くと、参詣客が指差して駕籠舁きを笑った。

「あんなに大きな身体をしているのにねえ」

「歩いてまで駕籠を担《かつ》がなければいけないのは、よほどのわけがあるんでしょうね」

ときには、あわれみの声まで聞こえた。

冗談じゃねえ。おれは走りてえんだ。

新太郎は、ひとのささやきを耳にするたびに、胸のうちで大声を出した。

それでも参詣客は、ひそひそ声を交わすだけだった。始末がわるいのは、通りで遊んでいるこどもである。

月に一度、この界隈《かいわい》を歩いて通りすぎる駕籠を、こどもの何人かは覚えていた。吾妻橋を渡り切った角には、見張りが待ち構えていた。

「金《きん》ちゃん、あの駕籠がきたよう」

「分かった。用意はできてるから」

角を駕籠が曲がるなり、こどもが後棒《あとぼう》の新太郎を取り囲んだ。

「おじちゃん、どうして走らないの？」

ひとりが新太郎に話しかけて、後棒の気を引きつけた。新太郎が答えている隙《すき》を見て、別のこどもが馬糞《ばふん》や犬の糞を新太郎の足先にこぼした。

犬の糞は小さくてわらじで踏み潰《つぶ》せた。馬糞を踏むと、ぐしゃっと物を踏み潰す感じである。

その馬糞は、草とわらが食われたあとのなれの果てだけに、さほどに臭くはない。ところがなんでもかんでも、手当たり次第に食い散らかした野犬の糞は、わらじの目の隙間にまでこびりついてしまう。

地べたにこすりつけようが、原っぱで草の上を滑《すべ》らせようが、においはとれない。

そんなひどいいたずらをされているだけに、新太郎はこの通りに入るのをいやがった。

「おい、尚平」

開いた垂れから顔を突き出した木兵衛は、前棒に通りに入るようにと指図《さしず》した。律《りち》義者《ぎもの》の尚平は、家主に言われた通りに、右へと長柄《ながえ》を向けた。

新太郎は、いたずら小僧たちが寄ってこないかと身構えた。が、陽気がいいせいか、こどもの姿はなかった。春先から夏場にかけては、こどもの遊び場所は通りから大川端に移った。

面倒なことにならなくてよかったと、新太郎が大きな息を吐き出した。その息がきっかけになったかのように、女とこどもの物乞《ご》いが、ふらふらっと駕籠に近寄ってきた。

こどもが女の手を引っ張って、倒れ込むのを止めようとした。しかし女のほうが目《め》方《かた》があり、身体つきも大きかった。

こどもは引きとめることもできず、倒れるに任せた。女は気を失ったかのように、垂れを開いた木兵衛の膝に倒れ込んだ。

新太郎が長柄を押さえつけた。尚平がすぐに応じて駕籠が止まった。

「早く駕籠をおろすんだ」

ふたりが肩から駕籠を外して、地べたに着けた。倒れ込んだ女の体をだき抱えるようにして、木兵衛が駕籠からおりた。

「坊主、このひとはおまえのおっかさんか」

こどもは言葉ではなく、うなずいて返事をした。もう幾日も身体を洗っていないらしく、女とこどもからはひどいにおいが放たれていた。

汚れっぱなしの髪は、何本かが固まりになっている。

「あたしはこのひとの世話をする。おまえたちは、銭箱をさくらに届けてくれ」

「さくらって……かすりを着た、あの娘さんですかい」

「向こうは待ってるから、早く行ってやれ」

言われるなり、ふたりは駕籠に肩を入れた。

三

新太郎と尚平が、息を合わせて気持ちよさそうに駆けていた。向から先は、入谷の木兵衛の宿だ。客ではなく、銭箱がひとつ乗っているだけだ。

今年になって、木兵衛は銭箱を新たに誂え直していた。毎月運ぶ銭の額が増えていたからだ。

長さ二尺五寸(約七十五センチ)、幅が一尺で深さが五寸の、樫《かし》で拵《こしら》えた頑丈な銭箱である。箱の四隅を鋲《びょう》打ちしてあり、大店《おおだな》の千両箱よりも立派な拵えだった。

箱には、百文《もん》差しが五十本入っていた。町民が普段遣《づか》いに遣う貨幣が、この銭である。

徳川《とくがわ》幕府が本位貨幣として、金座《きんざ》に鋳造《ちゅうぞう》させているのは一両小判だ。小判の補助貨幣としては、一枚が四分の一両に相当する一分《いちぶ》金がある。さらに小さな額として、四枚で一分相当の一朱《いっしゅ》金があった。

金貨とはまるで違う単位の、銀貨も同時に通用していた。銀は貨幣の重さがそのまま値打ちであり、単位は匁《もんめ》と称した。もっとも小さな銀貨は、ひと粒一匁の小粒銀である。

金貨・銀貨のほかに、さらにもうひとつ、銭が貨幣として使われた。一枚一文の銭は、木兵衛店などの長屋暮らしの町民が、もっとも日常的に遣う貨幣だ。

金貨一両が銀だと六十匁、銭なら五貫《かん》（五千）文である。この両替相場で、金・銀・銭の三種の通貨が通用していた。

いま新太郎たちが運んでいる銭は、入谷の木兵衛店の住人に分け与えるカネである。百文差しというのは、一文銭九十六枚を細紐《ほそひも》に通し、百文相当として遣う銭の束《たば》である。

百文の払いには、この差し一本を充当させた。しかし五文、十文と小分けして遣うときは、紐から外してバラで遣った。

新太郎と尚平が運んでいる百文差し五十本は、小判一両に相当する銭だ。長屋暮しの住人には、なによりも遣いやすいのが百文差しだった。

歩けと指図する木兵衛が乗っていない駕籠は、日本堤《にほんづつみ》を大門《おおもん》に向けて快走した。

後棒を押す新太郎は、ときおり左手の材木町《ざいもくちょう》に目を走らせた。弥生のやわらかな陽が、積み重ねられた檜《ひのき》の丸太に降り注いでいる。やがて木挽《こび》き職人が柱や板に挽《ひ》いて、大見世《おおみせ》普請の材木として用いる檜だ。

無造作に積み重ねられているが、檜の丸太一本で高い物は二百両もする。積み重ねられた丸太は、ざっと数えただけで百本。

二万両の檜が、気持ちよさそうに陽を浴びていた。

はあん、ほう。はあん、ほう。

尚平と新太郎が、息の合った掛け声を投げ合っている。日本堤は地べたから一丈《じょう》（約三メートル）の高さがある。空は真っ青に澄み渡っており、高い土手からは遠くが見渡せた。

深川から吾妻橋まで、新太郎たちはいやいや歩かされていた。いまは好きなだけ走っていられる。抑《おさ》えつけられていたことの跳《は》ね返りで、目一杯に駆けていた。
大門を過ぎた先で、駕籠は日本堤から地べたにおりた。吉原の先には、花川戸町《はなかわどちょう》
入会《いりあい》の二万坪の田畑が広がっている。
新太郎は梶棒《かじぼう》を操《あやつ》って、田んぼ道に入るようにと前棒に伝えた。尚平はすぐさま
応じ、梶棒を左に切った。
ここから入谷の木兵衛店までは、田んぼと寺の間を走り抜ける一本道である。おゆ
きのいる坂本村に入らなければ、上り下りもほとんどない平らな道が続く。
坂本村に入るか、平らな田んぼ道を行くか。
新太郎は前棒の尚平に道を預けた。新太郎の考えを長柄を通して汲み取った尚平
は、田んぼ道を一気に駆け始めた。
尚平らしいぜ。
はっ、はっと短く息を吐きながら、新太郎は胸のうちで微笑《ほほえ》んでいた。
吾妻橋を出てから、四半刻もかからずに木兵衛店に着いた。宿に通じる路地の角に
は、いつも通り愛想のない男が出迎えに出ていた。
男を見て、駕籠が走りを止めた。
「木兵衛さんはどうした」

駕籠が駆けてきたのを見て、男は木兵衛が乗っていないと判じたようだ。

「吾妻橋で、行き倒れの母子《おやこ》に出くわしたんだ」

思いっ切り駆け続けてきたことで、新太郎の息遣いがめずらしく乱れていた。

「それであんたらは、木兵衛さんを放りっぱなしできたのか」

男の物言いが、新太郎たちを咎《とが》めていた。

「そんな言い方はねえだろう」

駕籠から肩を外した新太郎が、男に詰め寄った。ふたりの背丈は、ほとんど同じである。見た目の年は、新太郎のほうがはるかに若い。男の顔には深いしわが刻まれているが、胸板の厚みは新太郎といい勝負に見えた。

「おれも相肩も、急ぐから先にゼニだけを届けろと言われたんでえ。あんたに礼を言ってくれとは言わねえが、放りっぱなしてえ言い草はねえだろう」

「そうかい。そいつあ、ありがとよ」

木で鼻をくくったような物言いで礼を言うと、駕籠の垂れを開いた。銭箱が座布団の上に載っていた。男が五貫文の銭箱を軽々と抱えたとき、宿からさくらが駆け寄ってきた。

「あら、木兵衛さんはどうしたんですか」

季節はすでに春半《なか》ばだ。さくらは丈の短い紺《こん》がすりに、赤い細帯を締めていた。

「吾妻橋で、行き倒れの世話をしているそうだ」

銭箱を抱えた男が、ぶっきらぼうな物言いでさくらに教えた。

「それじゃあ、これからまた木兵衛さんを迎えに行ってくださるんですか?」

新太郎がうなずいた。さくらに思うところはないが、男の無愛想さには腹を立てている。その思いが残っており、さくらにも愛想のないうなずき方をした。

「あなたが新太郎さんでしょう?」

さくらが笑顔で問いかけた。

「なんだって、おれの名を知ってるんでえ」

「だって、いっつも木兵衛さんから聞かされていますから」

「おれのことを、木兵衛さんから?」

さくらがこっくりとうなずいた。

「どうせまた、ろくでもねえことばかりだろうさ」

「そんなこと、ありません」

さくらは真顔《まがお》だった。

「口はわるいし短気でしょうがないけど、新太郎さんと尚平さんは、とっても正直で頼りになるひとだって言ってます、それに……」

さくらがさらに話をしようとしたとき、男が大声でさくらを呼んだ。

「籐吉《とうきち》さんが呼んでるから、行きます」

走りかけたさくらが、途中から駆け戻ってきた。

「籐吉さんも口がわるくて愛想がありませんけど、とってもいいひとですから」

それだけ言うと、路地突き当たりの二階家に走って行った。

さくらが走ると、紺がすりの裾《すそ》から細くしまった足首が見えた。新太郎はさくらが宿の玄関に入るまで、呆《ほう》けたような顔で見ていた。

格子戸が閉じられたところで、やっと尚平を振り返った。

「聞いたかよ、あの子の言ったことを」

「子じゃねえべ。もう娘っこだ」

尚平がぴしゃりと正した。

「まったくおめえは、いちいちうるせえ」

文句を言いながらも新太郎の目には、いまにもこぼれ落ちそうな笑みがあった。

「おめえも聞いただろうがよ」

「木兵衛さんが褒《ほ》めてたと言うのは、しっかり聞こえただ」

「そのことよ」

新太郎が駕籠の長柄に寄りかかった。樫の長柄は、大男の新太郎に寄りかかられてもびくともぶれない。

「おれたちが正直者だとよ。あれで爺さん、存外にものがめえるのかも知れねえ」

新太郎の目尻が、だらしなく下がっていた。

「おい、新太郎」

尚平が強い調子で呼びかけた。

「なんでえ」

「よだれが垂れてるだ」

「えっ……？」

新太郎が慌《あわ》てて口元に手をあてた。

「どこにもよだれなんざ、垂れてねえじゃねえか」

「おめの顔が、垂れ下がってるだ」

相肩が久々に明るい顔を見せているのが、尚平には嬉しいらしい。滅多に軽口を叩かない尚平が、目元をゆるめていた。

「おめえから、そんな気のきいたことを言われるとは、かんげえてもみなかったぜ」

顔を引き締めた新太郎が、後棒に戻った。

「木兵衛さんは、なんどきにけえれと言ったんだっけ」

「八ツ（午後二時）に吾妻橋の西詰と言っただ」

「だったらまだ、ときはたっぷりあるからよう。おゆきさんところで、昼飯を食おうぜ」

「それはまた今度にするだ」

尚平がきっぱりと断わった。

「なんでえ、それは。おゆきさんところだと、なにか障《さわ》りがあるてえのか」

「そうではねって」

せっかく入谷にいるんだから、いつだかの煮売り屋で飯を食いたいと尚平が言った。

去年の師走《しわす》に、木兵衛を入谷まで送ったときに入った煮売り屋だ。七坪の土間に菜《な》漬《づ》けの樽をひっくり返して置いた店で、あるじは滅法《めっぽう》愛想がわるかった。

「あの愛想のねえ親爺んところかよ」

「いいでねえか。互いの行き違いが分かったあとは、親爺も詫びたでねえか」

「そいつあそうだが、なんだってまた、あの店に行きてえんだよ」

「店のとっつあんから、木兵衛さんとさくらさんの話が聞けるかも知れね」

「そうか」

新太郎の顔が明るくなった。

「早く肩を入れねえな」

新太郎はすでに長柄に肩が入っていた。

四

煮売り屋には先客がひと組いた。男ばかり五人が固まっていて、煮豆を肴《さかな》に昼間から酒をやり取りしていた。

新太郎と尚平が土間に入ると、男たちが刺すような鋭い目を飛ばしてきた。

「相手にするでね」

尚平が新太郎の袖《そで》を引っ張った。

腰掛に座ると、台所から店の女房が湯呑みに入った水を運んできた。新太郎がすぐさま一杯を飲み干した。

「相変わらず、いい飲みっぷりだねえ」

前回とは打って変わって、女房は愛想がよかった。のれんの陰から顔をのぞかせた親爺が、新太郎に手を振った。

「煮豆と味噌汁だけど、それでいい？」

「いいともさ。それと……」

新太郎が空《から》になった湯呑みを差し出した。

「分かってるさ。うちの水は、なんたって美味いんだから」

女房は尚平の湯呑みも盆に載せた。

「あとで手がすいたら、親爺さんと話がしてえんだが、都合を訊いてくんねえかい」

「あいよ」

気持ちのいい返事を残して、女房は流し場に戻っていった。

斜め後ろの卓では、男たちがぼそぼそ声で言葉を交わしている。酒が入ってわきまえのなくなった男が、ときおり大声を出した。

「売り先は……」

「おれが運ぶのかよ」

大声を出すたびに、仲間が男の口を手でふさいだ。

新太郎は煮売り屋に入ったときから、なにかが胸のうちで引っかかっていた。それが思い出せなくて焦れていた。

が、いきなり思い出した。

「ちょいと駕籠を見てくらあ」

新太郎は男たちに聞こえるように、わざと大声で言い置いて立ち上がった。

通りに出た新太郎は、形だけ駕籠の長柄に触れてから店に戻ってきた。ちらっと横目を使ったが、男たちは気づかなかった。

腰掛に戻ると同時に、煮豆と飯とが運ばれてきた。湯呑みにはたっぷりと水が注がれていたし、どんぶりの味噌汁はネギがふちからこぼれ出しそうだった。

「いまの時季はネギが美味いから、あるだけ入れといたよ」

ネギが好物の新太郎が大喜びした。

「あとこれは、親方の気持ちだって」

生卵が割られた小鉢《こばち》が、ふたりそれぞれについていた。

「こいつあ、ありがてえ」

炊《た》き立てではなかったが、新太郎も尚平も、下地をたらした生卵をどんぶり飯にぶっかけた。

煮豆は甘味が利《き》いており、盛られた皿のなかで艶々《つやつや》と照り返っている。ひと箸つけた新太郎が、煮豆の美味さに顔をほころばせた。

「うめえよ、この豆は」

大声で何度も豆の美味さを褒めた。新太郎がなにを考えているのか、尚平は察している ようだ。相肩に調子を合わせて、尚平も美味いを連発した。

新太郎は飯を口に運びながらも、耳をそばだてている。駕籠舁きふたりが飯に夢中だと思って気がゆるんだらしく、男たちが遠慮のない声で話を続けていた。

「百両なら、どこにでも売れるぜ」

「ばかやろう。そんな安値で売る気はねえ」

さきほどから酔いの回っている男が、腰掛を蹴って立ち上がった。

「待ちねえな」

男たちのなかで最年長らしい男が、酔いの回った男をなだめるようにして立った。

ふたりの男が立ち上がったことで、話をやめる潮時《しおどき》となったらしい。

なかのひとりが全員の勘定《かんじょう》を払い、連れ立って煮売り屋から出て行った。

男たちがいなくなって、店が静かになった。

「わるかったねえ、相客《あいきゃく》がうるさくてさ」

「いいてえことよ。この店のお得意さんなのかい？」

「お得意なもんかね。このところ何度かくるんだけど、いっつも酒を呑んで長っ尻だからさあ」

女房は迷惑顔を隠さなかった。

「うちは飲み屋じゃないんだからって、一度は強く言ったんだけど、なかのひとりは木兵衛店に住んでるもんだからね。あんまり邪険《じやけん》なことも言えないしさ」

「ことによると、あの酔っ払ってた男のことかい？」

「あら、よく分かったわねえ」

「あいつだけ、身なりが違ってたからさ。ほかの連中はそれなりの格好してたが、あの男は唐桟《とうざん》一枚だった」

「へええ……稼業柄かもしれないけど、よくひとを目利きしてるんだねえ」

女房はひとしきり感心して、卓から離れた。

「どうした新太郎、なにか気になったか」

「腰掛に丸木屋《まるきや》の半纏がかけてあった。あの連中のなかのひとりが持ち主だ」

「吉原のか？」

新太郎も尚平も、江戸のおもだった商家の屋号はあたまに入っている。吉原の丸木屋は、さきほど新太郎が日本堤から目にした、檜の丸太を積み重ねていた材木商である。

「あいつら、檜をかっぱらって、よそに売り飛ばす算段をしてたにちげえねえ」

新太郎が顔をしかめて、見当を口にした。

「かっぱらうたって、丸太だべ。どうやって運ぶ気だ」

「そいつあ、おれにも見当がつかねえ」

新太郎がだいこんの漬物を口に入れた。漬物にはまだ若さが残っており、ボリボリと音を立てて噛んだ。

「丸木屋と言やあ、名の通った材木屋だ。盗まれねえように、見張りをつけてるだろうさ」

「ちょっと待て」

尚平の顔色が変わった。

「芳三郎《よしさぶろう》親分とこでねえか」

「あっ、そのことだ」

新太郎が大声を出した。女房がのれんの陰から顔をのぞかせたほどに、声が大きかった。

「さっきから思い出せねえで、じりじりしてたのは、そのことなんでえ」

水を飲んで、新太郎は気を落ち着けた。

今戸の貸元《かしもと》、恵比須《えびす》の芳三郎は札差《ふださし》や材木商などの大尽《だいじん》がおもな客である。吉原の丸木屋も、大得意先のひとりだった。

丸木屋が扱うのは、木曾《きそ》檜に限られていた。吉原の大見世は、いかに柾目《まさめ》の美しい檜を使うかで見栄を競《きそ》った。

木場《きば》や京橋《きょうばし》にも材木商は多くいる。しかし吉原で使う檜に関しては、丸木屋の扱いが図抜けていた。檜専門の目利きが何人もいたし、一寸の薄板が挽ける木挽き職人も数多く抱えていた。

日本堤の下を流れる川は、大川につながっている。丸木屋の材木置き場は、廻漕《かいそう》の便にも恵まれていた。

檜は長さを二十五尺（約七・六メートル）に切り揃えて、尾張《おわり》の熱田湊《あつたみなと》から運ばれてきた。材木置き場に引き上げるのは、手馴れた川並《かわなみ》が一手に引き受けた。

なにしろ一本の重さが、二百七十貫（一トン強）を超える木である。川から引き上げるだけでも大仕事だ。いかに力があろうとも、木を知っている川並のほかには扱えない。

丸木屋には、川並だけで二十人もいた。

ただひとつ困っていたのが、材木置き場の見張りだった。

一本が二百両もする檜の丸太である。差し渡しが二尺の大木なら、年輪の締まり具合にもよるが三百両を超えた。

重たくて簡単には盗めないことは、丸木屋も盗人《ぬすっと》も分かっていた。さりとて、見張りに手を抜くわけにはいかない。

芳三郎の賭場《とば》で遊んでいる丸木屋のあるじは、若い衆を見張りに出して欲しいと申し入れた。

ときには一夜で、数百両の遊びをする客の頼みである。芳三郎は見張りを引き受けた。

「盗人はかならず追い払うが、火事だの地震だの洪水だのからは守れない。それを承知なら引き受けよう」

丸木屋に異存のあるはずがなかった。

火事は盗人よりも怖いが、ひとたび火に襲いかかられたら、なすすべはない。盗人を追い払ってもらえれば充分だと、丸木屋は喜んだ。いまから四年前のことである。

以来、一度も盗人騒ぎは起きなかった。

芳三郎にツキがあるのか、火事も地震も洪水も、この四年間には生じていなかった。

「芳三郎親分に言ったほうがいいだ」

「それはそうだろうが……」

新太郎の歯切れが、いまひとつである。

「どうした、おめらしくもねえ」

「話がいまひとつ、めえねえんだ」

渋るわけを尚平に聞かせた。

たまたま、居合わせただけの連中である。ひとりは間違いなく、丸木屋の半纏を手にしていた。それが確かめたくて、新太郎は駕籠を調べるふりまでしたのだ。

連中が話している切れっぱしも耳にした。おそらくは、新太郎が判じたことに間違いはないだろう。

しかしことは盗人にかかわることだ。いい加減な話を聞かせたりしたら、芳三郎に余計な手間をかけさせかねない。

そのことが引っかかりとなって、新太郎の歯切れがわるかった。

「だがよう、新太郎。おめが思ったことだけ聞かせれば、あとは親分が判ずるだ。ぐずぐず迷ってるよりは、早く話すほうがいい」

口数の少ない尚平が、新太郎を説き伏せようとしている。相肩の真剣な目を見て、新太郎も得心した。

「分かった。木兵衛さんを迎えに行く手前で、親分ところに寄って行こうぜ」

「がってんだ」

尚平が威勢のいい言葉で応じた。

「そうと決まりゃあ、すぐに行こうぜ」

新太郎が立ち上がった。

「ここの親爺さんから、さくらちゃんの話を聞くんでねえか」

「そいつはそうだがよう……」

手を振って、尚平に早く立ち上がれとせっついた。

「こんな気がかりを抱えたままじゃあ、のんびり話も聞けねえ。さくらちゃんのことは、またてえことにしようぜ」

「そだな」

尚平も、相肩の言うことに納得したようだ。新太郎は首からさげた巾着《きんちゃく》を取り出し、飯代の小粒をつまみ出した。

「わきに用ができやした。話は、また今度にさせてくだせえ」

「いいともさ」

親爺がのれんのそばに寄ってきた。

「どんな話かは知らねえが、いつでも寄ってくれ」

親爺はすこぶる愛想がよかった。

店を出た尚平は空を見上げた。陽の高さで、ときの見当をつけるためである。

「目一杯に走らねえと、八ツには間に合わなくなるだ」

新太郎が大きくうなずいた。

ふたりが同時に肩を入れた。駕籠が持ち上がった。

息杖《いきづえ》を突き立てて走り始めた駕籠は、疾風《はやて》のように入谷村から出て行った。

五

新太郎たちが運んできた銭箱を、籐吉が抱えている。五尺八寸（約百七十六センチ）の上背《うわぜい》がある籐吉が持つと、銭箱は手文庫のように軽そうだった。

わきに立つさくらは、籐吉の肩までしか背丈がない。十七歳の娘盛りを迎えてはいるが、紺がすりを着ている小柄なさくらは、どう見ても十五、六の娘だった。

ふたりが回っているのは、木兵衛店の裏の空き地に建てられた掘っ立て小屋の群れである。四年前の火事で焼け出された近在の年寄りが、てんでに建てた小屋だった。

「九造《きゅうぞう》さん、戸を開けますよ」

さくらがむしろを押しのけた。地べたに茣蓙《ござ》が敷かれており、白髪《しらが》の男がむしろをかぶって横になっていた。

「九造さん、起きてますか」

「起きてるさ……」

消え入りそうな返事が返ってきた。

「お足が届きましたから、ここに置きます。元気を出してくださいね」

「ありがとう。横になったままで、勘弁しておくれ」

「いいんですよ、気にしなくても」

籐吉から受け取った百文差し一本を、さくらは老人の顔のそばに置いた。

「また様子を見にきますから」

笑顔を残して、さくらは小屋から出た。

銭箱の百文差しが半分に減っていた。小屋の数は全部で五十。木兵衛が用意した差しの数と同じである。

「どうする。少し休むかね」

籐吉がさくらを気遣っていた。

形はさまざまだが、どの小屋にもひどいにおいが詰まっていた。それに加えて、多くの者が口を開くのも億劫《おっくう》そうに横になっている。

淀《よど》んだ気配にまとわりつかれて、若いさくらがくたびれて見えたのだ。

「あたしは大丈夫ですから」

「そうは見えない。無理をしなさんな」

「無理はしていません」

銭箱から差しを一本取り出したさくらは、九造の隣の小屋に声をかけた。

最初の小屋が建ったのは、四年前の天明四年（一七八四）六月十七日である。その前日の夕暮れどきに、三ノ輪《みわ》の長屋から火が出た。

風もなく、さほどの大火事にはならずに鎮火した。が、それでも二百を超える世帯が焼け出された。

行き場を失《な》くした者の多くは、大川端の土手沿いに小屋を建てた。そこまで歩く気力のない、ひとり暮らしの年寄りたちが、この空き地で寝泊りを始めた。

季節が夏に向かっていたことで、野宿でもなんとかしのげたのだ。

地主は入谷村の庄屋である。

「この空き地は、当面使うあてがない。井戸を掘っても水が出ない土地だが、それでよければ好きに使いなさい」

小屋を建てて住み着くことを、庄屋は許した。許しただけではなく、掘っ立て小屋を建てるための丸太、竹、むしろ、莫蓙、お米などを分け与えた。

庄屋はその当時、七十二歳の長寿だった。自分よりも年下の年寄りが、行き場を失くしているのを見かねたからだろう。

それから一年も経ないうちに、庄屋は病死した。あとを継いだ長男は、五十手前の脂ぎった男だった。

「いまさら出て行けとは言わないが、今後は一切、うちを当てにしないでくれ」

追い出されこそしなかったが、だれもがひとり暮らしの老人である。庄屋から兵《ひょう》糧《ろう》を断たれて、たちまち食べることに行き詰まった。

見かねた近在のひとたちが、施《ほどこ》しを始めた。入谷は寺が多く、住人の多くは信心深い。老人への施しをするひとの多くは、自分たちが食べるだけで精一杯の暮らしぶりだった。

なんとか食べ物は恵んでもらえたが、老人たちには一文のゼニもなかった。カネがなくて物が買えない暮らしは、ただ生きているだけである。

それを知った木兵衛は、毎月百文ずつのカネを配った。こどものころ、木兵衛はひとの情けで死なずに済んだ。

「施しには、ひとそれぞれの形がある。空き地から追い出さない庄屋さんは、それはそれで立派なことだ」

木兵衛は、自分の長屋に住まわせることはしなかった。いまの長屋の住人の生活を、おびやかしかねないからだ。

その代わりにゼニを配った。百文差し一本で、ひと月が暮らせるわけではないが、二百文、三百文と額を多くしたら、木兵衛のカネが続かなくなってしまう。

「月に五貫文なら、あたしが生きている限りは続けられる」

この考えで決めた百文だった。

配って回るさくらも、同じ火事で焼け出された孤児《みなしご》である。さくらの両親は、家財道具を運び出そうとして逃げ遅れた。

いきなり孤児になったさくらは、大川端に行く気力もなくして、年寄りたちと一緒に空き地にやってきた。

木兵衛店の住人がさくらを不憫《ふびん》に思い、食べ物と着る物を与えた。さくらは住人からも恵んでもらった握り飯を、その場では食べずに空き地に持ち帰った。

差配役の籐吉は、さくらの振舞いをいぶかしく思い、あとをつけた。空き地に帰ったさくらは、もらった握り飯を身動きのできない年寄りに差し出していた。

籐吉から次第を聞かされた木兵衛は、その日のうちにさくらを引き取った。

木兵衛はいまでこそ長屋の家主で女房もいるが、こども時分には孤児だった。さくらも孤児だし、高橋《たかばし》の金貸し時代から木兵衛に仕《つか》えている籐吉も、同じような身の上である。

掘っ立て小屋の住人は、ひとり、またひとりと息を引き取って、人数が減っていた。が、うわさを聞いた年寄りが、ここに集まってきて、数はむしろ増えていた。

「もともと、なかったかもしれないあたしの命だ。目の黒い間は、ひとの数が増えてもなんとか踏ん張る」

木兵衛は施しを続けていることを、ひとに知られるのをいやがった。しかし、当人は黙っていても、周りのひとが黙っていない。

木兵衛、さくら、籐吉の三人は、入谷村の住人から深く敬《うやま》われていた。

いつものさくらは、差しが十本ぐらいになったときには、へとへとにくたびれていた。今日は、五十本すべてを配り終えても、まだ元気が残っていた。

今日はあとで木兵衛さんがくる。

駕籠に乗ってくる……。

それを思って、さくらは元気だった。

六

新太郎と尚平が担ぐ駕籠が入谷に戻ったのは、七ツ（午後四時）前だった。木兵衛の宿につながる路地の角には、さくらが立って待っていた。

木兵衛を乗せて入谷に来るときの駕籠は、いつも歩きだ。いまは木兵衛が乗っていないのに、やはり歩きの駕籠だった。

いつもと違うのは、後棒を担ぐ新太郎が嫌そうな顔つきではなかったことだ。

路地の入口で駕籠が止まった。いつもよりていねいに、地べたに下ろされた。

「おかえりなさい」

さくらの声音《こわね》には、わずかにかげりが含まれていた。いつもなら駕籠に乗っているはずの木兵衛が、男の子と一緒に歩いてきたからだろう。

「おい、新太郎」

呼ばれた新太郎が、木兵衛のそばに寄ってきた。

「あのひとを担いでやれ」

「担ぐって……この手で?」

「足で担ぐやつはいないだろう」

吾妻橋から入谷まで歩き通して、木兵衛は足腰が疲れているらしい。もともと新太郎には愛想のない物言いをする木兵衛だが、いまはことのほか無愛想だった。

新太郎は言い返そうとした。立っているさくらを見て、出かかった言葉を呑み込んだ。

「ここから担ぐよりは、宿の前まで駕籠に乗せたまま運んだほうがいいやね。それで構わねえでしょう」

渋い顔でうなずいて、木兵衛は新太郎の言い分を受け入れた。駕籠に戻った新太郎が、長柄に肩を入れた。尚平が素早く応じて、駕籠が宿の前に着けられた。

あるじの帰宅を察した籐吉が、格子戸を開けて外に出てきた。

駕籠の垂れを新太郎がめくった。乗っている女は、つらそうな顔で竹の骨によりかかっていた。

木兵衛のわきに立っていたこどもが、駕籠に駆け寄った。

「おっかさん、平気なの？」

女は返事をするのも億劫そうだ。こどもに目を合わせて、わずかにうなずいた。

「床を用意してやってくれ」

「へい」

短い返事をするなり、籐吉は宿に入った。

「湯はできているか」

「ちょうどの按配《あんばい》になっています」

さくらの答えを聞いて、新太郎の両目が大きく見開かれた。

町家で内湯を構えているのは、まれである。木兵衛の宿には風呂があると知って、新太郎は驚《いた》いたのだ。

「身体が傷んでいるわけじゃない。おまえが付き添って、このひとを湯にいれてやってくれ」

「分かりました」

「木兵衛さん、ちょっと待ってくれ」

さくらが答えているなかに、新太郎が割って入った。

「なんだ。おまえには言ってないぞ」

「さっきはおれに、このひとを担いでやれって言ったじゃねえか」

新太郎は口を尖《とが》らせて、木兵衛に食ってかかった。

「それがどうした。ここまで駕籠で運んできたから、ケリがついただろう」

「もうこのひとを、担いでやらなくてもいいてえことかよ」

「ここから先は、女同士の仕事だ」

「だったらそう言ってくれ」

新太郎の口調が、さらに刺々《とげとげ》しくなっている。こどもが怯《おび》え顔を見せた。

「すまねえ、ぼうず。おれの物言いが怖かったんだな」

こどもに詫びる新太郎の顔には、まだ不機嫌さが残っている。こどもは母親の肩に小さな手を載せて、新太郎を見上げていた。

「ひとりで歩けますか？」

さくらが女に問いかけた。

「ありがとう……もう平気ですから」

女が腰に敷いていた履物《はきもの》を取り出した。相当に使い古した、底の薄い草履《ぞうり》だった。駕籠の横に揃えて置くと、立ち上がって履物をつっかけた。

吾妻橋から、駕籠に座りっぱなしである。足がしびれていたのか、身体がよろけた。前棒の尚平が素早い動きで、女の身体を両手で受け止めた。

五尺（約一メートル半）そこそこの、小柄な女である。六尺近い尚平の腕の中に、身体がすっぽりと包み込まれた。

「このひと、熱があるだ」

「おっかさん、どうしたんだよ」

こどもが泣き声になっていた。

「木兵衛さん、医者を……」

「分かっている」

新太郎の言葉を木兵衛がさえぎった。顔つきが厳しいのは、身体は傷んでいないと言い切った素人《しろうと》診立《みた》てを、いまは悔《く》いているからだろう。

「弦琢《げんたく》先生を呼んできてくれ」

木兵衛の指図で、さくらが動こうとした。それを新太郎が呼び止めた。

「木兵衛さん、医者の居場所をおせえてくれ。おれと尚平とで、駕籠に乗せてつれてくる」

「そのほうがいいだ」

尚平も口を合わせた。

「さくらさんには残ってもらって、女同士で世話をしてもらったほうがいいでしょう」

新太郎が、ていねいな口調になっている。それを聞いて、木兵衛も受け入れた。

弦琢の診療所は、七町《ちょう》（約七百七十メートル）ほど離れた幡随院《ばんずいいん》の裏手だった。

幸いにも弦琢は在宅で、患者の治療をしていた。

「熱が高いとは、どれほどの高さの熱だったのかの」

問われても、尚平にはうまく答えられなかった。

「なにか分かりやすい、目安を言ってもらえれば察しようもあるが」

考え込んでいた尚平が、なにかに思い当たったらしい。

「思いつかれたか」

「乳の張った、牛の腹に触ったときと同じだっただ」

「うむ……」

絶句した弦琢は、それ以上の問いをあきらめたようだ。数種類の薬を詰めた薬箱を抱えて、駕籠に乗った。

入谷では、さくらとこどもが駕籠の到着を待っていた。

「ごくろうさまです」

駕籠から下りた弦琢を、さくらが案内して宿に入った。こどももあとを追った。

路地には、新太郎と尚平だけが残った。

「尚平よう」

「なんだ」

「乳の張った牛の腹てえのは、どんな熱さだよ……おれも触ってみてえ」

「いやなこと、蒸し返すでね」

尚平がめずらしく顔をしかめている。新太郎は、身体をふたつに折って笑い転げた。

七

治療を終えた弦琢を診療所に送り届けてから、新太郎は恵比須の芳三郎をたずねた。

昼間顔を出したときは、芳三郎は前夜から夜釣りに出ていて留守だった。それゆえ、夕刻におとずれ直したのだ。

札差や大店のあるじ相手の、賭場の貸元が芳三郎の生業《なりわい》である。貸元としての顔は、江戸の北側を束ねる大物である。しかし竿《さお》を持ったときの芳三郎は、なによりも釣りが好きな、ただのひとりの男だった。

好きがこうじて、芳三郎は竿を自前で拵えている。しかもおのれで使う竿のみならず、釣り場でいつも顔を合わせる、釣り仲間の竿まで拵えを請け負っていた。

芳三郎の夜釣りは、柳橋《やなぎばし》の船宿から出る乗り合いの釣り船だ。毎月十四日の夜、芳三郎は羽田《はねだ》沖まで出る船に乗った。

夜の船出は、公儀の監視が厳しい。柳橋の船宿は、川船奉行から鑑札《かんさつ》をもらっていた。

拵えを請け負っているのは、この夜釣り船の仲間の竿である。芳三郎に釣竿を頼んでいるのは、本所竪川《ほんじよたてかわ》の隠居だ。その隠居は、芳三郎の生業を知らずに付き合っていた。

新太郎と尚平が二度目に今戸の宿をたずねたとき、芳三郎は獲物のヒラメに庖丁《ほうちよう》を使っているさなかだった。

若い衆は、ふたりを客間に案内した。

時刻は暮れ六ツ（午後六時）を過ぎている。客間には、灯の入った遠州《えんしゅう》行灯《あんどん》ふたつが置かれていた。

芳三郎に言いつけられていたらしく、若い衆たちが膳と酒とを運んできた。

「肴は、親分が持ってくるてえことでやす。よかったら、先に酒を始めてくだせえ」

ふたりの膳には、それぞれ徳利《とっくり》が載っている。若い衆の手で、ほどのよい燗《かん》がつけられていた。

勧《すす》められても、新太郎も尚平も盃《さかずき》に手を伸ばさなかった。代貸《だいがし》の源七《げんしち》もいないのに、勝手に酒をやることはできない。

並んで座っているふたりは、芳三郎があらわれるのを待った。

客間の鴨居《かもい》には、数本の竿が横向きに掛けられていた。いずれも芳三郎が、自分の手で拵えたものばかりだ。

行灯の明かりは、鴨居まではうまく届いていない。新太郎が目を凝《こ》らして鴨居を見ていたら、若い衆が掛け行灯二丁を手にして客間に入ってきた。

「失礼しやす」

ふたりに断わってから、掛け行灯を鴨居の両端に引っ掛けた。天井と鴨居が明るく照らし出された。

竿がはっきりと見えた。四本かかっている竿は、どれも一間《けん》（約一・八メートル）の長さである。竹の地の色ではなく、艶《つや》のある漆黒《しっこく》だ。

「見ねえ、尚平」

新太郎が鴨居を指差した。漁師育ちの尚平には、竿の良し悪しが目利きできるようだ。

「あの竹の形を拵えるだけで、三年は乾かしてるだ」

「三年かよ……」

三年前なら、新太郎は臥煙組で纏《まとい》を振っていた。それだけのときをかけて竿を拵える芳三郎に、新太郎はあらためて深い思いを抱いた。

三月中旬は、陽が落ちるとまだ冷える。

火の気がない客間では、燗酒のぬくもりを宵の冷気が少しずつ奪い取っていた。

幡随院裏から今戸まで、ふたりは目一杯に駆けてきた。速さを決めたのは、前棒の尚平である。

ここにくる途中、駕籠は坂本村を走りぬけた。おゆきの店の前も走った。全力で駆けたのは、新太郎に遠慮をしてのことだろう。

相肩の心遣いを察した新太郎は、足をゆるめずに駆けた。そのせいで、喉が強い渇《かわ》きを訴えていた。

膳の徳利を見て、新太郎がごくっと喉を鳴らしたとき。大皿を自分で抱えて、芳三郎が客間に入ってきた。後ろについた源七が、ひと回り小ぶりの皿を手にしていた。

「待たせてすまなかった」

皿を手にしたまま、芳三郎と源七が横並びに座った。若い衆が、足の短い卓を抱えてきた。新太郎と尚平の前に卓が据《す》え置かれたあと、芳三郎と代貸が大皿を載せた。

灯のついた百目《ひやくめ》ろうそくの燭台《しよくだい》二台が、卓の両端に置かれた。

部屋が明るさを増して、大皿が映《は》えた。

「形のいいヒラメが三枚あがった。好きなだけやってくれ」

薄造りにされたヒラメが、大皿に張りついていた。皿は色味に富んだ伊万里焼《いまりやき》である。薄切りの拵えが見事で、ヒラメの下に伊万里焼の柄《がら》が透《す》けて見えている。

芳三郎の庖丁さばきは、旦那芸の域を超えていた。

「話があるそうだが、まずはヒラメをやってくれ」

言われた通り、新太郎はヒラメを口にした。向こうが透けて見えるほどの薄造りなのに、舌にのせると身が弾《はず》むような味わいだ。淡白さと旨味《うまみ》とが、薄い身のなかでせめぎ合っていた。

酒は灘《なだ》の下り酒で、絶妙の辛口《からくち》である。大皿一杯に敷きつめられたヒラメを、ふたりでぺろりと平らげた。

「親父がさばいたヒラメと、おんなじ味だ」

尚平がぼそりと漏らした。芳三郎の目元が、見たこともないほどにゆるんでいた。

肴が美味くて酒が進んだ。

大皿二枚のヒラメが一切れ残らず消えたときには、芳三郎も顔に赤味がさしていた。

「酒はここまでにしておこう」

芳三郎は、おのれの限りをわきまえているようだ。ピタッと酒をやめて、舌が火傷《やけど》しそうなほどに熱い焙《ほう》じ茶を運ばせた。

お茶請けに、焼いた梅干が小鉢に盛られていた。卓と膳が片づけられて、客間の気配が引き締まった。

「あんたらが耳にしたという話を聞かせてもらおう」

芳三郎の顔つきが変わっていた。

ヒラメを食べていたときは、釣り好きの旦那風に見えた。あの顔で釣り船に乗っていたら、だれも芳三郎が名の通った貸元とは思わないだろう。

いまは目元がぐいっと締まっている。

焙じ茶と焼き梅干とで、芳三郎はさきほどまでの酔いを、身体の奥底に封じ込めたようだった。

「入谷の煮売り屋で耳にしたことでやすが」

芳三郎には、新太郎が話を聞かせた。

さほどに長い話ではなかった。聞いたことといっても、たかが知れている。

男たちのひとりが、丸木屋の半纏を手にしていたこと。

百両ならどこにでも売れると、だれかが口にしたこと。

そんな安値で売る気はないと言って、男が腰掛を蹴って立ち上がったこと。

おもなことは、この三点だった。

新太郎は、丸木屋の檜が狙われていると思っている。が、そのことは口にしないで話を閉じた。

新太郎の話を聞く間、芳三郎はひとことも口をはさまなかった。話が終わったところで、静かに立ち上がると客間から廊下に出た。

庭にはすっかり、宵闇《よいやみ》がおおいかぶさっていた。

遠い目をして夜空を見ていた芳三郎は、腕組みをした形で部屋に戻ってきた。

「あんたはその話から、なにを察したんだ」

回り道をせずに、真っ直ぐ芯《しん》の部分に突っ込んでくるのが、芳三郎の流儀だ。ここまでの付き合いのなかで、新太郎もそれをわきまえていた。

「丸木屋さんの檜を、あの連中は盗み取る魂胆《こんたん》だと思ってやすが」

「あんたはどうだ」

芳三郎は尚平に目を移して、同じことを問うた。

「新太郎とおんなじことを思ってますだ」

「源七はどうだ」

芳三郎はいつになく、座の三人それぞれに思いのほどを問うた。訊かれた代貸も、新太郎と尚平と同じだと答えた。

聞き終わったあと、もう一度腕組みをしたが、今度はすぐに腕をほどいた。

「連中のなかに図抜けた知恵者がいたとすれば、わざわざ重たい丸太を盗まずに、もっと手早くカネになることを仕掛けてくる」

芳三郎が三人に謎かけをした。

三人はそれを解こうとして、銘々《めいめい》が眉間《みけん》にしわを寄せていた。

闇にしずんだ庭は物音ひとつしなかった。

# 八

木兵衛の宿に担ぎ込まれた女は、名乗ることもせずに、横たわったままだった。

「身体に滋養のつくものが、なにも口に入っておらぬようだ」

弦琢は、身体に食べ物を入れるのがなによりも先だと診立てた。

「ものを噛み下す力が、身体から失《う》せておる。口に入れさせるものは、やわらかくて滋養に富んだものがいい」

煮干《にぼし》か昆布《こんぶ》でダシを取り、そのダシ汁をたっぷり使って炊いた、おもゆが一番だと弦琢は言い添えた。

医者の言いつけ通り、さくらは煮干のダシを取った。そのダシ汁を土鍋《どなべ》いっぱいに張ってから、洗った米一合を加えた。

おもゆを炊くのは、さくらの得手《えて》である。掘っ立て小屋に暮らす者たちは、月に何度も腹をこわした。その都度、さくらはおもゆを炊いて届けている。

煮干だけの塩味では、味がどうしても物足りない。塩をひとつまみ加えてから、火加減を気にしつつ炊き上げた。

「おっかさんのごはんができたけど、坊やはどうするの?」

「おいら、もう七つだ。坊やじゃないよ」

こどもが頬を膨らませた。

「ごめんね、おねえちゃんがわるかったわ。でも……まだ、名前を聞いてないから」

「おいらは金太郎《きんたろう》。おっかさんはおちえっていうんだよ」

胸を張ったこどもが、さくらに見詰められて顔を赤らめた。

「おねえちゃんは、さくらっていうの。そう呼んでくれていいわよ」

「だったらおいらも、金太郎って呼んでよ」

「分かった、金坊ね」

こどもを見るさくらの顔がほころんでいた。

さくらがいつも一緒にいるのは、木兵衛が裏店の差配を任せている籐吉である。口数は少なくても情の深い男だと、さくらは心底から慕《した》っていた。

しかし籐吉は四十三歳である。

十七歳のさくらがよもやま話をするには、相手が年長者過ぎた。その上、籐吉はきわめつきの無口だ。

たとえこどもが相手であっても、無駄口がきけるのがさくらには嬉しかった。

「おっかさんのところにお鍋を運ぶから、そこで金坊も一緒に食べればいいわ」

「分かった、そうする」

ひもじさを我慢してきたのだろう。母親と一緒に食べられると分かったら、金太郎は目を見開いて声を弾ませた。

まだコトコトと音を立てている土鍋は、さくらが両手で持った。茶碗、箸が収められた箱膳は、金太郎が運んだ。

ふたりが部屋に入ったとき、女はまだ目を閉じていた。

「おっかさんを起こしてあげて」

「いいよ」

「そっと起こすのよ」

分かっているという顔をして、金太郎が女の枕元に座った。

「おっかさん……おっかさん……」

呼びかけながら、女の肩をツンツンッと押した。母親を大事に思っていることが、そのしぐさにあらわれている。

鍋敷きの上に土鍋をおろしたさくらは、金太郎のすることを見守った。

三度呼びかけられて、女が目を開いた。

「金太郎……なにしてるの？」

女には、すぐにはわけが分からなかったらしい。あたりを見回していた目が、さくらで止まった。

女が、はっという声を漏らした。慌てて身体を起こそうとしたが、力がこもらないようだ。目に怯えの色が浮かんだとき、金太郎が母親の手を握った。

「おっかさん、平気だから。おねえちゃん、さくらっていうんだって」

身体を動かして、金太郎は母親の目を覗き込んだ。

「おっかさんが食べるように、さくらねえちゃんがごはんを作ってくれた」

枕元から立ち上がった金太郎は、箱膳を母親のそばに運んだ。

「お医者さんが、滋養のつくものを食べろって言ってますから」

さくらも枕元まで近寄った。

「おもゆをつくりましたから、一膳だけでも食べてください」

女がなにか言おうとしたが、言葉が出ない。両目が潤《うる》んでいた。

さくらは薄いかけ布団の端をめくり、肩に両手をあてた。女が上体を起こすのを、さくらがわきから手伝った。

「ご面倒をおかけしました」

女が布団の上に両手をついて、ていねいな礼を口にした。

「とにかく、おもゆを口にいれてください」

女がなにか言おうとする口を抑えて、さくらはおもゆを勧めた。

「あたしよりも、この子に……」

「おいらもお茶碗があるから」

金太郎が、箱膳から茶碗と箸を取り出した。それを見て安心したのか、肩を落としてふうっと吐息を漏らした。

「ものを噛む力が足りないそうですから、おもゆから始めてください」

おもゆがたっぷり注がれたふたつの茶碗が、女と金太郎に手渡された。つい今しがたまで、土鍋のなかで音を立てていたおもゆである。茶碗を通して、ぬくもりが手に伝わった。

女の目に生気が戻った。

「金坊、足りなかったら、お鍋にお代わりが入ってるから」

言い残して、さくらは部屋を出た。ふたりだけにした方が、食べやすいだろうと察してのことだった。

母親にはおもゆで丁度だろうが、こどもには物足りないはずだ。それに思い至ったさくらは、台所に余り物がないかを探した。

間のわるいことに、鍋にも蠅帳《はいちょう》にも、余り物は入ってなかった。ときはすでに六ツ半（午後七時）を過ぎている。鬼子母神門前町《きしぼじんもんぜんまち》に出ても、店は閉まっている時分である。

そうだ、おかねさんところ……。

どんぶりを手にしたさくらは、木兵衛店のおかねの宿に向かった。木兵衛の宿の裏木戸を出れば、すぐ目の前が裏店の木戸である。

おかねは三軒長屋の真ん中で、ひとり暮らしをしている産婆だ。いつなんどき、産気づいた女が駆け込んでくるかもしれないのが、産婆の宿だった。

おかねはそれに備えて、火種を絶やしたことがなかった。それともうひとつ、里芋《さといも》の煮っ転がしだの、さつまいもを蒸《ふ》かしたものだのと、なにかしら腹にたまる食べ物が備わっていた。

「おかねさん……」

ひと声かけただけで、おかねが顔を出した。いつでもひとが入れるように、心張り棒はかけていない。

「どうしたの、こんな時分に」

まだ六ツ半だ。しかし油代を倹約して明かりを惜しむ裏店暮らしの者には、陽が落ちたあとは、宵の口も真夜中も同じようなものだ。

夜中でもひとを迎え入れるおかねだが、やはり明かりはつましかった。

「おいもが残ってたら、分けてもらいたいんですけど……」

「昨日の昼に蒸かしたおいもなら、二本あるけど、それでいいかい？」

一日以上経ってはいるが、夏場ではない。

「こどもがおなかをすかせているから」

「なにさ、こどもって」

おかねが驚いた。さくらの口から聞く言葉とも思えなかったのだろう。

おかねに勘違いされたと察したさくらは、木兵衛が連れてきた母子の話をかいつまんで聞かせた。詳しく話そうにも、さくらにもわけは分かっていなかった。

「そうかい。木兵衛さんもさくらちゃんも、ほんとうにえらいねえ」

おかねは二本のいもを、さくらが手にしたどんぶりに入れた。

「お世話さまでした。明日にでも返しにきますから」

「いいよ、それぐらいのことは」

腰高障子戸《こしだかしょうじど》を外から閉めて、さくらは裏店の木戸へと向かった。

明かりの乏しい長屋の路地は、闇に近い。しかも空には月星も出ていなかった。

金太郎に早く食べさせてやりたいさくらは、木戸から入ってきた男の姿に気づかなかった。男の着ていた物は、濃紺の股引《ももひき》に、同じ色味の半纏である。

色の濃い仕事着は、闇に溶けていた。

さくらは木戸口で、男の身体にまともにぶつかった。

「なにしやがんでえ」

男が怒鳴った。さくらが手にしたどんぶりが、地べたに落ちた。

どんぶりは、やわらかい土の上に落ちたらしい。割れもせず、中のいももこぼれ出てはいなかった。

「ごめんなさい」

どんぶりを拾いながら詫びたものの、さくらの顔はいぶかしげだった。男の声には、聞き覚えがなかった。

「くれえところに、いきなり飛び出してくるんじゃねえ」

乱暴な言葉をぶつけて、男は長屋のなかに入って行った。夜目《よめ》が利くらしく、歩き方には乱れがなかった。

見知らぬ男が、長屋に入って行ったのだ。いつものさくらなら、男に声をかけて行き先をたずねただろう。

しかしいまは、少しでも早く金太郎にいもを届けてやりたかった。

どんぶりを持ち直したときには、男の姿はすでに路地の闇にまぎれていた。

## 九

三月十五日の江戸は、月星のない闇夜だった。丸木屋の材木置き場では、番小屋のへっついの火が、腰高障子戸越しに、あたりに明かりを散らしていた。

番小屋は十坪の土間と、十六畳の茣蓙敷きの板の間という造りである。板の間が広いのは、昼間は川並衆がここで休むからだ。

土間には炊き口が三つのへっついに、小さな流し、そのわきに二荷《か》（約九十二リットル）入りの大きな水がめが据えつけられている。

夜の番人は、この土間で夜食を拵えて朝までの不寝番を続けた。

材木置き場には、百本以上の檜の丸太が積み重ねられていた。安くても一本百両。材木置き場は、途方もない額のカネが地べたに並べられているも同然だった。

「四半刻が過ぎたぜ、見廻りを始めろ」

番小屋の土間に立つ男が、板の間の男たちに指図をくれた。

「がってんでさ」

板の間にいた、五人の男が立ち上がった。いずれも五尺七寸（約百七十三センチ）の上背がある男ばかりだ。土間に立つ男は、さらに二寸は背が高そうに見えた。

土間に降り立った五人は、壁にかかっている刺子《さしこ》半纏を羽織《はお》った。

背中には白糸の縫い取りがされている。暗い夜道でも読み取れるように、縫い取りの白い文字は、太さが五分《ぶ》（約一・五センチ）もあった。

『今戸　恵比須組』

「あにい、行ってめえりやす」

五人の男衆が、土間の男に声をかけてから外に出た。

材木置き場の檜は、傷まないように皮つきである。

皮が乾くと、火の粉《こ》が飛び散ったときに燃え上がってしまう。さりとて湿り過ぎると、材木として遣うときに障りが出る。

雨降りが続く梅雨時《つゆ》は、蠟引《ろうび》きをした分厚い布を檜にかぶせて雨よけをした。

三月のいまは、さほどにひどい雨降りにはならない。冬が過ぎ去ったことで、火事も前月までに比べれば大きく減っている。

置き場の檜は皮つきのまま、むき出しで積み重ねられていた。

「一番、二番、南を回りやす」

「三番、北を見廻りやす」

「四番、西を見てきやす」

「五番、東を回りやす」

上背のある男五人が、順に声を発した。

材木置き場に、火の気は禁物である。どれほど闇が深くても、火事につながるおそれのある『火の明かり』は、使うことを許されなかった。

もちろん、置き場を照らし出すかがり火もない。本来であれば、今夜は満月の光が夜空から降り注ぐ十五日だ。

しかし日暮れ前から雲が厚くなった。五ツ（午後八時）を過ぎたいまは、隣に立つ男の顔が見えないほどに闇が深かった。

「一番、二番、障りはありやせん」

置き場の南端から、見廻りの声が響き渡った。

「一番、二番、答え方よおし」

番小屋の差配役が、手元の帳面の『南』の升目《ますめ》に丸印をつけた。

三番、四番、五番の見廻り方から、同じ答えが返ってきた。差配役が、北、西、東の升目に丸印を書き込んだ。

「見廻り方、よおし」

差配が大声を発した。その声を合図に、四方から見廻り役の五人が番小屋に戻ってきた。

「ただいま、けえりやした」

置き場の四方から戻ってきただけである。が、男たちは真顔《まがお》で差配役に告げた。

「ごくろう」

土間の隅《すみ》に戻っていた差配役が、五人の男を迎え入れた。顔はにこりとも笑っていないが、ねぎらう声にはぬくもりが含まれていた。

暮れ六ツ（午後六時）から明け六ツ（午前六時）までの丸木屋材木置き場は、芳三郎の手の者が見張りを請け負っていた。

差配ひとりに、見廻り役が五人。四半刻ごとに、東西南北の四方の見廻りを繰り返した。南の見張りがふたりなのは、置き場の南端が大川につながる堀に面していたからだ。

三番の北も、同じ堀に面している。が、ここには大きな岩があり、材木を堀に落とすことはできない。ゆえに、ひとりで見廻った。

材木置き場がなにより恐れるのは、火事である。火に襲いかかられたら、脂に富んだ檜を消し止めることはできない。

見廻りを引き受けたとき、芳三郎は火事除《よ》けだけは請け負えないと断わりをつけた。

丸木屋もそれを呑んだ。人里から離れた置き場にまで火が回る火事なら、吉原も浅草も無事ではないと肚《はら》をくくっていた。

「自火《じか》だけは、断じて出さぬように」

丸木屋がつけた注文はこれだけだった。

請け負った芳三郎も、自火禁物には異存はなかった。

「材木盗人からは守る」

芳三郎はこう言い切った。

明かりのない闇の中で、どうやって檜の丸太を盗人から守るか。答えは、四半刻ごとに、隅々まで見廻るということに落ち着いた。

一本が二百七十貫もある檜の大木である。たとえ二十人、三十人がかりで盗もうとしても、置き場から堀に落とすまでに、四半刻は優にかかるはずだ。

しかもそんな大人数が押し込んできたら、番小屋の者は気づくに決まっている。四半刻ごとに置き場の隅々まで見廻れば、盗人はかならず見つけ出すことができる。

これが芳三郎と代貸の源七が思案した、見廻り手順だった。

何十人もの盗賊が押し込んできたら？

異変を報《しら》せる煙火《えんか》を、源七は手配りした。

賊が襲いかかってきたら、なにより最初に煙火を打ち上げる。光は大したことはないが、音は一里四方に響き渡る。

見廻り請負いに先立ち、源七は煙火を試した。音は吾妻橋の先にまで届いた。試しの煙火を打ち上げる前に、源七は地回りに話をつけていた。ゆえに音が吾妻橋にまで響き渡っても、騒ぎは起きなかった。

今戸の組から材木置き場までは、およそ十五町（約一・六キロ）。全力で走れば、見張り番が持ちこたえている間に着けると、源七は踏んだ。

そのために、番小屋の張り番五人と差配には、腕に覚えがあり、なおかつ上背が五尺七寸を超える者を選《え》りすぐった。

番小屋の張り番は、五人だけでは足りない。交代で休みも入用だし、病にかかって出られないこともある。しかし見張りを休むことはできない。

源七は五人ひと組の張り番を三組、十五人調《ととの》えることにした。組の若い者だけでは揃わず、仲間内から融通《ゆうずう》を受けた。

始まり前の備えが確かであったゆえ、請け負ってからこの日まで、ただの一度も盗賊騒ぎは生じていなかった。


三月十五日の五ツ半（午後九時）に、前ぶれもなしに芳三郎と源七が張り番小屋に顔を出した。

「気にすることはない。いつも通りの見廻りを続けろ」

芳三郎は代貸とふたりで、闇に溶けた置き場の真ん中に立った。

「ここに立てば、おれが口にしたことが分かるだろう」

芳三郎は、相変わらず謎解きをしないまま、代貸が思案を巡らせるさまを見ていた。

闇の中で、源七が眉間にしわを寄せて考え込んだ。

# 十

江戸の町木戸は四ツ（午後十時）で閉まる。

通りの真ん中に拵えられた、二間半（約四・五メートル）の大木戸がひとたび閉じられると、夜明けの六ツまでは開かなかった。

町木戸があることで、町内の治安が守られた。盗賊に押し込まれたりしたときは、木戸を閉じて町のなかに封じ込んだ。そして、捕り方が出張《でば》ってくるのを待った。

江戸の町人の多くが暮らすのは、棟割《むねわり》長屋である。夜の明かりといえば、よくて行灯、並の暮らしなら魚油《ぎょゆ》を燃やす瓦灯《がとう》だ。

上物の行灯といえども、部屋をぼんやり照らし出すぐらいである。瓦灯にいたっては、手元の明かりでしかなかった。

商家はどこも、しっかりと戸締まりをした。杉板の雨戸を閉じたあとは、明かりが外に漏れることはなかった。

造りの甘い長屋には、もともと大した明かりがない。外に漏れようにも、漏れる元の明かりが乏しかったのだ。

そんなわけで、月星の光が雲にさえぎられたときの江戸の夜は、半町（約五十五メートル）先も見えないほどに暗かった。

町木戸は、暗い夜を守ってくれる大事な砦《とりで》である。四ツ以降の行き来をさえぎられても、町の住民は文句を言わなかった。

よんどころないわけを抱えて、深夜に町を出るときは、番小屋をたずねて番太郎《ばんたろう》（木戸番）に事情を話した。

「それぐらいのことなら、夜明けまで待ちねえな」

うっかり通した者が他町でわるさをしでかしたときは、番太郎が責めを負うことになる。通す、通さないの判断を委《ゆだ》ねられている番太郎は、容易なことでは認めなかった。

通すと決めたときは、大木戸ではなく、わきの潜《くぐ》り戸を開いた。そして送り拍子《ひょうし》木《ぎ》を打ち、隣町に報せた。

これが江戸の夜の定めだが、吉原は違った。

遊郭の入口には大門《おおもん》があり、これは町木戸と同じ四ツには閉じられた。しかし大門の内側は別である。

大門が閉じられると、色里《いろざと》のなかに残った者は翌朝六ツまでは出られない。外との行き来を遮断したあとから、吉原は一段と賑《にぎ》わいが増した。

遊郭は中引《なかびけ》（午前零《れい》時）で店仕舞いが定めだ。しかし大門で閉ざされた里のなかで、中引に明かりを落とす店はない。

大引《おおびけ》（午前二時）になって、ようやくどの店も灯を落とした。吉原が暗くなると、江戸には真の闇がおとずれた。

丸木屋の材木置き場からは、吉原の明かりが遠望できる。檜の大木を二十本積み上げた山の上で、恵比須組の若い者が吉原の灯を見張っていた。

ひとつ、ふたつと灯が消えて、やがて遊郭が闇に包まれた。

「大引になりやした」

檜の山から下りた若い者が、代貸の源七に報せてきた。

「分かった」

立ち上がった源七は、番小屋の隅で横になっている芳三郎を起こそうとして近寄った。板の間に莫蓙を敷いただけの番小屋には、源七と芳三郎のほかにはだれもいなかった。

「親分……」

声をかけようとしたら、芳三郎が起き上がった。仮眠を取っていたのに、源七が近寄る気配で目覚めた。

「大引か」

芳三郎の物言いも顔つきも、寝起きではなく、しゃきっとしている。源七がうなずくと、芳三郎はすぐさま立ち上がった。

「源作《げんさく》はどこだ」

「大引前から、ずっと空模様を読んでおりやす」

代貸の答えを受け止めた芳三郎は、先に土間におりた。番小屋にひとがいないのは、四半刻ごとの見廻りに出ているからだ。

土間には火の気がなく、闇に近い。種火《たねび》が埋められたへっついの炊き口が、赤く光っている。それが、ただひとつの明かりだった。

暗がりの中で、芳三郎は機敏な動きで雪駄を履いた。あとには源七が続いた。

番小屋を出ると、あたりが深い闇に包まれた。目を凝らさなければ、隣り合って立っている互いの顔が見えないほどである。

「源作はいるか」

芳三郎が小声で呼びかけた。深い闇が揺れて、源作が近寄ってきた。黒の股引に、黒無地の半纏を着ていた。

今戸の聖天《しょうでん》裏に住む源作は、今年で四十七歳になる。背丈は五尺五寸（約百六十七センチ）あるが、目方は十三貫三百（約五十キロ）しかない。

源作は夜空を見て、二日先までの空模様を読み切った。空見《そらみ》の技だけでも江戸で一、二といわれる男だが、源作は夜目の利き方に抜きん出ていた。

身なりが真っ黒なのは、おのれの姿を闇に溶け込ませるためである。芳三郎が一年に一度催す貸元賭博には、源作が辻の暗がりで見張りに立った。

黒装束に身を包み、息を潜めて立っていると、ひとは源作のすぐ前を通り過ぎても気づかなかった。

芳三郎も夜目が利く男だ。しかし空に月星のない闇夜の下では、三尺のそばまで近寄ってこなければ、源作を見届けることができなかった。

「どうだ、空は」

「あと四半刻で、あのあたりの雲が切れます」

源作は、空に向かって腕を伸ばした。黒布の手甲《てっこう》（布や革製の、手の甲をおおうもの）をつけている源作は、身体すべてが闇に溶けていた。

「月が出るということか」

「出ます」

芳三郎の問いに答える源作の物言いに、迷いはなかった。

「月はどれほどの明るさだ」

「いまは十六日です」

十五日の五ツ半に、芳三郎と源七は材木置き場に顔を出した。すでに日付が変わっていた。

「百目ろうそく二十本を束ねたぐらいには、明るくなります」

源作は、でしょうだとか、思いますなどのように、あやふやな物言いは一切しない。

「明日はどうだ」

「今日の昼間は陽が差します。夕方までは晴れが続きますが、陽が落ちたあとはいまと同じように分厚い雲がかかります」

「明け方まで、雲が切れることはないか」

芳三郎に問いを重ねられて、源作は言葉を控えて思案を始めた。ゆっくりした動きで、右手の手甲をはずし、手のひらで風を感じ取ろうとした。

ほとんど風は吹いていない。が、源作は風の動きを読んでいた。立てた手のひらを、ゆっくり回し、ときどき動きを止めた。

芳三郎と源七は、源作から離れた。ふたりの息遣いが、源作の風読みを邪魔すると思ってのことだ。

「十七日は、夜明けまで雲は動きません」

源作が見立てを口にしたとき、材木置き場の見廻りに出ていた連中が、番小屋に向かって戻ってきた。

「ご苦労さん」

差配を芳三郎がねぎらった。

「わるいが、確かめ合いは番小屋のなかでやってくれ」

芳三郎から指図を受けた差配は、源作の姿を見て息を呑んだ。差配のあとに続いた見廻り役たちも、その場で棒立ちになった。

「お見えになったのは……だれも気づきやせんでした」

源作は、一番から五番までの、どの見廻り役にも気づかれずに、材木置き場に立っていたのだ。

夜目の利くのが売り物の見廻り役たちは、口惜《くや》しそうな目で源作を見た。

「おまえたちが抜かったわけじゃない」

芳三郎は、見廻り役全員の顔を順に見た。

「源作が本気で身を潜めたときには、気づく者はいない。この男のことは気にせずに、見廻りを続けてくれ」

「がってんでさ」

男たちは口を揃えたが、口惜しさは声音から消えていなかった。

「このあと月が出るなら、今夜は襲ってくることはない。勝負は明日の闇夜だろう」

源作がうなずいた。

代貸の源七には、まだ芳三郎がなにを考えているのかが、分かっていないようだ。それでも、問いかけることはしなかった。

空見の源作は、芳三郎の考えを察している。ゆえに、勝負は明日と聞いたとき、小さくうなずいたのだ。

代貸の自分が、親分の思案を察せないのが、たまらなく口惜しいのだろう。顔つきをしかめているわけではないが、源七の口惜しさは立ち姿ににじみ出ていた。

「明日の……というよりは、今日のだが……昼飯までは、おまえにときをやる」

芳三郎は、源七の胸のうちの苛立《いらだ》ちを見抜いていた。

「それを過ぎても分からなかったら、おれがじかに指図をする」

源七は、闇のなかで目を光らせて返事をした。

「へい」

「鍵は闇だ」

芳三郎の物言いは、代貸を気遣っていた。

「重たい思いをして檜を盗み出さなくても、連中のなかに知恵者がいれば、闇の助けを借りて成し遂げる」

賊のあたまのつもりで、謎を解いてみろと言ったあとで、芳三郎が口を閉じた。

源作の空見通り、斜め上の空がぼんやりと明るくなっている。薄らいだ雲を、満月の光が突き破ろうとしていた。

十一

真夜中に切れた雲は、そのまま遠くに流れ去った。三月十六日は、夜明けから空が晴れ渡っていた。

六ツ半（午前七時）に起き出した尚平は、井戸端で米を研《と》いだ。長屋の井戸は涸《か》れたことはないが、塩辛くて飲み水には使えない。

ひと通り研ぎ終わると、尚平は土間に戻って水がめの水を釜に汲《く》みいれた。そしてもう一度米を研いだあと、新しく水を張り直した。

こんなぜいたくな水の使い方で米を研ぐのは、長屋では尚平だけである。他の女房たちは、井戸水で洗った米に、そのまま水がめの水を加えて炊いた。

深川の住人は、毎日水売りから飲み水を買った。一荷（約四十六リットル）の水がめ一杯で、百文である。

親子四人の暮らしだと、どれほどつましく使っても、二日しか持たない。二日で百文の水代は、貧乏所帯にはきつかった。

ゆえに、飲み水は一滴たりとも無駄使いはしない。米を研ぐのに水がめの水を使うなどは、とんでもないぜいたくなのだ。

新太郎と尚平も、もちろん水売りから買っている。しかしふたりが宿で煮炊きするのは、朝飯だけである。昼間は長屋にはいないし、昼も夜も外の一膳飯屋《いちぜんめしや》で済ませる。

一荷の水で、四日は持っただろう。

しかし生水は、冬場でも二日しか使えなかった。三日目になると、傷んだ水がいやなにおいを発した。夏場は一日限りで水が腐った。

そんなわけで、尚平は米を研ぐ最後の水には、飲み水を使った。

へっついから種火を掘り起こし、飯を炊き始めても新太郎はまだ眠っている。起き出すのは、毎朝五ツ（午前八時）と決まっていた。

「新太郎はまだ寝ているだろう」

腰高障子戸を開けて木兵衛が入ってきたのは、釜が噴《ふ》き始めたころだった。

「ちょっと待ってくだせ」

火加減を見てから、尚平は木兵衛と向き合った。

「新太郎に用かね」

「いや、おまえでことが足りる話だ」

土間に立ったまま、木兵衛は手にしてきた卵二個を尚平に差し出した。

「どうしただ」

木兵衛がものをくれるなどは、滅多にない。受け取った尚平が、いぶかしげな目になった。

「なんだい、その顔は」

「これ、もらってもいいだか」

「あたりまえだ、そのために持ってきたんだ。朝飯はまだだろうが」

「なんだか、気味がよくね」

尚平の言い草に、木兵衛が顔をしかめた。

「ひとから卵を二個ももらっときながら、なんだ、その言い草は」

木兵衛が大きな舌打ちをした。

「おまえも新太郎も、口のきき方がなってない。ほかの家主なら、とっくに店立《たなだ》てを食わせているところだ」

木兵衛の小言が聞こえたらしく、新太郎が目をこすりながら起き出してきた。ふんどしの前が大きく膨らんでいる。それを見て、木兵衛がさらに大きな舌打ちをした。

「なんでえ、木兵衛さん……朝っぱらから、小言は勘弁してくんねえ」

「卵をくれてやろうというのに、なんというあいさつをするんだ」

「なんでえ、卵てえのは」

「いま、もらったとこだ」

尚平が二個の卵を新太郎に見せた。小ぶりだが、見るからに新しい卵だ。

「それを木兵衛さんがくれたのか」

尚平がうなずいた。新太郎は目を見開いて木兵衛を見た。

「こんなものくれるてえのは、なにかわけがありそうだぜ」

「まったくおまえは……」

木兵衛が露骨に顔をしかめた。

「なんにもなしに、あっしらにくれるてえんですかい」

「そりゃあ、まあ……少しは頼みがある」

咳払《せきばら》いをひとつしたあと、昼飯までに入谷をたずねてくれと伝えた。

「昨日の母子の容態を見届けてくれ」

「やっぱりこいつは、わけあり卵かよ」

憎まれ口を叩いたものの、新太郎は目元をゆるめていた。木兵衛が見逃すはずがない。家主の目つきがきつくなった。

「言っとくが新太郎、さくらに滅多なことをするんじゃないぞ」

新太郎を睨みつけてから、木兵衛は土間から出て行った。

「くそったれじじいが。卵二個で、今日もただ働きをさせようてえのか」

新太郎が思いっきり毒づいた。

「おい、新太郎」

「なんでえ」

「さくらちゃんに会えることになって、よかったでねえか」

「なんだとう」

「おらに息巻いても無駄だ。おめ、ふんどしがぴくぴく動いてるだ」

新太郎は、慌てて両手でふんどしの前を隠した。


毎朝四ツ（午前十時）が、新太郎たちの商《あきな》い始めである。いつもの朝なら、富岡八幡宮の大鳥居下で、最初の客を待った。

しかし木兵衛からは、昼飯までに入谷に出向くようにと言いつけられた。拾った客次第では、どこに向かうかが分からない。

新太郎は客待ちをせず、空駕籠で入谷まで走ることにした。

江戸の町は、この日も気持ちよく晴れ渡った。大川端の土手には、彩《いろど》りに富んだ草花が咲き乱れている。

尚平と新太郎は、息遣いを合わせて小気味よく走った。客の乗っていない、空駕籠である。四ツに深川を出てから、四半刻もかからずに吾妻橋を渡った。

橋の西詰には、団子《だんご》屋が三軒並んでいた。

野田屋《のだや》・山田屋《やまだや》・小島屋《こじまや》の三軒で、それぞれが異《こと》なる味の団子を商っているのが評判である。

団子屋を過ぎようとしたとき、新太郎が前棒に合図をして駕籠をとめた。

「入谷へのみやげを買って行こうぜ」

尚平の返事も待たず、新太郎は野田屋に入った。ここはよもぎの葉を練り込んだ、草だんごが売り物だ。

一本四文の団子を五本求めた。

「にいさん、うちのも買ってちょうだいな」

包みを持って野田屋を出たとき、真ん中の山田屋の売り子が、新太郎に声をかけた。売り子は紺がすりのお仕着せ姿で、赤いたすきがよく似合っていた。

「いいともさ」

山田屋の、こしあん団子も五本買った。

「二軒買って、三軒目を素通りじゃあ義理がわるいぜ」

あきれ顔の尚平を外に残して、小島屋の醬油《しようゆ》あん団子も五本買い求めた。

「おめはつくづく、一本気だな」

団子の包みを駕籠の梶棒に吊るす新太郎を見て、尚平があきれと感心とが混ぜこぜになったような声を漏らした。

三軒とも、売り子がさくらと同じような紺がすりを着ていたからだ。

「団子を三つ買ったのが、いけねえか」

新太郎が口を尖らせた。

「いや、おめらしいって……」

前棒に肩を入れたとき、尚平が目元をゆるめた。

吾妻橋からの駕籠は、調子を落として走った。新太郎が押し方を加減したからだ。まるで団子が揺れないようにと、気遣っているような走りだった。

加減して走っても、空駕籠である。入谷には、四ツ半（午前十一時）過ぎに到着した。いつもは路地の角にとめる駕籠だが、今朝は宿の格子戸の前につけた。

駕籠が着いた物音を聞いて、さくらが顔を出した。金太郎があとを追ってきた。

「おはようございます」

さくらは今日も紺がすりである。丈が短くて、きゅっと引き締まった足首が見えた。新太郎はさくらを見ようとはせず、金太郎を呼び寄せた。

「団子を買ってきた。おめえがこいつを持ってきねえ」

包み三つを受け取った金太郎は、目を輝かせて先に入った。さくらと新太郎が、まともに向き合う形になった。

「どうも……元気だったかい」

「新太郎さんって、おかしい」

さくらが笑い声をあげた。

「なんか、みょうなことを言ったかい」

新太郎の顔が、血のぼせしたように赤くなっている。

「だって、昨日も会ったのに、元気だったかなんて……」

「ちげえねえや」

新太郎が赤い顔のまま、あたまをかいた。駕籠を板塀に立てかけた尚平は、ふたりには構わずに格子戸をくぐっていた。

尚平が場を離れたことで、落ち着かなくなったらしい。

「どうでえ、母子の様子は」

問いかける新太郎は、真顔になっていた。

「油樽《ゆだる》を運んでいた車力《しゃりき》の旦那さんが、ひと月前から行方知れずになったんですって」

新太郎の真顔につられて、さくらも物言いが引き締まっていた。

「油樽運びの車力かよ」

なにかが引っかかったらしく、新太郎が眉間にしわを寄せた。

## 十二

団子の包みを手にして宿に入った金太郎が、駆け足で戻ってきた。

「かあちゃんがお礼を言いたいから、おいちゃんに来てくれだって」

さくらと話している新太郎の腕を、金太郎が摑んだ。

「礼なんざ、いちいちいらねえ」

さくらとの話に割り込まれた新太郎が、邪険な物言いをした。

「そんだこと言ってねで、さくらさんとなかに行ってこい」

新太郎に近寄った尚平が、相肩の背中を押した。

「小僧はおれが見てるだ」

尚平が金太郎を手招きした。

「やだよ、ここにいるのは。おいら、団子が食べたいもん」

「おれが焼きいも買ってやる」

房州訛《なま》りの尚平の物言いには、こどもの本能に響く優しさがあるらしい。金太郎が顔をほころばせて、尚平に近寄った。

「おいちゃん、どこで焼きいも売ってるか知ってるの？」

「知ってる。おれは駕籠舁きだ」

駕籠舁きだと言い切る尚平は、口ぶりに生業《なりわい》を誇りに思う気持ちがこもっている。

金太郎にも、それが伝わったらしい。

「おいちゃん、江戸中を走ってるんだもんね。おいらのちゃんも荷車引いて大川を渡ったりするんだよ」

金太郎は胸を張ったが、すぐに目を伏せた。

このひと月ばかりは、父親はおちえと金太郎の元には帰っていないのだ。それを思い出したのだろう。

「おめえのちゃんは、でえじょうぶだ」

尚平が金太郎の手をやさしく握った。

「隣町の木戸番小屋なら、川越《かわごえ》のいもを売ってるだ。そこ行くべ」

六尺男と並んだ金太郎は、あたまが尚平の胸のあたりまでしかない。が、手を引かれるのが嬉しいらしく、尚平にまとわりつくようにして歩き始めた。

「尚平さんも、いいひと……」

ふたりを見送るさくらが、しんみりとしたつぶやきを漏らした。

尚平がこども連れで歩く後ろ姿を見て、新太郎は言葉に詰まった。大きな背中全部が、金太郎を大事に守ろうとしているように見えたからだ。

駕籠舁きは歩きが速い。新太郎と連れ立って歩くときなら、半刻（一時間）あれば一里半（約六キロ）の道のりを楽にこなした。

いまは一歩ずつ、小幅に足を踏み出してこどもに合わせている。あまりにのろくて、足がもつれそうに見えた。が、新太郎は、尚平の背中が微笑んでいるように感じた。

坂本村のおゆきと所帯を構えさえすれば、すぐにも子宝が授かるだろう。三年もすれば、いまのようにこどもと一緒に歩ける。

金太郎の手を引く尚平の後ろ姿を見て、新太郎は相肩のこども好きを思い知った。なんとしても、尚平とおゆきさんとを添い遂げさせるぜ。

次第に遠ざかるふたりを見詰めつつ、新太郎は胸のうちであらためて思い定めた。

「どうかしたの？」

思い詰めたような顔つきの新太郎を見て、さくらが案じ顔で問いかけた。

新太郎は、さくらにじっと見つめられてうろたえた。

「なんでもねえ」

乱暴な口調で答えると、照れ隠し代わりに駕籠を立てかけ直した。

「おちえさんのところに行こうぜ」

さくらとふたりきりでいる嬉しさが、新太郎から失せている。尚平とおゆきのことは、それほどに気がかりだった。

団子の包みを提《さ》げてあらわれたときとは、新太郎の様子が大きく違っている。わけがわからないさくらは、余計な問いかけを重ねず、格子戸をくぐった。

部屋に入ると、おちえは布団の上に身体を起こして待っていた。

籐吉は木兵衛店の見廻りに出かけていた。籐吉は、新太郎と尚平には愛想のかけらも見せない。しかし駕籠が着いたのを分かっていながら出かけたのは、それだけ新太郎たちの人柄を信用しているからだろう。

「ゆんべよりは、ずいぶんと顔色がよくなってるじゃねえか」

「ありがとうございます」

答えながら、おちえの目は金太郎の姿を探していた。

「金太郎なら、しんぺえいらねえ。相肩が焼きいもを食わせるてえんで、隣町の木戸番小屋まで連れてってる」

「隣町ですか」

おちえの顔が、いきなり曇った。

「尚平がついてりゃあ、なにがあってもでえじょうぶだ。いざとなりゃあ、あいつには上手投げの技があるからさ」

安心させようとして言ったことが、さらにおちえを怯えさせた。

「どうしたてえんだ。なにか、しんぺえごとがあるてえのかよ」

「あります」

あまりにきっぱりと言われて、新太郎とさくらが目を見開いた。

「わけを聞かせてくんねえ」

あぐらのまま、新太郎が尻をずらした。

「うちのひとが行方知れずになってから、一度だけですが、金太郎がさらわれそうになったんです」

「さらわれるって……いってえだれに」

「見ず知らずの若い男です。まだ三月なのに唐桟一枚の格好でしたから、渡世人《とせいにん》かごろつきに決まってます」

そのときのことを思い出したらしく、おちえの目つきが険《けわ》しくなった。

「でもよう、おちえさん……そう言っちゃあわるいが、金太郎をさらったところで、ゼニにはならねえだろうに」

「うちにはお足はありません」

きつい目つきのまま、新太郎を睨んだ。

「でもその男は、うちの子を狙ってさらいにきたんです。貧乏だからって、こどもがさらわれないわけじゃありませんから」

「待ってくんねえ」

新太郎が手を突き出して、相手の剣幕《けんまく》を抑えた。短気な新太郎はあたまに血を昇らせて、顔が赤くなっている。

「おれに嚙みついて、どうしようてえんだ」

「ごめんなさい……」

おちえがあわてて、目の険《けん》を消した。

「気が高ぶって、つい食ってかかってしまって。ほんとうにごめんなさい」

布団の上に両手をついて詫びた。

「よしねえ、おちえさん。簡単に、ひとにあたまを下げちゃあなんねえ」

新太郎が、相手をいさめた。

「それに、おれもかんげえのねえことを口にしちまったんだ。おちえさんが気色《けしき》ばんだのも無理はねえさ」

ふたりの様子が、元通りに戻った。安心したさくらは、茶をいれに部屋を出た。戻ってきたときには、茶の入った湯呑みと、団子の載った皿を運んできた。

「せっかくのお団子ですから、口をつけながら話をしましょうよ」

さくらがふたりに茶と団子を勧めた。

新太郎は上戸《じょうご》だが、甘いものも得手だ。さくらに勧められて、醬油あんの団子を頬張った。おちえは皿の団子を見たが、口にはせず、新太郎に目を合わせた。

「これは、吾妻橋の山田屋さんのお団子でしょうか」

問われた新太郎は、団子を飲み込みながらうなずいた。茶をすすると、おちえを見た。

「三軒並んでた団子屋で、五本ずつ買ってきたんだが、団子にもなにかわけがありやすかい」

小さくうなずいてから、おちえが次第を話し始めた。

おちえの亭主は、雅吉《まさきち》という名の車力である。自前の大八車《だいはちぐるま》を引き、問屋から請負いで荷物を運ぶのが生業である。

雅吉は十歳で、本所の車問屋に見習い小僧で奉公に入った。そしていまから七年前の二十七歳まで、その車問屋で十七年間も車力を続けた。

二十七歳のときでも、背丈は五尺二寸（約百五十八センチ）と並だった。しかし二の腕はこどもの太ももほどもあり、肉置《ししお》きのよい胸板は、分厚く盛り上がっていた。

おちえと出会った年に、雅吉は問屋をやめた。そして同じ年に所帯を構えたあと、十七年の蓄《たくわ》えを叩《はた》いて大八車を誂えた。少しでも多くの荷が運べるように、車輪は差し渡し二尺（約六十センチ）もある大きな車にした。

金太郎を授かってからは、いっそう仕事に精を出した。暴風が吹き荒れても、雪が五寸も積もっても、仕事を休まなかった。

雅吉の仕事振りを買った両国橋東詰の油屋が、月ぎめで仕事を回してくれることになった。

同じ一斗樽《いっとだる》でも、醬油や酒に比べて油は目方が三割も重たい。しかも樽からにじみ出る油は、抱え方がわるいと手元を滑らせてしまう。

多くの車力は油運びをいやがったが、雅吉は喜んで引き受けた。油屋は日に二十樽までの月ぎめで、毎月銀百二十匁を雅吉に支払った。小判に直せばひと月二両、銭なら十貫文の稼ぎである。

裏店暮らしの親子三人なら、店賃《たなちん》、米・味噌・しょうゆ・薪《まき》・炭などの費《つい》え、二日に百文の水代、さらには雅吉の昼飯代、小遣いなどひっくるめても、月に五貫文もあれば充分である。

酒好きの雅吉は、毎晩二合の晩酌《ばんしやく》を楽しんだ。身体をいじめる仕事だけに、酒は安酒ではなく、灘の下り酒をおごった。酒は一合三十二文、日に六十四文だ。

しかしおのれの宿で呑む限りは、月に六升《しよう》の灘酒を呑んでも、たかだか千九百二十文だ。十貫文を稼ぐ雅吉は、毎月二十五匁の銀を蓄えに残すことができた。

去年の十一月までの間に、雅吉は一貫二百匁もの銀を蓄えていた。小判に直せば二十両の大金である。

「あと十両蓄えて三十両になったら、表通りに引っ越して、車もあと一台誂えるぜ。そうなりゃあ、車力を雇っておれも車屋の親方だ。おめえにも、いい目をさせるからよう」

亭主の話に、おちえも目を細めた。

しかし、油屋が一年でもっとも忙しい師走に、雅吉は足を傷めた。普請場の近くを通りかかったとき、うっかり釘の出た板を踏んでしまった。

汚れた釘にわるいものがついていたらしく、足が冬瓜《とうがん》のように膨れ上がった。車を引くのはもとより、歩くのもままならない。当面はよその車を手配りするから、ゆっくり養生しなさい」

「怪我《けが》をしたんじゃあ、仕方がない。当面はよその車を手配りするから、ゆっくり養生しなさい」

油屋の番頭には、ねぎらいの言葉をかけられた。が、仕事ひと筋で生きてきた雅吉は、気ばかり焦《あせ》り、尻が落ち着かなかった。

二年や三年は、なにもせずに食べていけるだけの蓄えはあるのに、雅吉は銀が目減りすることに気持ちが荒《すさ》んだ。

「ひと月は足をいたわって、余計な動きはせずに静かにしていなさい」

医者には動くなときつく言われたが、宿で寝ていることはできなかった。真冬のさなか、無理に外歩きをして、さらに治りをわるくした。次第に気持ちが荒んできた雅吉は、昼間から酒を呑み始めた。

おちえが心配顔をすると、足を引きずりながら外に出て行った。年の瀬を間近に控えたとき、雅吉は飲み屋で知り合った渡世人の誘いに乗り、サイコロ博打《ばくち》に手を出した。

足が元通りになったのは、年が明けた二月初旬である。そのときには、蓄えは一匁も残らずに使い果たしていた。

二十両ものカネを博打で負けた雅吉は、仕事に戻っても投げやりな振舞いが目立った。

「あんたは油の目利きでなら、うちの手代よりも長《た》けている。それを買って仕事を回しているが、このままの仕事振りでは、あたしも考えさせてもらうよ」

油屋の番頭からきつい小言を食らった翌日の二月十二日に、雅吉は大八車を引いたまま行方知れずになった。

亭主がいなくなり、おちえの手元にはカネが一文も入らなくなった。あわせとひとえを一着ずつ残して、おちえは着物を古着屋に売り払った。質入れしたのでは、店賃やその他の払いに足りなかったからだ。

気の毒がった長屋の連中が、朝夕の二度、おちえの宿に飯を届けてくれた。施しを受けるのはつらかったが、金太郎を思ってあたまを下げた。

金太郎はひもじさを口にせず、近所のこどもと遊び回った。

「おめえ、金太郎だろう」

三月のある日、唐桟一枚の若い男が、金太郎に話しかけた。

「そこの団子屋で、おめえに団子を買ってやる。おれについてきねえ」

男は金太郎の返事もきかず、手を摑んだ。金太郎は、こどもの本能で危なさを感じた。

「おいら、団子なんかいらない」

手を振りほどこうとしたが、おとなの力には勝てない。ずるずると、大川端に向かって引っ張られていたとき、おちえが駆けてきた。

「なにをするんですか」

おちえは目一杯に大きな声を張り上げた。男は大きな舌打ちを残して、吾妻橋のたもとへと走り去った。

怯え切った母子は宿に帰るなり、しっかり心張り棒をかった。そして明かりもつけず、いないふりを続けた。

水がめの水が底をついたとき、おちえと金太郎は定まらない目をして外に出た。どこに行くあてもなかった。吾妻橋のたもとで木兵衛と出会っていなければ、大川に身投げをしていたかもしれなかった……。

「そんなわけですから、あたしはこのお団子が口にできません……」

おちえの声が、消え入りそうである。

湯呑みを手にしたまま、新太郎は天井板を見詰めていた。おちえの話を聞いて、気がかりなことが、喉元まで出かかっている。

　はっきりしたことが思い出せず、苛立ちながら天井板を見詰めていた。

## 十三

　入谷の宿を出たあと、新太郎は坂本村に向かおうと言い出した。案の定、尚平は渋った。

「おめ、鬼子母神前の煮売り屋のとっつあんから、さくらさんの話を聞くんでねか」

「そんなこたあ、今日でなくてもいい。煮売り屋が逃げるわけじゃねえ」

「そんなら、おゆきさんとこも同じだべ」

「ぐずぐず言ってねえで、とっとと肩を入れねえかよ」

　新太郎の気が変わらないと察したらしく、尚平は渋々ながら前棒を坂本村に向けた。

　店先の気配で、おゆきは駕籠が着けられたのを察した。たすきがけの姿で出てくると、まぶしそうな目で尚平を見た。

「おらはいいって言っただが、新太郎がここに寄るってきかね」

大柄な男が、背中を丸めてぼそぼそと言いわけがましく話している。あきれ顔の新太郎は、店先にふたりを残してなかに入った。

昼の時分どきを過ぎており、店には客がいなかった。賄《まかな》い場からは、鰹《かつお》ダシの旨味に富んだ香りが漂い出ている。

深川富岡八幡宮から入谷へと走ったあと、坂本村まで駆けてきた。腹の減った新太郎がダシの香りに鼻をひくひくさせていると、おゆきが急ぎ足で戻ってきた。

「すぐに支度をしますから」

おゆきが賄い場に入ると、尚平がきまりわるそうな顔つきで腰掛に座った。

「おめえたちは、いつになったら所帯を構える気なんでえ」

いきなり尚平に毒づいた。

「男のおめえはいつでもいいだろうが、おゆきさんはそうはいかねえ」

てきぱきと料理を拵えているおゆきに聞こえないように、新太郎は小声で話している。尚平が新太郎に顔を近づけた。

「女は年がくりゃあ、こどもが産めなくなる。おめえ、それを分かってんのかよ」

「ああ……分かってる」

「だったら、いつまでも待たせるんじゃねえ。来年、再来年におゆきさんがどうこうてえわけじゃねえだろうが、それでもあと十年てえところだろう」

「……………」

「尚平、聞いてんのかよ」

返事をしない相肩に焦れて、新太郎がつい大声を出した。その新太郎の大声にかぶさるように、賄い場で揚げ物の大きな音が立った。

「なんでえ、あの音は」

「おゆきさんが、アジを揚げてるだ」

「アジだとう」

新太郎は話していたことを忘れて、アジの揚げ物に気を取られた。

「そんなものを揚げてどうするんでえ」

「浜料理だ」

尚平が、はっきりした声で答えた。

「おめえがおせえたのか」

「おゆきさんのは、浜とは比べ物になんね」

「ぬけぬけと言ってくれるぜ」

揚げ物の音を聞いて、新太郎はさらに空腹感を募《つの》らせた。飯が出来上がるまでは、尚平に続きを話す気力も失くしていた。

「おまちどおさまでした」

皿にはころもに包まれた、アジのてんぷらが載っていた。粉のまぶし加減と、油の火加減が絶妙で、アジの開きがきつね色に揚がっている。

新太郎が醬油をひと垂らししたら、てんぷらがジュジュッと鳴いた。その音にそそられて、新太郎はアジにかぶりついた。

開いたアジの小骨まで、毛抜きで取り除いてある。ころもはカラッと揚がっているが、アジの身はほどよい火の通り方だ。

ころもと身と、垂らした醬油とが口のなかで混ざり合った。初めて口にしたアジのてんぷらに、新太郎が目をまん丸にした。

「こいつあ、うめえ」

あっという間に、二枚のアジを平らげた。

「そんなに気に入ってくれたのなら、もっと揚げましょうか」

おゆきが嬉しそうに笑いかけた。てんぷらに夢中になった新太郎は、どんぶりの飯をほとんど食べていない。飯を食べるには、おかずのお代わりが欲しいところである。

実家で食事の作法をしっかりとしつけられて育った新太郎は、食べ方が上品だ。口のなかのアジを飲み込んで、お代わりを頼んだ。

賄い場に戻ったおゆきは、再びてんぷらを揚げ始めた。二枚を立て続けに平らげて、新太郎の腹が少しは落ち着いたらしい。小鉢の煮豆を、ひと粒ずつ、箸でつまんでいた。

「あっ……」

大声を出した拍子に、箸から煮豆がこぼれ落ちた。

「なんだ、新太郎」

味噌汁の椀《わん》を手にした尚平が、驚いて椀を卓に戻した。

「気になってたことを、いま思い出した」

新太郎が賄い場を指差した。

「あのにおいだ。おめえもにおうだろうが」

「あのにおいって?」

「おゆきさんがてんぷらを揚げてる、油のにおいだ」

「ああ、におうが……それがどうかしたか」

「銭箱だけを運んだあとで、煮売り屋で飯を食った」

「丸木屋の半纏を持っていた男を、おめが見つけたときだべ」

新太郎が深くうなずいた。

「あんときにいた男のひとりから、油のにおいがしてた。それが思い出せなくて苛々《いらいら》してたが、油のにおいをかいで、いま思い出した」

新太郎の目に力がみなぎっていた。尚平にはわけが分からないらしい。得心できない顔つきで相肩を見詰めた。

「おめえが金太郎といもを買いに出てたとき、おちえさんから亭主の話を聞いた」

新太郎はおちえから聞かされた雅吉の生業と、大八車の形、それに亭主の身体つきを尚平に話した。

「おめみてえに、油のにおいはしなかったが、ひとりは確かに太い腕をしてただ」

「そうだろうがよ。あの男が、雅吉にちげえねえ」

「だったら新太郎、そいつも丸木屋の材木をかっぱらう一味だか」

「重たくて滑りやすい油を扱い慣れた野郎だ。檜の丸太を運ぶには、お誂えの男だろうさ」

新太郎がひとりで得心しているとき、アジのお代わりが出された。

「油がどうかしたんですか」

料理を出し終えたおゆきは、新太郎と尚平の間に腰をおろした。

「待ってくんねえ。先にこのてんぷらを平らげるからさ」

「分かりました。あたしは、お茶の支度をしますから」

新太郎たちが食べ終わったとき、おゆきは新しい茶を淹《い》れて供《きよう》した。新太郎の好みが分かっているおゆきは、茶請けには塩せんべいを出した。

「うめえせんべいだ。つくづく、おゆきさんの品選びには感心するぜ」

派手な音を立てて一枚のせんべいを食べ終えた新太郎は、おゆきにことの次第を細《こま》かく話した。

吾妻橋で行き倒れの女おちえと、こどもの金太郎に出くわしたこと。

入谷の煮売り屋で、様子のおかしい男たちに出会ったこと。男たちの話の中身が気になり、芳三郎の耳に入れたこと。

おちえの亭主雅吉が、油運びの車力だったこと。煮売り屋で居合わせた男のひとりが、油くさくて、しかも身体つきが雅吉によく似ていたこと。

尚平と金太郎が、連れ立って歩く後ろ姿を見て思ったことは口にしなかった。

「雅吉てえ野郎は、二十両もの蓄えを博打で負けて、ヤケになってやがる。だから女房こどもをほっぽり投げて、檜の丸太をかっぱらう一味に加わってやがるのよ」

おのれの見立てを付け加えて、新太郎は話を閉じた。聞き終えたおゆきは、しばらく黙って考えごとをした。

「新太郎さんにはわるいけど、あたしの見当は、ちょっと違います」

思案がまとまったおゆきは、新太郎を真正面から見ていた。

「そいつをぜひ聞かせてくんねえな」

「あたしの見当を話す前に、ひとつだけ教えてください」

おゆきは、新太郎から次第を聞いたあと、芳三郎がどう見立てたかを知りたいと言った。

「親分は、知恵者が仲間にいたら、重たい思いをして檜を運び出さねえでも、ゼニが取れると言ってたと思うが、どうでえ」

問われた尚平は、新太郎の言う通りだと請け合った。

「あたしが立てた見当も、きっと親分と同じでしょう。檜を盗むのではなく、丸木屋さんに脅《おど》しをかけて大金をせしめると思います」

「脅しをかけるてえのは、なんのことでえ」

「おカネを払わないと、檜に火付けをするという脅しです。雅吉というひとは、火付けの油を仕入れるのが役目でしょう」

新太郎と尚平には、おゆきの言い分が呑み込めなかった。

「檜は脂をたっぷり含んだ木です。皮つきのままの檜なら、菜種《なたね》油を振りかけて火付けをすれば、あっという間に燃え上がります」

芳三郎が差し向けている見張り番は、重たい丸太を盗み出す者が潜んでいないかを見廻っている。積み上げた丸太を堀まで運ぶには、十人がかりでもそれなりにときがいる。

ゆえに四半刻に一度の見廻りで、対処できると踏んでいた。

火付けとなれば、話はまるで違ってくる。油を撒《ま》いて火を放つだけなら、まばたきする間の仕事である。しかもいつなんどき、どこから襲いかかるかも分からないのだ。

ひとたび火がつけば、消し止めるのは相当に難儀だ。盗まれるのも、燃え尽きて灰になるのも、丸木屋にとっては同じ痛手である。

「おカネを払わないと火を放つと脅されたら、丸木屋さんは震え上がるでしょう」

一味の狙いは、盗みではなく、脅しだとおゆきは言い切った。芳三郎は、火事の責めは負えないと、丸木屋に言い渡している。

「いまごろ、丸木屋さんには脅しの手紙が届いているような気がします」

おゆきの見立てを聞いた新太郎は、おのれの知恵のなさを口惜しがっていた。

## 十四

「いまから入谷まで走って、煮売り屋の親爺に訊いてみる」

「訊くって……油くせ男のことだな」

うなずく間も惜しむように、新太郎が立ち上がった。

「おらも行くだ」

尚平も、手にしていた湯呑みを卓に戻した。

「おめえはここに残ってろ」

「ばか言うでね」

「ばかじゃねえ。なにも、ふたりで走ることたあねえんだ。煮売り屋で様子を訊いたあとは、さくらさんとこに寄って、おちえさんにも話を訊いてみる」

「だから、一緒に行くだ」

尚平が立ち上がろうとした。その肩を、新太郎は押さえつけた。

「頼むからここに居てくれ」

新太郎が、真顔で尚平に頼み込んだ。

「入谷の用が済んだら、ここにけえってくる。そのあとで、一緒に芳三郎親分とところに行けばいい」

それまではおゆきと一緒にいろと、新太郎は胸のうちで大声を出した。相肩の顔つきを見て、尚平も察した。

「一刻（二時間）で、行き帰りするからよう」

一刻に力を込めて言い置き、新太郎は坂本村から駆け出した。

息杖を左手に持ち、歩幅を揃えて同じ調子で走って行く。

はあん、ほう、はあん、ほう……。

息遣いも後棒を押すときと同じである。幾らもかからずに、五町（約五百五十メートル）の道のりを走り抜けた。

坂本村の坂道を駆け下りたあとは、入谷につながる一本道だ。道が平らになると、新太郎の走りの調子に乱れが出た。

いつも肩を入れている梶棒を、いまは担いでいなかった。

左手に握った息杖は、いつも通り地べたに突き立てて調子を取っている。しかし梶棒に回している右手は、なにも摑んでいない。

新太郎の走りは、梶棒に肩を入れることで身体の調子が取れていた。手ぶらで走ると、息遣いも歩幅も同じでも、どこか調子に弾みがつかないのだ。

四半里（一キロメートル）を走ったところで、新太郎の走りがのろくなった。おゆきの拵えたアジの揚げ物がうまく、山盛りのどんぶり飯を平らげた。そのあと茶を飲み、せんべいを口にしたが、食休みをほとんど取らずに走り出した。それも、梶棒なしの手ぶら走りだ。身体の調子が狂ったらしく、わき腹に強い痛みを覚えた。

新太郎の身なりは駕籠舁きである。編《あ》み上げのわらじの紐が、ふくらはぎをきつく縛っているし、手には梶棒を握っていた。

その姿で歩くのは、見栄っ張りの新太郎にできることではない。さりとて、顔をしかめてのろい足取りで走るのは、さらにできないことだ。

入谷に向けて駆けている前方に、小さな神社が見えてきた。江戸のあらかたの町名と寺社は、新太郎のあたまに入っていた。が、坂本村外れの小さな神社には、いままで気づかないでいた。

三月十六日の午後の日差しが、神社の雑木《ぞうき》を照らしている。我慢を続けて駆けてきた新太郎だったが、神社を見てやせ我慢が萎《な》えた。

小さな鳥居の前で足を止めると、人目につかないように、欅《けやき》の陰に回った。何度か深い息を吸い込み、息遣いを整えてから木の根元にしゃがんだ。

それでも、わき腹の痛みは治まらない。新太郎は、欅に寄りかかって目を閉じた。

尚平と駕籠を担いでさえいりゃあ……。

名も知らない神社にへたり込むこともなかったと、新太郎は悔やんだ。わき腹を強く撫《な》でれば撫でるほど、尚平がいない自分は半人前だと思い知った。

駕籠を担いでいれば、相肩が調子をくずすと梶棒を通してすぐに分かった。これまで何度も、速く駆け過ぎてわき腹を痛めたことはあった。その都度、ふたりは走りを加減して、互いに労《いたわ》り合ってきた。

いまは尚平がおらず、ひとりでしゃがみ込んでいる。そんな自分が、なんとも情けなかった。

尚平には、一日も早くおゆきと所帯を構えて欲しいと、新太郎は本気で願っていた。それゆえに、いまも尚平を無理やりおゆきの店に残してきた。

そのことに悔いはなかった。強い調子で言ってでも、尚平とおゆきにふたりだけのときを過ごしてもらいたかった。

ところが相肩が欠けたら、たちまち新太郎は身体に変調をきたした。

尚平がいねえと、おれはこのザマかよ。

おのれに腹が立った新太郎は、足元に転がっていた小枝二本を手に取り、重ねてふたつ折りにした。

水気が抜けていた枝が、パキパキッと乾いた音を立てた。人影のない境内《けいだい》に、小枝の折れる音が響いた。

音が立つなり、古びた祠《ほこら》の陰から五人の男が姿をあらわした。着ている物の色味は違うが、いずれも素肌に木綿の長着《ながぎ》一枚で、両腕を通さずに半纏を羽織っている。五人とも、いかにも渡世人風体《ふうてい》で険しい目つきだ。なかのひとりが、新太郎のそばに寄ってきた。

新太郎は立ち上がりもせず、欅に寄りかかっていた。

「こんなところで、なにをやってんでえ」

前に立ちふさがった男が、新太郎を見下ろした。

新太郎は相手の顔も見ず、返事もしない。

「おい……おめえ、耳が遠いのか」

さらに一歩を詰めた男が、声に凄味《すごみ》を含ませた。茶色の木綿地に、太い縦縞《たてじま》が染《そ》められている。渡世人が好んで着る長着である。男がしゃべると肩が動き、袖抜きに羽織った半纏が揺れた。

新太郎は、返事をしないまま立ち上がった。目の前の男とは、背丈で四寸の差がある。凄んだ相手から見下ろされる形になって、渡世人が目に力をこめて舌打ちをした。

新太郎はひと言もしゃべらずに、境内から出た。五人の男は新太郎を睨みつけていたが、後を追ってはこなかった。

駕籠舁きは生業柄、ひとの顔を覚えるのが得手である。新太郎が男たちに取り合わずに神社を出たわけは、目の前で凄んだ男に見覚えがあったからだ。

入谷の煮売り屋で見かけた男だった。

残りの四人は祠のそばに立ったままだったゆえに、油のにおいは感じられなかった。離れていたので、顔を見定めることもできなかった。

しかし近寄ってきて毒づいた男は、間違いなく煮売り屋で見かけた男である。

わき腹の痛みも治まっており、新太郎は神社の前から駆け出した。ところが二町も走らぬうちに、いきなり立ち止まった。

『油各種取扱　勝山屋善右衛門《かつやまやぜんえもん》』

四間《よんけん》間口で、油問屋としては小さな店だが、樫の見事な看板が掛けられていた。

入谷につながる一本道である。新太郎は何度もこの通りを走っていた。しかし二町先の小さな神社にも、この油屋にも、まるで気づかずに走り抜けていた。

ここを駆けるのは、いつも木兵衛の宿に銭箱を届けた帰り道である。深川から歩き続けた帰りは、少しでも早く入谷から抜け出したくて、いつも全力で駆け抜けた。

それで、通り沿いの店にも神社にも、気づかなかった。

勝山屋は間口は小さいが、奥の深そうな造作《ぞうさく》である。店のわきには、一間（約一・八メートル）幅の路地がある。新太郎は路地に入った。

勝山屋の板塀が、路地の奥まで続いていた。通りから五間入ったところの板塀には、通用口が構えられていた。油の搬入口である。

路地には、菜種を炒《い》るにおいが強く漂っていた。勝山屋はよそから油を仕入れて売るだけの店ではなく、自前の油絞り場を持つ造り油屋だった。

炒った菜種を挽《ひ》き臼《うす》でひき、こしきに入れて蒸し上げる。それを絞り機にかけて締めつけると、燈油《とうゆ》がしたたり落ちる。

菜種で燈油を造る油屋は、どこもこの手順で仕事を進めた。いつもこの町を走り抜けていた新太郎は、燈油造りのにおいにも気づかなかったわけだ。

表の店構えは大したことはないが、板塀で囲まれた敷地の広さを見て、店の所帯の大きさを察した。

通りに戻った新太郎は、全力で入谷に向かった。そして煮売り屋に飛び込んだ。時分どきを外れた店には、客がひとりもいなかった。

「あらまあ、今日はどっかに駕籠を忘れてきたのかい」

相肩もおらず、息杖だけを手にした新太郎は、いつもと大きく様子が違っている。

煮売り屋の女房が、新太郎を見て軽口を叩いた。

「ちょいと聞きてえことがあるんだ」

差し迫った物言いを聞くなり、女房が口元を引き締めた。流し場からは、店の親爺が顔を出した。

「なにがあったんでえ。顔が引きつってるぜ」

「昨日ここで飯を食ったとき、そこの腰掛に座ってた五人の男を覚えてるかい」

女房の顔を見ながら、新太郎は男たちが座っていたあたりを指差した。

「木兵衛店にいるひとのことかい」

「木兵衛店だとう?」

新太郎が甲高《かんだか》い声を女房にぶつけた。

「あたしはあんときだって、木兵衛店にいると、そう言ったよ」

初めて聞いたような顔をした新太郎に、女房が口を尖らせた。

「昼間っから酒を呑んでうるさいけど、ご近所さんだから邪険にできないって、あんたに言ったじゃないのさ」

「あっ……思い出した」

新太郎はすっかり忘れていたが、煮売り屋の女房は確かにそれを口にしていた。

「うちは飲み屋じゃねえって、おカミさんはそう言ったぜ」

その通りさと、女房がうなずいた。

「それがどうかしたのかい」

「あの連中を、それから見かけなかったかい」

「見かけるもなにも、今日だって昼にぞろぞろ入ってきたよ。もっとも今日は大八車を引いてたもんだから、酒は呑まなかったけどさ」

「大八車だとう?」

新太郎の声が、またも裏返った。

「なんだい、さっきから妙な声を出してさ」

女房が目元を曇らせたが、思案を巡らせている新太郎は気に留めていなかった。

「親爺さんに訊きてえんだが」

なにかがひらめいたのか、新太郎がせわしない物言いで問いかけた。

「坂本村に行く途中にある、勝山屋てえ油屋を知っていなさるかい」

「うちはあすこから、油を買ってるぜ」

答えを聞いて、新太郎の顔が明るくなった。

「すまねえが親爺さん、これからおれと一緒に、勝山屋まで行ってくだせえ」

新太郎は、これまでの顚末《てんまつ》を省《はぶ》かずに話した。そして締めくくりに、おゆきが口にした見当を伝えた。

「檜に火をつけられると思ったら、丸木屋も穏やかじゃあいられねえだろうさ」

江戸の油屋は、小売りは一回当たり二升までと決まっていた。

公儀はなによりも、火事を恐れた。

うかつに油を売ると、いつ火の不始末から火事を生ずるかも分からない。商いに油を多く使う商家には、油始末の責めを負う者を定めさせた上で、一斗樽に入った油の購入を許した。

町場の油屋は、樽売りをするときには、店売りではなく、納めに出向いた。そうすることで、油の行方を確かめたのだ。

配達には、素性《すじょう》の確かな車屋を使った。

行方知れずになったおちえの亭主雅吉も、この油配達の車力だったのだ。

五年以上油配達を務めると、車屋は車力に鑑札を渡した。この鑑札を見せれば、油屋は車力に樽売りをした。

欅に寄りかかった神社で、新太郎は五人の男に出くわした。その神社の近くに、造り油屋があった。

勝山屋から油を仕入れている煮売り屋の親爺になら、手代も気を許すはずだ。

新太郎が知りたかったのは、油屋が今日の午後に樽で売らなかったかどうか、である。大八車を引いていたと聞いたいまは、連中が油を買ったと確信していた。

「分かったぜ。身支度をする間、待っててくんねえ」

話を聞き終えた煮売り屋の親爺は、新太郎と一緒に勝山屋に出向くことを承知した。


同じころ、芳三郎の指図を受けた代貸の源七は、丸木屋の座敷で番頭と向き合っていた。

ときは八ツ半（午後三時）を過ぎている。

今夜が山場だと判じた芳三郎は、源七に自分の読みを聞かせた上で、丸木屋に差し向けたのだ。

「わざわざお越しいただきましたが、てまえどもには寝耳に水の話です」

丸木屋の番頭は顔をゆがめて、源七の問いを否定した。

源七が問うたのは、丸木屋に脅しがかけられていないか、である。

芳三郎は、おゆきと同じ読みをしていた。

重たい檜を盗み出さなくても、火をつけると脅せば丸木屋は震え上がる。その脅しがなかったかと、源七は番頭に問いかけたのだ。

空見《そらみ》が正しければ、今夜はまた分厚い雲がかかって闇夜になる。脅しを考えている連中に、芳三郎が雇っているような腕利きの空見がいるとは思えなかった。

しかし檜置き場のそばに隠れ家を構えていれば、夜空の模様次第で、すぐに出張れる。

芳三郎が、闇夜になる今夜が山場だと判じたゆえんである。

「脅しがきてねえてえのは、まことでやしょうね」

源七は二度、同じことを問うた。

番頭は二度とも否定した。が、代貸の目を見ようとはしなかった。

「もう一度訊きやすぜ」

源七がきつい調子で問いを始めたら、番頭は居心地《いごこち》わるそうに尻を動かした。

## 十五

煮売り屋の親爺は、見かけによらず洒落者《しゃれもの》だった。身支度を終えて出てきたときには、髷《まげ》もひげもきれいに手入れがされていた。

新太郎ほどではないが、充分に上背がある。紺地に白の縦縞結城紬《ゆうきつむぎ》に、茶献上帯《ちゃけんじょうおび》をゆるく締めている。腹の出具合がほどよくて、帯のゆるさが絶妙だった。

履物は雪駄である。尻金《しりがね》が打たれており、歩くたびにチャリンと小気味よい音を立てた。

「てえした身なりだ。とっても、煮売り屋の親爺にはめえねえ」

「世辞《せじ》のつもりか」

物言いは乱暴だが、親爺はまんざらでもなさそうな顔つきだ。

鬼子母神の辻には、遅咲きの桜がまだ花を散らさずに残っている。午後の柔らかな春風が、桜の花びらを枝から飛ばした。

「悪巧《わるだく》みをかんげえてるやつらがいるとは、思えねえようなのどかさだぜ」

舞い飛ぶ花びらを見て、新太郎がぼそりとつぶやいた。

尚平を残してきた坂本村にも、何本かの遅咲き桜が植わっていた。鬼子母神の桜を見るまで思い出さなかったが、村の桜の一本は、おゆきの店のすぐそばに植えられていた。

尚平よう、頼むから口吸いぐれえはやってってくれよ。なにもしてねえてえなら、おめえを残してきた甲斐《かい》がねえ……。

桜の花びらを見て、新太郎は胸のうちで祈った。思いが強くて、我知らずに小声で口にしていた。

「どうかしたのか」

煮売り屋の親爺が、足を止めて新太郎の顔をのぞきこんだ。

「なにかあったのかよ」

新太郎も立ち止まり、親爺に目を合わせた。

「おれがあんたに訊いてるんだ」

「おれに言ってるんなら、なんでもねえぜ」

「そうは思えねえやね。年寄りみてえに、口のなかでもごもご言ってたが、具合でもわるいのか」

親爺は真顔で案じている。

尚平のことを考えながら、ひとりごとを漏らしたらしいと、新太郎は思い当たった。

「すまねえ、親爺さん。つい、かんげえごとをしてたもんで」

きまりがわるくなった新太郎は、歩幅を大きくして足を速めた。煮売り屋の親爺はそれ以上は問わず、黙ってあとを追った。

勝山屋の間口は四間だった。が、店に入ると土間は六間（約十・八メートル）の奥行きがあった。

陽が傾き始めたので、日除《ひよ》け暖簾《のれん》が取り払われている。二十坪を超える広さの土間には、通りで跳ね返った明かりが届いていた。

壁際には、何種類もの油樽が積み重ねられている。どれも量《はか》り売りをする油らしく、黒光りした一升枡《ます》が樽の前に置かれていた。

「いらっしゃいまし」

土間で店番をしている小僧が、親爺を見て寄ってきた。

「要助《ようすけ》さんを呼びましょうか」

煮売り屋を受け持つ手代の名前を、小僧が口にした。

「手間をかけるが、頼んだぜ」

親爺の返事を聞いた小僧は、履物を脱いで座敷に上がった。戻ってきたときには、白湯《さゆ》の入った湯呑みを盆に載せてきた。

「帳面づけのさなかなので、少しばかり待っていて欲しいそうです。そこの腰掛に座ってお待ちください」

盆を手にしたまま、小僧が土間の隅の腰掛を勧めた。ふたりが座ると、盆に載った湯呑みを差し出した。

来客に供するために、勝山屋は常に湯を沸かしているようだ。湯呑みを受け取りながら、親爺は一文銭二枚を小僧に握らせた。

「いただきます」

弾んだ声を出した小僧は、素早い手つきで二枚の銭をお仕着せのたもとに仕舞った。

「小僧さんは、一日そこで店番をしてるのかい」

白湯にひと口つけてから、新太郎が問いかけた。

「そうです」

二枚の駄賃《だちん》をもらった小僧は、愛想のいい声で答えた。新太郎が小僧を手招きした。

「なんでしょう」

小僧がいそいそと近寄ってきた。

「ちょいとおめえさんに、おせえてもらいてえことがある」

湯呑みを手にしたまま、新太郎が立ち上がった。小僧の背丈は、新太郎の肩にも届かない。

「なんですか」

新太郎の大男ぶりに驚いたようだ。見上げる小僧の顔が、こわばって見えた。

「そんなに、びっくりしなくてもいいぜ」

新太郎が笑いかけた。

元々が、老舗《しにせ》両替商の跡取《あとと》りとして育った男だ。笑顔は上品で、目もしっかりゆるんでいる。

小僧の顔からこわばりが消えた。

新太郎は首から吊るした巾着を外し、親爺と同じく二枚の銭を取り出した。

「話をしてもらう駄賃だ」

「そんなこと……」

「こどもが遠慮するんじゃねえ」

小僧の手を握った新太郎は、手のひらに二枚の銭を押しつけた。困惑顔の小僧が、煮売り屋の親爺を見た。

「いいから、もらっときねえな」

もらっておけと親爺に言われて、小僧は安心したらしい。新太郎にぺこりとあたまを下げてから、さきほどと同じ手つきでたもとに収めた。

先に入っていた銭と新しい二文とが、たもとのなかでぶつかり、鈍い音を立てた。

「おめえにおせえてもらいてえのは、ほかでもねえ、油のことだ」

「油のどんなことですか」

「ここで売ってる油のなかで、燃やすのに使う油はどれでえ」

問われた小僧は、黒く塗られた樽を指し示した。

「そいつあ、よく燃えるかい」

「上物の菜種油ですから、燃やしたときの行灯の明るさが違います。安物なら一合十文からありますが、これは一合二十文も……」

一気にしゃべろうとする小僧の口を、新太郎が途中で抑えた。

「その油を、今日ここに買いにきた客はいねえか」

「何人もいますけど……」

小僧は客の名前を言いかけたが、新太郎の顔を見て口を閉じた。

「おれの訊き方がわるかった」

新太郎は膝を曲げて、小僧と同じ目の高さになった。

「この油か、もう少し安い油かは分からねえが、樽ごと買いにきた車力はいなかったか」

「いました」

小僧は即座に答えた。

「五人連れの男のひとたちが、上物の菜種油を一斗樽で買って行きました」

「知った顔かい？」

問われた小僧は首を振った。

「知らねえ客だったのかよ」

「売ったのは、おいらじゃないもん」

新太郎に責められたと思ったらしく、小僧が普段遣いの物言いで言いわけした。

「いいんだよ、おめえを咎めてるわけじゃねえんだ」

新太郎がもう一度、きれいな笑顔を見せて小僧をなだめた。

「車力は鑑札を見せたんだろう?」

小僧がこっくりとうなずいた。新太郎があたまを撫でると、小僧が目元を引き締めた。

「あのひとたち、やっぱりなにかわけがあったんですか」

「やっぱりてえのは、おめえはなにかを感じたてえのか」

「油を買うときに、店で一番火つきがいい油が欲しいって、手代さんに言ったんです。それって、尋常《じんじょう》ではないでしょう?」

問われた新太郎は、どこが尋常ではないかが分からなかった。返事ができずにいたら、小僧があとを続けた。

「うちに初めて買いにきたお客様は、どれが一番明るいかって訊くんです。火つきがいいかなんて、そんな妙な訊き方をするひとはいません」

「そうか」

新太郎が大きな手を叩き合わせて得心した。

「おめえの言う通りだ。火つきがいいかてえのは、まともな訊き方じゃあねえ」

勝山屋そばの神社で出会った男たちが、油を買った連中に違いないと、新太郎は確信した。

「親爺さん、手間をかけやしたが、これで連中が動き出すのは間違いねえ」

新太郎の物言いが差し迫っていた。

「おゆきさんの見当が、当たったということだな」

新太郎が、引き締まった顔でうなずいた。

「おれはこの足で、坂本村にけえりやす」

「そのほうがいい」

新太郎と一緒に、親爺も勝山屋を出ようとした。

「要助さんは、もうすぐ手が空《あ》くと思いますが……」

「おめえさんの話で、充分に得心がいったようだぜ」

親爺も小僧のあたまを撫でて、勝山屋の土間を出た。

「そいじゃあ、これで」

礼を言った新太郎が、下げたあたまを元に戻したとき、勝山屋わきの路地から、さくらが顔を出した。新太郎の目が丸く見開かれた。

「どうしたの、新太郎さん」

「さくらさんこそ、どうしたんでえ」

「油が切れたんで、買いにきたの。勝山屋さんの菜種油は、すごく明るいから」

路地から出てきたのは、近道を歩いてきたからだった。

「新太郎さんは、どうしてここに?」

煮売り屋の親爺と一緒にいることにも、さくらは合点《がてん》がいかないようだ。いぶかしげな顔のさくらの手を引いて、新太郎は路地に戻った。

「おちえさんの連れ合いの、行方が分かりそうなんでえ」

ここまでのあらましを、新太郎は手短に話した。さくらは呑み込みが早かった。

「気をつけてね」

言いながら、たもとから一本の手拭《てぬぐ》いを取り出した。

「汗押さえに使ってください」

さくらが着ているものと同じ、紺がすりの手拭いである。

「ありがとよ。遠慮なしにいただくぜ」

小さく畳んだ新太郎は、巾着のなかに仕舞い込んだ。

「そんなところに仕舞ったら、汗押さえにならないのに……」

さくらのつぶやきを背中で受け止めて、新太郎は駆け出した。地べたを蹴る足が、腹にくっつくほどに跳ね上がっていた。

## 十六

新太郎が坂本村に駆け戻ると同時に、七ツ（午後四時）の鐘が村に流れた。空にはまだ雲はなく、春の陽は西空に移っていた。

おゆきの店が五町ほど先に見え始めたところで、新太郎は駆けるのをやめた。まっすぐ走ればわけなく着くが、少しでも長く尚平とおゆきをふたりだけにしておきたかった。

店の流し場には、小さな煙出しがある。足を止めた新太郎は、目を凝らして煙出しを見詰めた。

そろそろ、店は晩飯の支度に取りかかるころだ。煙が出ていなければ、尚平とおゆきは睦《むつ》み合っているかもしれない。

目を凝らしながら、新太郎は煙が出ていませんようにと願った。が、願いを打ち砕くかのように、白くて勢いの強い煙が立ち昇っていた。

やっぱり駄目かよ。

やるせない思いを抱えて、新太郎はゆっくりと歩いた。店が半町（約五十五メートル）先にまで迫ってきたとき。
店の前を流れる小川のなかに、尚平が立っているのが見えた。尚平はわらをタワシのように固めて、駕籠を洗っていた。

新太郎は勢いをつけて、半町を駆けた。足音を聞いて、尚平が相肩に気づいた。

「おめえ、なにをやってやがんでえ」

「そろそろ、おめが帰ってくる気がしたでよ。駕籠、洗ってただ」

「そんなこたあ、言われなくても見りゃあ分かる」

新太郎が口を尖らせた。

「おれは、おゆきさんと一緒にいたんじゃあねえのかと訊いてるんでえ」

新太郎から強い言葉をぶつけられて、尚平は返事に詰まったような顔になった。

「おい、尚平」

「なんだ」

「おめえ、まさか……ずっとそんなことをやってたんじゃあねえだろうな」

「そんだことって、なんだ」

尚平は、新太郎の問いをなぞり返した。

「じれってえ野郎だぜ」

新太郎は舌打ちをして、相肩に近寄った。

「おゆきさんと一緒にいねえで、駕籠を洗うような間抜けなことをやってたんじゃねえかと訊いてんだ」

「駕籠さ洗うのは、間抜けでね」

静かな口調で尚平が応じた。

「間抜けてえのは、おれが言い過ぎたが、おめえ、ずっとそんなことをしてたのか」

「いんや、そんだことはね」

「そいじゃあ尚平、おゆきさんと一緒にいたんだな」

「近くにはいたが、一緒ではね」

「なんでえ、それは」

「薪さ、たんねえみてだったから。駕籠洗う前は、薪割りやっただ」

小川から引き上げた駕籠の長柄を、尚平は雑巾《ぞうきん》で拭いている。おゆきが、店の拭き掃除に使う雑巾だった。

「まったくおめえってやつは……」

新太郎は、ほとほと呆《あき》れたという声を漏らした。しかし駕籠を拭いている相肩を見て、文句を言いながらも目尻が下がり気味になっていた。

「そんで、さくらさんとこはどうだった」

「おう、そのことさ」

顔つきを元に戻した新太郎は、尚平のわきに座り込んだ。

「おゆきさんてえひとは、さすがは壺振《つぼふ》りだ。てえした眼力《がんりき》だぜ」

神社で男五人に出くわしたことから、勝山屋で聞き込みをしたことまでの顚末を、尚平に聞かせた。

さくらに会って、手拭いをもらったことも省かずに話した。

「だったら新太郎、すぐに芳三郎親分とこさ行くだ」

「おめえもそう思うか」

尚平が力強くうなずいた。

「そうと決まりゃあ、とっとと行こうぜ」

「分かっただ」

駕籠を手早く拭き上げた尚平は、雑巾を返しに店に入った。新太郎はふたりの間に割り込むのを遠慮して、駕籠のそばで待った。

尚平が出てきたときには、鉢巻《はちまき》が真新しいものに取り替えられていた。青い水玉の手拭いを巻いている。

「おめえ、いつそんなものを買ったんでえ」

「いつって……」

尚平が口ごもったとき、店からおゆきが出てきた。赤いたすきがけだが、首には水玉の手拭いをかけていた。

新太郎が得心顔になった。

「世話をかけやした」

おゆきに礼を言う新太郎が、晴れ晴れとした顔になっている。調子をつけて駕籠を押すと、前棒の尚平が弾んだ一歩を踏み出した。きれいに洗われた駕籠が、西日を浴びて照り返った。

「おゆきさんの眼力は、昔のままらしいな」

新太郎からこの日のあらましを聞き終わった芳三郎は、短い言葉でおゆきを褒めた。

「親分の言われたことは、やっぱりおゆきさんの見立てた通りでやしたんで」

「そうだ」

芳三郎が茶を口にした。

春の夕暮れどきは、陽の残り火が消えそうで消えない。ぼんやりした外の光が、芳三郎の持つ分厚い湯呑みに当たっていた。

「いまはまだ雲はないが、今夜も夜中には分厚い雲がかぶさる」

「こんな上天気なのに、でやすか」

新太郎が庭を見た。沈み行く手前に放つ天道《てんとう》の赤い光が、庭木を染めていた。

「空見が口にしたことだ、間違いはない」

芳三郎の物言いは、迷いなく空見の見立てを受け入れていた。

「源七が帰ってくれば、丸木屋の様子が分かる。九分九厘、丸木屋は脅しを受けているはずだ」

「カネを払わなければ、檜を燃やすてえ脅しでやすね」

湯呑みを手にした芳三郎は、一度だけ静かにうなずいた。

「やつらが仕掛けてくるのは、今夜だと思っていなさるんで？」

「連中は、脅しが本物だと分からせるために、手付け代わりに一本、火をつけるだろう」

「檜の丸太全部じゃあねえんで？」

「脅しが効けばそれでいい。そっくり燃やしてしまったら、連中も脅しのカネが取れなくなる」

芳三郎が新太郎と尚平を前にして、目を閉じた。今夜の段取りを思案しているのだろう。

檜の丸太置き場に出向く気でいる新太郎は、大きな息を吸って気合を込めた。黒くて太い眉が、ぴくぴくっと動いた。

十七

源七が丸木屋の客間に通されてから、すでに一刻（二時間）以上が過ぎていた。

丸木屋は、おとずれる客の格に応じて、客間と、応対する手代や番頭を使い分けた。

もっとも格下の客は、手代が店の土間で応対する。客は茶の接待もされず、用向きを済ませればそのまま帰された。

格がひとつ上がると、売り場座敷に招き上げられる。部屋ではなく、衝立《ついたて》仕切りの座敷である。供される茶は、素焼きの湯呑みに入った番茶だ。応対は古参の手代で、菓子は出されなかった。

さらに一段上がれば、庭が見える客間に通される。が、客間にも格があり、大事な客は二十畳間に案内された。

源七が通されているのは、客間のなかではもっとも小さな十畳間だった。向かい側に座っているのは、丸木屋の三番番頭である。

丸木屋のあるじは、芳三郎の賭場では上客としての扱いを受けた。そのかかわりで、芳三郎は丸木屋の檜置き場の張り番を請け負っている。

しかし丸木屋をおとずれた代貸の扱いは、客間に通されはしても、三番番頭が応対する程度の格だった。

檜のみを扱う丸木屋は、十畳間といえども拵えは豪勢である。ふすまには、名の通った絵師が山水画を描いている。欄間《らんま》の透かし彫《ぼ》りは、吾妻橋の名匠の仕事だった。

そして、売り物の檜が、柱といわず廊下といわず、ふんだんに使われている。源七に供されている上煎茶《じょうせんちゃ》の淡い香りを、檜から漂い出た芳香が押しのけていた。

「正直に答えてもらわねえと、うちとしても手の施しようがありやせん」

丸木屋をおとずれてから一刻のうちに、源七はこれで五度、同じことを口にした。

「何度訊かれましても、てまえどもにはなにも起きていないと申し上げるのみです」

番頭が背筋を張って、きっぱりと答えた。この答えもまた、五度とも同じである。

源七を追い返したいことを、番頭は物言いと振舞いとで、あからさまに示した。

つい今しがた、三度目の茶が供された。淹れたてで湯気は立ち昇っているし、口元に運ぶと香りも感じられた。

しかし、菓子は出されなくなっていた。

「ほかにご用がなければ、そろそろお引き取りいただけませんかなあ」

しびれを切らした番頭が、源七に帰ってほしい旨《むね》を切り出した。

「番頭さんがまことを言ってくださらねえことには、けえるにけえれやせん」

芳三郎から見当を聞かされている源七は、番頭の言い分をはじき返した。

「まことを言えとは、また随分《ずいぶん》な物言いだ。おたくさんから、そんな言い方をされる筋合いはないと思いますが」

「それは番頭さんの了見ちげえでやしょう」

源七の物言いは静かだが、番頭を見詰める目には、一分の隙もなかった。

「あっしの組では、こちらさんの丸太の張り番を請け負っておりやす」

「いまさら言われなくても、先刻承知です。そのための費えは、節季ごとにきちんとお支払いしているはずだ」

「その通りでさ」

源七は膝を動かして、わずかながら番頭のほうに詰め寄った。

「ゼニをいただいておりやすゆえに、あっしはこうして番頭さんと向き合ってるんでさ」

「あんたの言うことが、あたしにはうまく呑み込めない」

「そんなことはねえでしょう。番頭さんは、まことを口にしねえだけで、それこそ、先刻承知のはずでやしょうが」

「あたしのほうに、お鉢を回そうと言うのかね」

三番番頭が口の端を歪《ゆが》めた。膝元の煙草盆《たばこぼん》を引き寄せると、太い火皿のキセルに刻み煙草をぎゅうぎゅうに詰めた。

種火で火をつけたあとは強く吸い込み、煙を源七に向かって吐き出した。

紫色の煙が、源七の両目をめがけて流れてきた。

「おい、番頭」

源七の物言いが、がらりと変わった。

番頭は、手にしたキセルを取り落としそうになり、座布団に座った腰が浮いた。

「おめえさんらが脅しをかけられてるのは、とっくにネタが上がってるんでえ。このうえぐずぐずと益体《やくたい》もねえことを言い続けるてえなら、いまから奥に乗り込むぜ」

気の荒い組の若い者を、ひと声で震え上がらせる源七である。どれほど大店とはいっても、三番番頭を飛び上がらせるのは、いかほどのことでもなかった。

「おめえんところからゼニを受け取ってるばっかりに、こうして代貸のおれが出向いてきたんでえ。愚にもつかねえ暇つぶしをしてねえで、とっとと、あるじでも頭取番頭でも呼んでこい」

言葉の最後で番頭を睨みつけた。

腰を上げないことには、なにをされるか分からないと、番頭は震え上がった。キセルを座布団のわきに残したまま、三番番頭は急ぎ足で座敷から出て行った。

つまらねえ世話をかけやがる。これだから、檜屋連中は虫が好かねえ。

腕組みをした源七は、気を落ち着かせようとして大きな息を吸い込んだ。

檜の香りが胸のうちに取り込まれた。

材木のなかでも、香りがよくて細工がしやすい檜は、ことのほか重宝《ちょうほう》された。差し渡し一尺半（約四十五センチ）、長さ二十五尺（約七メートル半）の丸太であれば、一本の卸値《おろしね》が百両は下らないといわれる。

元の値が高いだけに、材木商のなかでも檜を扱う業者は『檜屋』と別称された。正月になれば材木には明るくない素人にも、檜屋の格の違いは、はっきりと分かった。

年の瀬が押し詰まった師走の二十九日から、檜屋は抱えの大鋸《おが》挽《ひ》き職人を店先に出した。そして、檜の丸太を斜めに据え付けて、厚さ三寸の板を挽かせた。

「今年も年賀板の大鋸挽きが始まったぜ」

檜が放つ香りをかぐと、檜屋から五町四方の町に暮らす住人たちは、大鋸挽き見物に出向いた。

見物人を何人店先に集めることができるか。

何枚の年賀板を挽くことができるか。

檜屋たちは、この数を競い合った。

見栄を張りたい檜屋のなかには、陰で手間賃を払って、いわゆる『さくら』の見物人を仕込んだりもする。そこまではしないまでも、集まった見物人には、店先で汁粉《しるこ》や葛湯《くずゆ》、甘酒などを振舞った。

「今年は、あすこに行くのはよしねえ」

「なんでえ。なんかあったのかよ」

「汁粉の椀がしょぼいし、なにより餅《もち》がへえってねえ」

店先の振舞いを楽しみにしている見物人は、扱いのわるい檜屋を避けた。

挽き出された三寸板には、三十日に大鋸挽き職人の手で、注連縄《しめなわ》が張られた。そして除夜の鐘が撞《つ》かれ始めると、三寸板を店の両側に立てかけた。

江戸の正月三が日は、どの年もおおむね晴れた。凍《い》てついた町には、分厚い寒気が居座っている。その気配を、檜の香りが突き破った。

檜屋が立てかけた年賀板は、五町四方の町々にかぐわしい香りを漂わせた。

何軒もの檜屋が軒《のき》を連ねる深川は、永代橋にまで香りが届いた。

とは言うものの、江戸の檜屋のなかでも最大手の店は、深川ではなく、吉原を間近に控えた丸木屋だった。

木場の材木商のなかにも、檜を扱う老舗は少なくても六軒はあった。それらの檜屋が、正月の深川を檜の香りで埋めたのだ。

ところが丸木屋は、たった一軒で木場の檜屋三軒分の商い高を誇っている。広大な材木置き場に檜の丸太をごろごろ転がしておけるのは、丸木屋にしかできない芸当である。

吉原を間近に控えた地の利が、丸木屋の商いをそこまで大きくしていた。

# 十八

「代貸さんが、大層な剣幕《けんまく》でうちの番頭を脅かしてくれたそうだな」

源七と向かい合わせに座った丸木屋の当主は、店で扱う檜のように胴回りが太かった。

「いまさら名乗る間柄《あいだがら》でもないが……」

源七の前に丸木屋当主が座った。

「丸木屋徳左衛門《とくざえもん》だ」

「存じておりやす」

源七は、差し向かいの丸木屋当主から目を逸《そ》らさずに応じた。

「親分とは何度も口をきいているが、代貸と差し向かいで話すのは初めてじゃないか」

「一度だけですが、ありやす」

「ほう……わたしは覚えていないが」

徳左衛門は、正味で忘れているようだ。

「もう四年前になりやすが、旦那に盆を助《す》けてもれえやした」

「四年前というと……」

「天明四年の四月初めでやす。若年寄《わかどしより》の田沼《たぬま》様がお城で斬られたてえんで、江戸中が大騒ぎになったすぐあとでやした」

源七に時期を明らかにされて、徳左衛門は天井を見上げて考え込んだ。天井板にも、商売物の檜を豪勢に使っている。

あれこれ思い返しているうちに、徳左衛門は思い当たることにぶつかったようだ。

「三百両の勝負か」

「五百両でやす」

源七が勝負の金高《きんだか》を正した。

一回の丁半《ちようはん》博打に、五百両を投じた勝負である。大尽ぶりを売っている札差でも、これだけの勝負なら忘れることはないだろう。

ところが徳左衛門は本当に忘れていた。記憶をなぞり返して思い出したときは、勝負の金額を内輪《うちわ》に口にした。

並の者なら逆である。

三百両の勝負を、ときの流れのなかで五百両だったと膨らませる。そして、あれは大勝負だったと吹聴《ふいちょう》するだろう。

長屋暮らしであれば、親子四人が一年不自由なく暮らしても、十両あれば蓄えも残る。五百両なら、五十年。四人家族が生涯、遊んで暮らせる大金だ。

そんなカネをただ一度の勝負に投じながら、しかもたかだか四年前のことを、徳左衛門は忘れていた。

源七は、丸木屋の身代《しんだい》の大きさと、徳左衛門の器量のほどをあらためて思い知った。

「あのときの代貸さんが、あんただったか」

徳左衛門の目に、親しみの色が浮かんだ。

いまから五年前の天明三年七月六日に、浅間山《あさまやま》が大噴火した。火山灰が空におおいかぶさり、陽が差さなくなった。

風に運ばれた火山灰は、江戸にまで届いた。

「せっかく洗い物をしたのに……」

弱い日差しのなかで干した洗濯物が、火山灰で汚された。江戸から東の国では、寒い夏に見舞われた。

冷夏は、稲作の大事な時期を直撃した。米が実らず、方々で飢饉《ききん》が生じた。九月に入ると、米相場が暴騰《ぼうとう》した。

一石《こく》一両が、公儀の目指した相場である。浅間山噴火で米が大凶作となり、九月下旬の大坂の堂島米会所《どうじまこめかいしょ》では、一石一両二分の高値をつけた。通常の五割増しである。

堂島の高騰相場は、早飛脚《はやびきゃく》が蔵前《くらまえ》にも報せた。大坂とは桁違《けたちが》いに米の消費量が多い江戸は、一気に一石一両三分の高値となった。

大儲《もう》けしたのが、蔵前の米問屋と、武家の米を扱う札差である。世の中は米の高値を嘆《なげ》いたが、札差連中はあぶく銭を手に入れた。

この年十月二十八日に、日本橋小伝馬町《こでんまちょう》一丁目から出火。折りからの強風に煽《あお》られて、火は近在の人形町《にんぎょうちょう》・堺町《さかいちょう》・瀬戸物町《せとものちょう》・室町《むろまち》などを焼き尽くした。

芝居小屋の市村座《いちむらざ》と中村座《なかむらざ》も焼け落ちた。

米の高値に加えて、材木も値を飛ばした。

「江戸でまともに息をしてるのは、米屋と材木屋ぐれえだぜ」

町民は愚痴をこぼした。が、火事に遭《あ》ったのは日本橋界隈の大店が主である。蓄えを本両替に預けてある大店は、すぐさま店の普請を始めた。

普請が活発になれば、材木商のみならず、大工や左官などの職人も仕事が増える。

職人が潤《うるお》えば、町場の小商人《こあきんど》も商いが膨らんだ。

米価高騰に火事が重なり、江戸の町人は暗い気分で天明三年の冬を迎えた。それでも、金持ちが蓄えを吐き出して、職人たちの仕事量を大きく増やした。これでカネがうまく回った。

米の高値をぼやきつつも、庶民はしたたかに日々の暮らしを営《いとな》んだ。

明けて天明四年。

地方では農民の一揆《いっき》が頻発《ひんぱつ》したが、江戸はまだ穏やかだった。米は高値になっても、値上がり分を上回るほどに仕事があった。それゆえ、庶民は汗さえ流せばなんとか暮らすことができていた。

三月二十四日。江戸城において、若年寄田沼意知《おきとも》が、旗本佐野政言《さのまさこと》に斬られる刃傷沙汰《にんじょうざた》が生じた。意知《おきとも》は四月二日に死亡、政言は翌三日に切腹を命じられた。

まいないで私腹を肥《こ》やしていると、悪評の高かった田沼一族のひとりが、旗本に成敗《せいばい》されたのだ。町民は喝采《かっさい》して、江戸中が刃傷沙汰のうわさで持ち切りとなった。

この騒動をきっかけにして、米価が二割下落した。田沼一族のように、庶民から成敗されることを恐れた米問屋が、示し合わせて値を下げたのだ。

「佐野様はてめえの身体を張って、おれっちの米代を安くしてくだすった」

「さすが、天下のお旗本だ」

町のいたるところで、町民は切腹させられた佐野政言を褒め称《たた》えた。

そんなさなかに、芳三郎の賭場では、桁違いの勝負が行なわれた。

天明四年四月六日の五ツ半（午後九時）。

この夜は蔵前の米問屋、板山八之助《いたやまはちのすけ》がひとり勝ちを続けていた。

「米騒ぎも収まったことだ。今夜は好きなだけ遊ばせてもらおう」

米価が下落したことで、いっとき庶民の恨《うら》みが米屋から逸れていた。久々に賭場に顔を出した八之助は、丁の目に張り続けた。

この夜は、八之助に博打の運がかたよっていたらしい。負けは小さく、勝ちは大きくを繰り返した。五ツ半には、八之助の膝元に四百両近い駒札《こまふだ》が山を築いていた。

「勝つのも飽きた」

八之助は、これみよがしに駒札を両手で抱え、わざと大きなあくびをした。

「もともとがあぶく銭だ。この札すべてを丁に賭けて、勝っても負けても、これで帰る」

八之助は、膝元の駒札すべてを丁の場に置いた。盆を仕切る出方《でかた》が、丁の場を扱う助《す》け出方に目顔《めがお》で指図をした。

助け出方は、馴れた手つきで札を数えた。

「四百十三両でやす」

八之助の札は、四百両を超えていた。賭場の客が、ふうっとため息を漏らした。

出方は代貸の源七に、勝負に入るかどうかを目で訊いた。源七はわずかなうなずきで、勝負に入ることを認めた。

去年の飢饉と大火事が尾をひいて、江戸の景気はいまひとつである。しかし、賭場に集まっている連中は、そんななかでも大儲けをしている米問屋、札差、材木商たちだ。

客だねのよい芳三郎の賭場といえども、四百十三両の勝負は大きい。が、客同士で遊べない金高ではない。ゆえに源七は勝負に入ることを認めた。

「丁に四百十三両が載りやした。どちらもどちらも、どっちもどちらも、半方に賭けてくだせえ」

出方が、調子をつけて半への賭けを促《うなが》した。しかし八之助のツキを目《ま》の当たりにした客は、だれひとり半に賭けようとはしなかった。

芳三郎の賭場は、客同士で賭けさせるのが定めである。丁半が釣り合ったところで、壺を振って勝負に入った。

丁半が釣り合うまで、足りない方に客の賭けを促した。賭場によっては、不足分を盆が引き受けるところもある。

しかしこれをやると、盆が勝つように壺振りを細工したりする。いわゆる、いかさま博打である。

芳三郎の盆は、賭けにはかかわらず、勝負に勝ったほうから一割のテラ銭を取ることに徹した。賭場はいかさまをやらないと分かって、客は安心して勝負に挑んだ。

ところが、このときは半に賭ける者がいなかった。

「どちらもどちらも……」

どれほど出方が促しても、だれひとり勝負に加わろうとしない。

「なんだ、この盆は」

八之助が、あからさまに客を見下したような物言いをした。

「たかだか四百両ぽっちの勝負を、だれも買わないのかね」

焦れた八之助は、源七に勝負を受けろと迫った。

「盆が勝ち負けにかかわるのは、うちではご法度《はっと》でやす」

源七は、きっぱりと断わった。

「法度は承知で言っているんだ」

八之助の顔には、源七をさげすむような笑いが浮かんでいた。

「法度だと言っても、半に一両もなければ勝負にならない。こんなときは、賭場が器量を見せて受けるしかないだろうが」

それともこの賭場には、四百両の勝負を引き受ける度量はないのかと、八之助があごを突き出した。

周りの客は、源七の応じ方を見詰めていた。

法度をたてに、勝負を断わるか。

面子《メンツ》のために、勝負を受けるか。

客の無遠慮な目を感じつつも、源七は断わる肚だった。四百両が四千両であっても、組の面子のためなら、芳三郎は勝負を受けるだろう。

しかしこれは、法度にかかわることだ。安易に破ったりしたら、後々まで禍根《かこん》を残す。

「盆が引き受けるのは、お断わりしやす」

源七の答えに迷いはなかった。

失望の吐息が、賭場の方々から漏れたとき、盆の隅に座っていた徳左衛門が立ち上がった。

「わたしが受けよう」

賭場の若い者に矢立《やたて》を運ばせた徳左衛門は、紙入れから一枚の為替《かわせ》切手を取り出した。日本橋本両替、三井両替店の為替切手である。

徳左衛門は五百両の金額を書き込み、おのれが署名をした。

「印形《いんぎよう》は押してないが、明日まで、これで五百両を用立ててもらえるかね」

「引き受けさせてもらいやす」

源七は即座に応じた。丸木屋徳左衛門とは、親しく話したことはなかった。が、芳三郎と付き合いがあるのは分かっていた。それに檜の扱いでは、江戸でも一、二の大店である。

切手と引き換えに、帳場から五百両の駒札を運ばせた。樫板《かしいた》に黒漆《くろうるし》を塗り、金文字で百両と書かれた札が五枚である。

徳左衛門は、こともなげに源七から五枚を受け取った。

「どうだ、板山さん」

徳左衛門は、五枚の札を半に置いた。

「端数は面倒だ。あんたも、五百両で釣り合わせてくれないか」

徳左衛門の物言いには、まるで気負いがない。相手から軽い調子で言われて、八之助の顔に朱《しゅ》がさした。

「これで持ち合わせすべてだ」

八之助の口元が歪んでいた。

「だったら、賭場から融通を受けなさい。わたしは、五百両を一両たりとも下げる気はない」

「なんだね、その物言いは」

八之助が目を剝《む》いて徳左衛門を睨みつけた。

「あんたに、融通を受けろのなんのと、指図をされる筋合いはない」

「それはそうだ」

徳左衛門の物言いは、相変わらず軽い。

「だがねえ板山さん。ここは丁半が釣り合わなければ、勝負には入らない賭場だ。その法度を破らないから、わたしらは安心して遊んでいられる。勝負をするなら、あんたにカネを都合してもらうしかないだろう」

徳左衛門が、語調を変えて言い切った。

つい先刻までは、客は八之助の側について源七を強い目で見詰めていた。いまは様子が、がらりと変わっている。

刺すような目が、八之助に集まっていた。

「おい、代貸っ」

八之助が尖った声を源七にぶつけた。

「八十七両を用立てろ」

「いつでも融通いたしやすが、担保《かた》にはなにを預からせてもれえやすんで」

「なんだとう」

八之助が腰を浮かせて、源七に噛み付いた。

「あたしは板山八之助だ。それで充分だろうが」

「煙草入れでもキセルでも、なんでも構いやせん。形のあるものを預からせてくだせえ」

客に恥をかかせないように、源七は下手《したて》に出た。が、担保なしでは融通できないと、はっきりと伝えた。

顔を真っ赤にしながらも、八之助は銀細工のキセルを差し出した。

勝負は半。徳左衛門が勝った。

「すっかり忘れていたが、あの晩のあんたの仕切りは見事だった。あのとき、半端《はんぱ》に賭場が勝負を受けていたら、わたしは芳三郎親分との付き合いもそれまでにしただろう」

あの夜の顚末を思い出したあとの徳左衛門は、源七にこころを許したようだ。

「あんたが番頭に迫った通りだ」

ゆすりの一味から、脅しをかけられていることを、徳左衛門はおのれの口で語り始めた。

「最初のころは、何羽ものカラスの死骸が庭に放り込まれていたが、うちが応じないと、次第に脅しの手口が荒くなってきた」

三月十四日の朝。徳左衛門の孫が可愛がっている飼い犬が、石見銀山《いわみぎんざん》の毒で殺された。

「言うことを聞かないと、檜をすべて盗み出す。見張りにこのことを話したら、丸木屋の一族を皆殺しにする」

毒殺された犬のわきには、脅し文が置かれていた。

「連中の言いなりになる気はないが、さりとて、芳三郎さんに話すのもはばかられた」

すべてを話し終えた徳左衛門は、胸のつかえがとれたらしい。美味そうに、湯呑みの茶をすすった。

## 十九

「連中が材木置き場を襲うのは、今夜だと親分は判じておられやすんで」

芳三郎の見立てを聞き終えた新太郎は、あぐらを組み直した。

「空見は、今夜遅くには闇夜になると言っている。おそらく、今夜が山場だろう」

芳三郎は、空見の見立てに信を置いていた。

「おれには、ひとつ呑み込めねえことがあるんでさ」

「思うことを言ってみろ」

芳三郎はおだやかな物言いで、新太郎の口を促した。

「連中は檜を燃やすのが狙いじゃあねえ。丸木屋からゼニを脅し取るのが狙いじゃやあ、ありやせんかい」

「その通りだろう」

「だったら、なんだってゼニを脅し取る先に、檜に火付けをしやがるんで」

得心のいかない新太郎は、いぶかしげな声で問いかけた。

「本気で火付けをするわけじゃない。一本だけ焦《こ》がせば、それだけで連中の目論見《もくろみ》通りになる」

どれほどしっかりと見張ろうとも、広い材木置き場に脅しの連中が忍び込むのを防ぐのはむずかしい。檜の皮を焦がすだけで、見張りを置いても無駄だと、丸木屋は思い知ることになる。

「それは分かりやすが、親分が手の者で置き場の四隅を固めりゃあ、連中は忍び込めねえでしょうが」

「なぜそんなことをする」

「へっ？」

問われた意味の呑み込めない新太郎は、素《す》っ頓狂《とんきょう》な声を漏らした。

「丸木屋から言われない限り、うちの見張りが増えることはない。連中は丸木屋の口を封じるために、脅しをかけているに違いない」

「丸木屋が親分に泣きを入れねえように、てえことで」

芳三郎が口元を閉じ合わせてうなずいた。

「源七が丸木屋に出向いたのは、それを確かめるためだ」

芳三郎の宿の庭を、大きな月が照らしている。空にはまだ、雲はなかった。

# 二十

夜の五ツ（午後八時）を過ぎても、夜空に雲はあらわれなかった。

「源七さんはけえってこねえし、空にはでけえ月が出っぱなしだし……」

濡れ縁に出て夜空を見上げた新太郎が、ひとりごとを漏らした。

「そんな顔をして、案ずることはない。こっちに戻って座れ」

芳三郎の声音は、いつも通りに物静かである。しかし、ひとことでだれもが従う強さを含んだ静けさである。

新太郎は言われた通りに、芳三郎の前に戻ってきた。

「今夜は長丁場になるぞ」

貸元にきっぱりと言い切られて、駕籠舁きふたりが顔を引き締めた。

「案じなくても、夜半前には雲が出る。勝負はそれからだ」

芳三郎が見当を口にしたとき、若い者が座敷に入ってきた。

「代貸がお帰りになりやした」

目だけでうなずいたあと、芳三郎が立ち上がった。

「いま支度をさせる。しっかりと腹ごしらえを怠《おこた》るな」

言い置いた芳三郎は、新太郎と尚平を残して座敷から出た。

「これから戦《いくさ》だてえのに、親分はおれたちの飯を案じてくれてるぜ」

「肝《きも》の太さが違うだ」

尚平のつぶやき方が、心底から芳三郎に感じ入っている。同じ思いを抱く新太郎は、感に堪《た》えない顔で、ふうっと吐息を漏らした。

芳三郎は、組に料理人を抱えていた。賭場が盛《さか》って熱くなるのは、夜の四ツ（午後十時）を過ぎてである。浅草寺が四ツの鐘を撞くと、盆を仕切る出方は中休みを告げた。

別間に案内された客は、若い者の給仕で夜食を振舞われた。酒の欲しい者は冷酒でも燗酒でも、季節を問わずに好みが呑めた。

どこの賭場でも、中休みを大事にした。

ツキのない客は中休みにたっぷり飲み食いして、験直《げんなお》しをした。ばかツキの客には、賭場はことのほか豪勢に振舞った。ひとり勝ちを続けて盆がしらけないよう、巧《たく》みに酒肴《しゅこう》を勧めてツキを変えさせるのが狙いだ。

わけが分かっている客は、中休みの夜食には手を出さず、息をひそめて盆の再開を待ったりもした。

どの賭場も夜食には気を遣ったが、芳三郎のように料理人を抱えている貸元は、江戸を見渡しても皆無である。

芳三郎は大の釣り好きだ。ひまを見つけては、大川で釣り糸を垂らした。月に一度は、釣り船を仕立てて海にも出る。小名木川を通り抜けて、行徳近くの海に出ることも好んだ。

小名木川には、中川《なかがわ》船番所が構えられている。番所役人に付け届けを怠らない芳三郎は、咎めなしに釣り船で通り抜けることができた。

釣った獲物を料理するのが、恵比須組に抱えられた料理人の役目だ。その日に釣った海魚・川魚を造りや煮魚で振舞われて、賭場の客は大喜びした。

三月は、鮒《ふな》が一年のうちにもっとも美味い時季だ。江戸でも名の通った芳町《よしちょう》の八百善《やおぜん》、門前仲町の江戸屋《えどや》、両国の折り鶴《おづる》などの料亭も、三月には鮒を供した。

三月初旬に、芳三郎は江戸川で形の揃った鮒の群れに行き合った。竿だけでは足りず、船頭は網を打った。いずれも子持ちである。

八百善は三月の献立《こんだて》に『子持ち鮒の膾《なます》』を自慢の一品として供した。

「八百善に聞こえると具合がわるいが、ここで食べる子持ち鮒の甘露煮《かんろに》の美味さは、八百善の膾など、足元にも及ばない」

口のおごった蔵前の札差が、声をひそめて賭場の料理を褒めた。夜食の美味さの評判を聞きつけて、それを食べたいがためだけに賭場に顔を出す酔狂者《すいきようもの》も少なくなかった。

八百善で鮒を食べれば、高いといっても一分（四分の一両）どまりだ。ところが賭場の夜食を食べるには、少なくても五両の駒札を買って遊ばなければならない。

運良く勝てば、夜食はただである。しかし負けが込むと、鮒の甘露煮一尾が何十両にもついてしまう。

それでも三月は甘露煮食べたさに、いつもの月以上に客が押し寄せた。

「うめえ」

二尾目の甘露煮を口にした新太郎は、五度目のうめえを漏らした。

「おめ、ほかに言うことねえか」

尚平にからかわれて、新太郎が箸を置いた。

「てえした言い分じゃねえか。浜育ちのおめえのことだ、さぞかし魚の褒め方を知ってるだろうよ」

「ああ」

「だったら言ってみろ」

新太郎が真顔で嚙みついた。尚平は、鮒のあたまからかぶりついた。味を吟味《ぎんみ》しているのか、目を閉じた。口を動かす相肩を、新太郎はじっと見詰めた。

飲み込んだあとで、尚平が目を開けた。

「どうでえ、鮒は」

尚平は、まっすぐな目で新太郎を見た。

「うめえ」

戦を控えたふたりが、笑い転げた。

二十一

空見の見立ては見事に当たった。

四ツを過ぎたころから、空に雲が集まり始めた。西から流れてきた分厚い雲は、永代橋の方角から順に空の星を隠した。

真夜中を過ぎると、空にはひと粒の星の明かりも見えなくなった。

「闇夜だと、なか（吉原）の明かりがひときわきれいにめえるぜ」

日本堤の土手で小便をすませた新太郎は、遊郭の明かりを指差した。

「親分の見立て通りだとすりゃあ、連中が忍び込んでくるのは、大引《おおびけ》でなかの灯が消えたあとだろうぜ」

尚平がきっぱりとうなずいた。

空に雲がかぶさってから、次第に冷え込みがきつくなっている。下帯にさらし巻きで、半纏を羽織っただけの新太郎が、ぶるるっと身体を震《ふる》わせた。

「なんだ……寒いか」

「ばか言うねえ。武者《むしゃ》震いに決まってらあ」

言い放ったあとで、大きなくしゃみをした。

「それはなんだ」

「なんだとは、なんでえ」

「武者くしゃみだってか」

相肩をひと睨みした新太郎は、大きな伸びをした。

「ここに立っててもしゃあねえ。源七さんのところにけえろうぜ」

「そうするだ」

ふたりは土手を滑り降りた。闇夜も同然だが、日本堤は走りなれた道だ。真っ暗でも障りはなかった。

土手の草むらを降りると、赤土の細道である。季節は春。雑草が勢いよく生え始めていた。

すでに夜露がおり始めていたらしい。新太郎が足を取られて、野草の上に尻餅《しりもち》をついた。地べたは斜面になっている。

新太郎は尻からズッと滑り落ちた。

「大丈夫か、新太郎」

滑る足元を気遣いながら、尚平が新太郎のわきに並んだ。明かりは遠くに見える遊郭の灯と、丸太置き場の番小屋から漏れる灯火《ともしび》のみだ。いずれも遠い明かりで、草むらにまでは届かない。

「どうした、新太郎」

横に並んでも黙ったままの相肩が心配なのだろう。尚平の声が曇っていた。

新太郎は尚平の肩に手をおいて、口を閉じさせた。そのあとで、尚平の耳元に口を寄せた。

「おれの足元に、小さな樽みてえなものがある」

尚平の手を握り、小樽にさわらせた。闇のなかで、尚平の顔色が変わる気配が新太郎に伝わった。

「おめ……これは……」

滑り落ちた新太郎のわらじにぶつかり、栓《せん》がゆるんだらしい。樽の上部には、粘り気のあるものがこぼれ出ていた。

手にべたっとついた粘りを、新太郎は鼻に近づけてにおいをかいだ。

「油のへえった樽に間違いねえ」

「なんで、ここに」

周りにだれが潜んでいるか、知れたものではない。ふたりは気を張り詰めたまま、互いに耳元でささやきあった。

「とにかく番小屋にけえろう」

「そうするしかねえべ」

周りに物音がしていないか、ひとの潜んでいる気配はないかと、ふたりは気を払った。が、聞こえてくるのは、丸太置き場のわきを流れる堀の水音だけだ。

「橋まで行かず、このまま滑り降りて堀を渡ろう」

檜の丸太置き場から土手に通じる道には、一本の橋が架かっている。丸太を運び出すこともあり、荷車でも通れる幅があった。

が、橋を渡るのは危ないと、新太郎の本能が告げていた。

「連中が待ち伏せしていそうな気がする」

新太郎のささやきに、尚平がうなずいた。

油の入った小樽は、間違いなく一味が隠したものだ。雑草の丈はまだ長くはないが、小樽ぐらいなら充分に隠せる。

いつここに小樽を隠したのか。

新太郎は、たったいまだと判じていた。

土手で小便をする新太郎の姿を見て、一味の者は身を隠せる場所に移ったのだ。月星の明かりがない暗闇とはいえ、雑草に潜んでいては見つかるおそれが充分にあった。

身を隠せるとすれば、橋の下だ。堀に入って覗き込まない限り、丸太置き場から龕《がん》灯《どう》で照らしても、橋の下に潜んだ者は見つけるのはむずかしい。

新太郎は一味を刺激せずに、素早く番小屋に帰りたかった。うっかり橋を渡ろうとしたら、気づかれたと知った一味に、襲いかかられるかもしれない。そう判じたがゆえに、堀に入ろうと決めた。

ふたりは音を立てぬように堀に入った。五尺（約一メートル半）の深さがある堀だが、六尺男の新太郎と尚平なら難なく渡れる。

水音を立てぬようにして堀を渡り、丸太置き場に這《は》い上がった。

ときが半端で、見廻り衆は番小屋のなかだ。あたりにひとの気配がないことを確かめてから、新太郎と尚平は足音を忍ばせつつも歩みを速めた。

尻餅をついた拍子に、新太郎は左足をねじっていた。

「おめえ、さきに行きねえ」

小声で尚平に指図をした。尚平が駆け出した。闇のなかに檜の丸太の山がぼんやりと見えてきた。ここまでくれば、番小屋までは幾らもない。

ふっと新太郎が気を抜いた。

それを待っていたかのように、黒装束の男たちが新太郎に襲いかかった。咄嗟《とっさ》に身をかわしたが、刃物が新太郎のわき腹を捉《とら》えた。

闇のなかで、新太郎のさらしが赤くなった。

## 二十二

新太郎がわき腹を斬られたとき、尚平は番小屋に帰っていた。が、待てども新太郎が戻ってこないのが気がかりで、暗闇に戻った。

ふたりの男が闇のなかで、新太郎に刃物を向けていた。新太郎はわき腹を押さえて向き合っていた。

尚平は足元に転がっていた棒切れを拾い、男たちに立ち向かった。新太郎に襲いかかった連中は、相手に深手を負わせる気がなかったらしい。

「逃げろ」

ひとりが発した言葉を合図に、闇の中に逃げ込んだ。

新太郎の傷の具合が分からない尚平は、男たちを追わず、相肩を抱きかかえた。

「てえしたことはねえ」

新太郎は尚平の手を払いのけようとした。怪我の具合にはかかわりなく、たいしたことはないと言うのは、新太郎の口ぐせだ。

相肩の気性が分かっている尚平は、新太郎を強く抱いて動きを押さえた。

「ばかやろう、尚平」

新太郎が低いなりにも尖った声で、相肩をなじった。

「おれにかまってるときじゃねえ。あの連中をとっつかまえろ」

「いいだ、それは」

尚平の声は落ち着いている。新太郎が余計に焦れた。

「なんでえ、いいてえのは」

新太郎は苛立ちを抑えきれず、つい声を荒らげた。尚平が新太郎の耳元に口をつけた。

「おめが心配しなくてもいい。親分と代貸とで、手配り済みだ」

そんなことよりも、一味に気づかれないように小屋に戻る……尚平にささやかれて、新太郎もやっと落ち着いた。番小屋から漏れている小さな明かりを頼りに、身体をかがめて戸口に急いだ。

小屋に入ると、戸をしっかと閉じ合わせた。明かりがこぼれ出ないためにである。

恵比須組の若い者が、番小屋の節穴から外の様子を見張っていた。

「どうだ、おもては」

「でえじょうぶでさ。闇が深いだけで、騒動の起きた様子はありやせん」

張り番の返事を聞いてから、源七が新太郎の手当てを始めた。

「おめえさんにはわるかったが、おかげで連中の動きがはっきりと摑めた」

膏薬《こうやく》紙を七輪の炭火であぶってから、源七は新太郎の傷口に貼りつけた。炭火の熱で溶けた薬が、傷口にじわりと染《し》み込んだ。熱さと、傷口にかぶさる薬の痛みとで、新太郎が顔を歪めた。

「出入りの手当てに使う膏薬だ。おめえさんの傷口ぐらいなら、すぐにふさがる」

刃物沙汰には慣れている源七の診立てである。傷は浅いと聞いて、新太郎よりも尚平のほうが大きく安堵の顔つきになった。

「尚平から聞きやしたが、代貸は手配りを終わってるそうで」

「親分の指図を受けて、すっかり済ませてある」

膏薬紙を貼り終えた源七は、新太郎のわき腹を押さえながら低い声で応じた。


新太郎と尚平は、四ツ過ぎには日本堤から材木置き場の様子を見ていた。外から近寄る者を見張るためである。

ふたりが張り番小屋を出たとき、源七も連れ立って外に出た。が、日本堤には向かわず、小屋の裏手の材木置き場に向かった。

今夜が勝負になると、芳三郎は見切っていた。思案を定めたのち、この日の日暮れから組の若い者と、平野町《ひらのちよう》の猪之吉《いのきち》配下の若い者とを、積み上げた丸太の陰に潜ませた。

百本の丸太が積み上げられた置き場には、身体を潜ませる物陰は幾らでもあった。小屋の真裏に潜んでいた若い者に指図して、源七は全員を呼び集めさせた。

恵比須組の十三人に、猪之吉の配下が二十二人。都合三十五人の若い者である。黒装束の全員が源七を取り囲み、地べたにあぐらを組んだ。

「連中が忍び込んでくるのは、堤に通じる橋以外にはねえ」

油樽を運び入れる段取りからも、闇夜になるまで身を潜める場所を考えても、好都合な場所は橋のほかにはなかった。

「新太郎と尚平のふたりが、堤からこっちを見張っている。一味をなかに取り込むためにも、大川に面した一面には、わざと忍び込める隙を作っておく」

残りの三方に、五人一組にして七組の若い者を配置すると聞かせた。源七はそれぞれの組に、三枚ずつの敷布団を持たせた。

「おまえたちの目を盗んで、もしも連中が火付けをしたら、布団をかぶせて消し止めろ」

指図を受けて、組がしらの七人がしっかりとうなずいた。油を撒いてから放つ火である。水をかけても消しとめるのはむずかしい。

「火が出た直後なら、敷布団をおっかぶせりゃあ、てえげえのものは消せるだろうさ」

今戸の火消しから教わった手段だった。

四ツ過ぎから空にかぶさり始めた雲は、四ツ半（午後十一時）を回ると空のほとんどをおおい尽くした。空の様子を見て、源七が若い者を見張りにつけた。

真夜中過ぎに、新太郎と尚平が小屋に戻ろうとした。草むらに隠された油樽を見つけたふたりは、小屋に戻る足を急がせた。

油樽を気づかれたと判じた一味は、新太郎に斬りかかった。

この襲撃を先読みしていた源七は、もしも新太郎たちが襲われても、手助けはするなと止めていた。

ひとつは、三方に配置した見張りを気づかれないためだ。もうひとつは、新太郎と尚平の腕を信じていたがゆえだった。

不意打ちを食らった新太郎は、わき腹を斬られた。が、傷口は浅かった。

「薬効はてえした膏薬紙だが、傷口に貼っただけの手当てだ。無理をするんじゃねえ」

代貸の源七が、きつい目で新太郎に言い聞かせた。新太郎の口からは、いつもの「がってんだ」の返事が出ない。その代わりに、両目を燃え立たせていた。

「おい、新太郎」

源七が強い口調で呼びかけた。

「へい」

「言ったことは聞こえたんだろうな」

「膏薬紙を貼っただけだてえのは、しっかりと聞かせてもれえやした」

闇討ちを仕掛けた連中への怒りは、まるで収まってはいなかった。それでも源七に言われたことは、耳には届いていた。

「分かってはいても、また連中のところに出張ろうてえのか」

新太郎は迷いのない顔つきで、きっぱりとうなずいた。

「代貸なら、どうされやす」

「おれか？」

右手をあごに当てて、考えるような目になった。新太郎と尚平が、源七を見詰めている。代貸の思案顔は、長くは続かなかった。

「止めるやつを殴り倒してでも、出張るだろうさ」

源七の目が笑っていた。

新太郎はさくらにもらった手拭いを取り出し、細く幾重《いくえ》にも折り重ねた。それを鉢巻にして、ひたいに結んだ。

きゅっと結び終わったとき。

「代貸、火が立ちやした」

見張りが言い終わらぬうちに、新太郎は戸口から飛び出した。

二十三

一味は火付けに、それなりの備えをしていたようだ。見張りを慌てふためかせようとして、同時に三ヵ所の丸太に火を放った。

しかし万全の備えで臨《のぞ》んでいた三十五人の見張りは、いささかもうろたえなかった。

一味の企《たくら》みは、逆に自分たちの首を絞めることになった。燃え上がった火が、一味の居場所をくっきりと浮かび上がらせた。

置き場の三方から、若い者の群れが一味に襲いかかった。同時に、敷布団を手にした者が消し止めに駆けた。

一味には、思いも寄らない展開になった。うろたえた連中は、手にした種火を放り投げて四方に散った。

新太郎と尚平は、橋の手前で待ち構えた。ふたりとも、手ごろな太さの薪を手にしている。橋に向かって、三人の男が逃げてきた。背丈はいずれも、五尺四寸（約百六十四センチ）の見当である。

薪を手にした新太郎は、自分から進み出た。

「野郎、邪魔だ」

向かってきた三人が、そろって匕首《あいくち》を抜いた。新太郎にふたり、尚平にひとりが右手に匕首を握って突進した。

尚平の相手は、匕首を遣い慣れてはいなかった。闇雲に刃を振り回すだけで、突きが出ない。

尚平はすぐさま相手の技量を見切った。

薪を捨てるなり、あたまを下げて自分から相手に突っ込んだ。尚平には、立合いの速さが身についている。相手の刃《やいば》を難なくかわして、思いっきりぶつかった。

力士だった男のぶつかりをまともに浴びて、男が吹っ飛んだ。相手をつまみ上げるなり、手加減なしの張り手を食らわせた。

男の顔が歪み、その場に崩れ落ちた。

新太郎の相手ふたりは、匕首遣いに長けていた。ふたりが交互に刃を突き出して、新太郎を橋に追い詰めている。

尚平は捨てた薪を拾い、新太郎の右側の男に投げつけた。

男は体をかわして薪をよけた。そして新太郎から離れて、尚平に向かった。

「気をつけろ、尚平」

相肩に声を投げた新太郎は、さらに間合いを詰められていた。が、手にした薪は無駄な動きをせず、叩き込む折りを待っていた。

恵比須組の若い者たちが、あらかじめ備えてあったかがり火十基に火を入れた。材木置き場の闇が追い払われた。

新太郎は、橋の手前の真ん中に立っている。匕首と向かい合いながらも、逃げ道をふさいでいた。

新太郎と向き合っているのは、先刻、わき腹に斬りつけた男だ。まんまと斬りつけたことで、男は新太郎を舐《な》めていたようだ。

二度、三度と小さな突きを繰り出して、新太郎に隙を作らせようとした。

男の考えを、新太郎は読み取った。

臥煙時代に、新太郎は匕首遣いの渡世人から、刃物に立ち向かうコツを伝授されていた。

「相手が匕首の刃を上向きに持ち替えたら、用心しろ。腕の立つやつは、下から上の動きで仕留めにかかってくる」

新太郎は突きをよけてあとずさりしながらも、相手の動きを待っていた。五度目の突きを繰り出したあと、男が匕首を握り替えた。

その刹那《せつな》、新太郎が飛び出した。相手よりも速く、薪を下から上に振り上げた。新太郎の技量を読み違えていた男は、手をかわす間がなかった。

匕首が吹っ飛び、男は手首を押さえてうずくまった。新太郎は、身体ごと飛びかかった。ふたりが重なり合って地べたに転がった。素早く馬乗りになった新太郎は、右手をこぶしにして鼻に叩き込んだ。

鈍い音とともに、男の鼻の骨が折れた。

尚平に向かっていた男は、恵比須組の若い者三人に組みつかれて、地べたに押さえ込まれていた。

奇襲をかけるはずだった一味は、三本の檜の皮を焦がしただけで、全員が材木置き場で取り押さえられた。


「おれはおめえたちを番所に突き出すような、手間なことはやらねえ」

縛り上げた一味に、源七が低い声を投げつけた。

「おめえたちの企みをきれいに唄《うた》ったら、楽に始末してやる。いやだてえなら、早く殺してくれとあえぐ目に遭わせる。どっちを選ぶかは、おめえたちの好きにしろ」

源七の顔色が青く変わっていた。怒りで血の気が失せているようだ。源七の後ろに立った芳三郎は、口を開かずに代貸に場をあずけていた。

白状してもしなくても、始末をされる。

さりとて白状しなければ、早く殺してくれとせがむような目に遭わされる……。

縛り上げられた男たちは、源七の脅しに震え上がった。一味の何人かは、怖さのあまりに下帯から小便を漏らしている。

「はなは、おめえだ」

源七に睨みつけられた男は、息が詰まったような顔で身体をガタガタと震わせた。

男はおちえの連れ合い、雅吉だった。

## 二十四

丸木屋の脅しを思いついたのは、入谷の木兵衛店に住む専蔵《せんぞう》である。

木兵衛店に暮らし始めたのは、去年の二月だ。当時の専蔵は、丸木屋材木置き場の人夫だった。

専蔵の店借りを周旋《しゅうせん》した日本堤の周旋屋も、話を持ち込まれた籐吉も、ともに丸木屋の人夫だということで安心した。そして籐吉は、店借りを受け入れた。

ところが六月に、専蔵は丸木屋から暇を出された。材木置き場で人夫仲間と博打をやっていたのを、材木置き場差配に見咎められてのことだ。

「うるせえことを言うんじゃやねえ。おれっちのほうから願い下げだ」

専蔵は差配相手に息巻き、木兵衛店に帰った。そのあとは仕事にも就《つ》かず、丸木屋の仕事仲間から博打で巻き上げた銀三十匁で食いつなぎを始めた。

酒と博打が生きがい同然の専蔵は、翌々月にはカネが底をついた。一合の酒を買うカネもなくなったころに、掘っ立て小屋の住人に木兵衛が百文ずつ配っている話を、長屋の井戸端で聞き込んだ。

近所にカモがいやがったぜ。

木兵衛が配る百文を博打で巻き上げる算段をして、掘っ立て小屋に出向いた。が、住人は年寄りばかりである。しかも木兵衛の施しにひたすら感謝をしており、博打に手を出す不心得者はひとりもいなかった。

当てが外れた専蔵は、掘っ立て小屋の地べたに座り込んだ。

「また、三ノ輪が焼けたらしいじゃないか」

「そのことさ」

年寄りふたりが、専蔵のすぐわきで話し始めた。

「今度の火事は、店子のひとりが家主を脅そうとして、火付けをしたそうだ」

店賃の催促をされた店子が、溜まっている店賃を棒引きにしなければ火をつけると、家主を脅かした。当人に火をつける気は毛頭なかったが、脅しに凄味を持たせるために長屋の木戸口に油を撒いた。

間のわるいことに昼の支度の時分どきだったし、強い風が吹き荒れていた。隣の裏店から、安い炭火から生じた火の粉の群れが飛んできて、木戸口の油に落ちた。

あっという間に木戸が燃え始めた。脅しをかけていた男は、火消しもせずに逃げ出した。

その話を聞いて、専蔵は丸木屋を脅すことを思いついた。

暇を出した丸木屋への意趣《いしゅ》返しと、金儲けの一石二鳥じゃねえか……。

食い詰めた博打仲間を、企みに誘い込んだ。

「話は分かったが、油がねえことには脅しがかけられねえ。それも檜を燃やすなら、樽で運ばねえとおっつかねえ」

仲間うちで話しているとき、ひとりが雅吉に思い当たった。

「博打にはまって、身動きのとれねえ車力がいる。こっぴどく脅したあとでゼニ儲けの話をすりゃあ、一も二もなしに食《く》らいつくぜ」

一味の企みに、雅吉はまんまと嵌《は》まった。

怪我をしたあと散々につらい思いをさせた、おちえと金太郎を楽にしてやりたくての、浅はかな考えからである。

「もしも、もう一度博打に手を出したりしたら、その日のうちに始末する。脅しだけだと思うなら、いつでもいい」

芳三郎に小声で脅かされて、雅吉は顔が上げられなかった。

「どうだ雅吉、試してみるか」

顔をふせたままの雅吉は、返事もできずに身体を震わせた。様子を見極めてから、芳三郎は雅吉を解き放った。

「おれと尚平とで、入谷までこの野郎を届けやす」

新太郎は駕籠で運ばせて欲しいと、芳三郎に許しを願った。

「こんな野郎でも、けえりを待ってる女房とこどもがおりやす。今度のことで、野郎も骨身に染みやしたでしょう」

「あんたらしいな」

自分を斬りつけた一味のひとりを、駕籠で運ぶというのだ。ものには驚かない芳三郎が、呆れ顔を見せた。

「金太郎てえガキが、可愛いもんで……」

新太郎が、きまりわるそうな顔をした。芳三郎が、めずらしく目元をゆるめた。

「残りの一味は、おれの手元に残してどうするかを見極める」

あんたらは心配しなくていい……芳三郎が請け合った。深々とあたまを下げた新太郎は、戸惑い顔の雅吉を駕籠に押し込んだ。

走り始めた新太郎のわき腹は、ほぼ痛みを感じなくなっていた。

# お神酒《みき》徳利

# 一

天明八年（一七八八）三月二十日。

新太郎と尚平は、久しぶりの仕事休みを取ることにした。

丸木屋の火付け騒ぎの折り、新太郎がわき腹に傷を負った。深手《ふかで》ではないが、勢いをつけて駆けると傷口からはまだ血が滲《にじ》み出たりする。

「休みにしようぜ」

滅多に弱音を吐かない新太郎が、一日の休みが欲しいという。尚平の顔色が変わった。

「でえじょうぶだ。うっとうしい顔をくっつけてくるんじゃねえ」

相肩《あいかた》を案じて枕元に寄った尚平を、乱暴な手つきで払いのけた。

「一日のんびり横になってりゃあ、傷口だってふさがるさ」

「強がり言ってるんでねえか」

「ばか言うねえ」

新太郎は掻巻《かいまき》を払いのけて、身体を起こした。素肌に巻いたさらしには、赤い染《し》みがついている。

「膏薬《こうやく》紙がずれただけだ。てえしたことじゃねえ」

さらしをほどくと、新太郎が言った通り膏薬紙がずれていた。尚平が傷口に顔を寄せた。傷口には、かさぶたができかかっている。

尚平の顔に安堵《あんど》の色が浮かんだ。

「休むなら、精のつくものを食うだ」

身支度を調《ととの》えた尚平は、食べ物を誂《あつら》えに急ぎ足で出て行った。

ときは五ツ（午前八時）過ぎで、木兵衛店《だな》にも朝日が届いている。新太郎は目覚めたばかりだが、尚平はすでに七輪《しちりん》に炭火を熾《おこ》していた。

あたかも、女房のごとくの働きぶりである。

七輪に熾《お》きた炭火を見詰めて、新太郎はあれこれと物思いをめぐらした。

「よしっ、決めた」

自分に言い聞かせるように、大声を出した。枕屏風《びょうぶ》の陰には、小さな箪笥《たんす》が置いてある。引き出しから膏薬紙を取り出した新太郎は、土間に戻って七輪に近寄った。

熾してからときが経っており、赤く燃える炭は白い灰をかぶり始めている。新太郎はうちわを手にして、七輪をあおいだ。炭にかぶさった灰が舞い上がった。

おれは炭火ひとつ熾したことがねえ……。

灰を手で払いながら、尚平にどれだけ世話をかけているかに思い至った。

「なんと言おうが、決めたぜ」

もう一度、決意を声に出した。

灰が飛び散り、炭火が真っ赤になった。膏薬紙を広げて、炭火にかざした。火に焙《あぶ》られて、膏薬が溶け始めた。古い膏薬紙をはがした新太郎は、まだ熱い紙を傷口に貼りつけた。

溶けた膏薬が、傷口に染み込んでいく。熱さに顔をしかめているとき、買い物を済ませた尚平が戻ってきた。

生卵五個とネギ一把《わ》、紙袋に入った砂糖を手にしていた。

「まだ五ツじゃねえか。どこでそんなものを手に入れたんでえ」

「八幡《はちまん》様裏のよろず屋だ。おめは、それも知らねってか」

新太郎が買い物に出ることは皆無である。尚平のあきれ顔を見て、新太郎は頬を膨らませた。

「玉子焼きを作るだ。おめは敷布団を畳んで待ってろ」

尚平は七輪に炭を継ぎ足して、外に出した。二坪の土間は、煮炊きをするには狭すぎる。長屋の住人は、だれもが七輪を路地に出して料理をした。

まな板でネギを刻み、どんぶりに溶いた卵に混ぜた。砂糖を加えて醬油を垂らした卵を、器用な手つきで厚焼きにした。

しじみの味噌汁と、飯はすでに出来上がっている。敷布団を片づけた新太郎が、ほうきで畳を掃除している間に、尚平は朝飯の支度を調えた。

茶碗によそわれた飯と、しじみの味噌汁からは、湯気が立ち昇っている。

「うめえ……」

玉子焼きと味噌汁を口にするたびに、新太郎はうめえを連発した。飯が終わると、尚平は焙《ほう》じ茶をいれた。

「尚平」

茶にひと口をつけた新太郎が、思いつめたような物言いで呼びかけた。

「なんだ、おめ。そんなきつい目をして」

湯呑みを手にした尚平が、いぶかしげな目を見せた。

「今日はなにがあっても、おゆきさんところに出かけてこい」

「なんだ、いきなり」

「いきなりじゃねえ」

新太郎の声が上ずっていた。

「おれに半端《はんぱ》な遠慮をしてねえで、とっとと行ってこい。そいでよう……」

次の言葉を発する前に、新太郎は茶をすすった。

「今夜はけえってくるな。もしけえってきても、心張り棒は外さねえぜ」

言い切ったあとで、新太郎は大きな息を吐き出した。返事に詰まった尚平は、戸惑い顔で相肩を見詰めた。

「四ツ（午前十時）までには出かけろよ」

言い終わるなり、新太郎は土間に飛び降りた。雪駄《せった》を突っかけると、振り返りもせずに外に出た。

入れ替わりに、春風が流れ込んだ。

二

朝から気持ちよく晴れ上がった、三月下旬である。風はやわらかく、花の香りに満ちていた。

陽《ひ》が空の真ん中から、わずかに西へと移っている八ツ（午後二時）前。浅草寺の仲《なか》見世《みせ》通りは、晴天につられて外出を楽しむひとで溢れ返っていた。

尚平とおゆきは浅草寺にお参りして、一刻《いっとき》（二時間）ほど界隈《かいわい》をそぞろ歩いた。

「尚平さん、おなかがすいたでしょう」

「そうでもねが、おゆきさんは」

「はしたないほどに……」

歩みをとめて、おゆきが口に手をあてて笑った。

「おゆきさん、うなぎは好きでねっか」

「大好き。尚平さんは？」

「在所《ざいしょ》の川で、よく取ったもんだ」

いつもは無口な尚平が、こどものように声を弾ませている。尚平の嬉しさを感じ取り、おゆきの笑顔が生娘《きむすめ》のように輝いた。

「へえったことはねえが、評判の店が浅草寺の裏にあるだ。そこに行ってみるべか」

駕籠に客を乗せて江戸中を走る尚平は、評判のよい店に通じている。江戸の方々《ほうぼう》から、客が店を名指しで乗るからだ。

「尚平さんにおまかせします」

おゆきはすべてを預けたという調子で、尚平のあとに続いた。

新太郎が宿を出たあと、尚平はしばらく動かずに待った。永代寺《えいたいじ》が四ツを撞《つ》いても戻ってこないことで、相肩が本気だと察した。

おゆきを思う気持ちは、毎日、胸のうちに満ちている。しかし相肩の手前、おくびにも出さずに過ごした。とりわけ丸木屋の材木置き場で新太郎が怪我をしてからは、傷を気遣うことで、おゆきへの想いを締め出した。

今朝、新太郎が起き抜けに仕事休みにすると口にした刹那《せつな》、尚平はおゆきを思い浮かべた。ところが起き上がった新太郎は、さらしに血が滲んでいた。

新太郎がこんなときに、おらはなにを考えてるだ……。

新太郎に顔向けできない気がした尚平は、そのまま宿を飛び出した。相肩に申しわけなくて、座敷にいたたまれなかったからだ。

よろず屋まで駆けた尚平は、新太郎に玉子焼きを拵《こしら》える気でいた。

「卵とネギと砂糖をくだせ」

砂糖と聞いて、よろず屋の婆さんが怪訝《けげん》な顔をした。三、四日に一度は買い物をする尚平は、婆さんとは顔なじみである。

「婆さん、どうかしたか」

「あんたが妙なことを言うからさ」

「妙なことって、なんのことだね」

尚平にはわけが分からず、真顔で訊いた。

「たいがいの品は揃ってるけどさあ、砂糖は表通りの薬屋でしか売ってないよ。そんなこと、あんただって知ってるはずじゃないか」

はっとした尚平は、手にした銭を店先に取り落とした。

砂糖を買う気になったのは、おゆきが玉子焼きに使っていたからだ。刻みネギと、砂糖と醬油を混ぜ合わした玉子焼きである。

新太郎に申しわけないと思い、買い物のために宿を飛び出した。それなのに、よろず屋で注文したときには、我知らずにおゆきのことを考えていた。

すまね、新太郎。

詫《わ》びながら薬屋に向かった。新太郎は酒も好きだが、甘い物にも目がない。砂糖を利《き》かせた玉子焼きは、おゆきにかかわりなく食べさせてやりたかった。

新太郎のためにひたすら玉子焼きを拵えたことで、尚平は気分が軽くなった。

両国に芝居でも見に行くべか。

茶のあとで新太郎を誘う気でいたら、相肩から思いがけないことを言われた。

「今夜はけえってくるな……」

言い残して新太郎は出て行った。

まだ傷口が治りきっていないのに、新太郎は唐桟《とうざん》一枚に素足で出かけた。尚平は四ツの鐘まで待った。

鐘が鳴り終わっても、帰ってくる気配はなかった。ふっと壁を見ると、新太郎がいつも吊るしている巾着《きんちゃく》がなくなっている。

ここに及び、尚平は新太郎がどんな思いで出かけたのかを思い知った。

すまね、新太郎。行ってくるだ。

空っぽの宿にあたまを下げて、坂本村へと向かった。

「嬉しい。すぐに店仕舞いをしますから」

おゆきは心底から喜んだ。

「天気がいいから、浅草寺さんにお参りしたあとは、大川端でも歩きましょう」

三月下旬で、日本堤の桜はすでに葉桜である。が、おゆきは桜など、どうでもよさそうだった。手早く身繕《みづくろ》いを終えると、一膳飯屋《いちぜんめしや》の提灯《ちょうちん》を引っ込めた。

おゆきを気遣って歩いてはいても、大柄な尚平は歩幅が広い。おゆきは足取りを弾ませて、尚平のあとに従った。

尚平が案内したうなぎ屋は、浅草寺わきの『みやがわ』だった。店先では、職人が蒲焼《かばやき》を拵えている。炭火にうなぎの脂《あぶら》が落ちると、ジュジュッと音を立てて煙が立ち昇った。

職人はうちわを使い、煙を蒲焼にまぶしている。店先にひとが立つと、わざと煙を押し出した。美味そうな香りにつられて、客が入るように仕向けるためだ。

「おいしそうな香り……」

空腹のおゆきが、つい大きな声を漏らした。うちわを使う職人が、おゆきに笑いかけた。

「ここで、いいだか」

「もちろんです」

おゆきがきっぱりとうなずいた。

暖簾《のれん》をかき分けて、尚平が先に入った。みやがわは平屋で、土間に卓と腰掛を並べた入れ込みの店である。暖簾の下がった鴨居《かもい》にぶつかりそうな尚平を見て、応対に出てきた仲居が目を丸くした。

「ふたりだが、いいかね」

尚平がたずねると、仲居がさらに驚いたような顔になった。

「どうかしたか」

「にいさん、勝浦でねっか」

仲居の物言いには、尚平が育った浜で聞き慣れた訛《なま》りがあった。

「ねえさんもか」

「そんだがね」

店の入口で立ち話を始めた仲居に、同輩がきつい目を向けた。

「どんぞ、こちらへ」

卓に案内されたふたりは、酒二本と白焼《しらや》き、それにうなぎ飯をふたり分注文した。

店は、空卓がないほどに込み合っていた。尚平が同郷だと分かった仲居は、他の客に先駆けて酒と新香《しんこ》を出した。

「こっちの酒は、どうなってるんでえ」

尚平と向かい合わせに座っている客が、声を尖《とが》らせた。見るからに渡世人風体《ふうてい》の三人連れである。

「見ねえほうがいい」

荒い声を聞いて振り返ろうとしたおゆきを、尚平が小声でとめた。

「因縁《いんねん》でもつけられたら、面倒だ」

小さくうなずいたおゆきは、尚平の 盃《さかずき》 に酒を満たした。うなぎは客が込み合っていなくても、焼き上がりにはひまがかかる。新香をあてに、ふたりは二合の酒を味わった。

「尚平さん……尚平さん」

二度呼びかけられて、尚平がおゆきを見た。

「尚平さんがなにを考え込んでいたか、当てましょうか」

「そんなこと、できるわけね」

「いいえ、あたしにはお見通し。新太郎さんのことでしょう」

図星《ずぼし》だった。尚平の顔が赤くなった。

「おゆきさんには、ひとのこころが見抜けるってか」

見抜かれた驚きと、図星をさされた照れ隠しの思いが重なり、尚平がいつになく大声を出した。

おゆきと聞いて、渡世人のひとりが腰掛から立ち上がった。小便に立つかのような、自然な振舞いだった。尚平の背後に回った男は、相手に気づかれないようにおゆきを見た。

勘働きの鋭いおゆきだが、顔を見定められたことにはまるで気づかなかった。尚平たちと同じときに、渡世人たちのうなぎも焼きあがった。手早く平らげた三人は、尚平とおゆきを残して先にみやがわを出た。

渡世人たちと入れ替わりに、三人の親子連れが空《あ》いた卓に案内された。

「おいら、うなぎご飯がいい」

こどもは声に遠慮がない。甲高《かんだか》い声が、尚平にもはっきりと聞こえた。

「ちゃんもうなぎをいっぱい食べて、早く怪我を治してね」

言われた父親は、唇に指を当ててこどもを黙らせた。尚平の顔つきがふっと曇った。

うなぎ飯も白焼きも食べ終えた卓には、一合徳利《どっくり》二本が並んでいた。

「ねえ、尚平さん……」

こどもの声を聞いてから、尚平がふさぎ気味である。おゆきが声を強めて呼びかけた。

尚平はわれに返ったような顔で、おゆきを見た。

「この二本、お神酒《みき》徳利みたいでしょう」

おゆきが笑いかけた。尚平も目元をゆるめたが、お義理のような笑い方だった。

「これってなんだか、尚平さんと新太郎さんのようね」

ぼそりと口にしたおゆきの声は、さきほどまでのように弾んではいなかった。

三

尚平が木兵衛店に帰ったのは、五ツ半（午後九時）をわずかに回ったころである。心張り棒を外さないと言った新太郎だが、腰高障子《こしだかしょうじ》戸《ど》に心張りはされていなかった。

音も立てずに土間に入った尚平を見て、横になっていた新太郎が飛び起きた。

「なんでえ、おめえ……なんてえツラをしてやがんでえ」

新太郎が乱暴な物言いを投げつけた。尚平は、無言のまま上がり框《かまち》に腰をおろした。

「どうした尚平、具合でもわるいのか」

朝とは逆に、新太郎が尚平の顔を覗き込んだ。

「むさくるしい顔を、寄せるでねって」

「なんだと、この野郎」

新太郎は、尚平の首に手を回して抱え込んだ。ふざけあうときの、得意の形である。曇っていた尚平の目が明るくなった。

「なんでおめえは、こんな半端な時分にけえってきやがったんでえ」

問われても尚平は答えない。焦《じ》れた新太郎は、おゆきさんを怒らせたのかと当てずっぽうを口にした。

「よく分かっただな」

尚平の目が、また暗くなっていた。


みやがわを出た尚平とおゆきは、大川端に出た。吾妻橋を渡った東岸には、あいまい宿が軒《のき》を連ねている。派手な彩《いろど》りの提灯の明かりは、対岸からでも鮮やかに見て取れた。

土手の上で立ち止まったおゆきは、向こう岸でまたたく提灯の明かりを見詰めた。尚平は、明かりが映《うつ》り込んだ暗い川面《かわも》を見ていた。

「尚平さん、今夜はこのまま帰ったほうがいいでしょう」

向こう岸から目を離さずに、おゆきがつぶやいた。尚平には答えようがなかった。

「今夜限りということでもないし……新太郎さんの怪我が治ったら、また会いましょう」

言うなりおゆきは、土手を今戸に向かって引き返し始めた。尚平があとを追うと、おゆきが立ち止まった。

「今夜は、このまま帰ります」

尚平に口をはさませぬ、強い調子だった。

「尚平さんが、新太郎さんよりもわたしのことを思ってくれだしたら……」

言葉の途中で、おゆきは言葉を詰まらせた。尚平はなにもできず、ただ立ち尽くしていた。

「月を見ながら、ひとりで帰ります」

送ると言っても、おゆきは聞き入れない。あまり無理強《じ》いすると、ほんとうに仲が壊れそうだと尚平は感じた。

今戸に向かって、おゆきが歩いて行く。後ろ姿が闇に溶け込んだとき、尚平は地べたにへたり込んだ。

「とことん間抜けな野郎だぜ」

新太郎は散々に毒づいた。が、その物言いの奥底には、ほのかな弾みが潜んでいた。

「やけ酒てえことでもねえが、今夜は目一杯に呑もうぜ」

「んだな」

四ツまで開いている仲町の酒屋に、新太郎が走った。買ってきたのは、灘の下り酒『龍野《たつの》桜《さくら》』である。

辛口《からくち》の五合を、新太郎と尚平は冷やで呑み干した。そして行灯《あんどん》の灯もおとさずに眠りこけた。

「新太郎……おい、新太郎」

木兵衛に鼻をつままれて、新太郎が面倒くさそうに目を覚ました。

「なんでえ、木兵衛さんか」

顔を見るなり、新太郎はもう一度横になろうとした。

「ばかやろう。尚平までが、なんてえざまだ」

木兵衛に頬を張られて、尚平が飛び起きた。

「こんな時間だというのに明かりが漏れているから覗いてみたら、おまえに宛てて、妙な手紙が土間に落ちていた。灯もおとさず心張りもしないとは、ほんとうに呆れ返ったもんだ」

文句を言いつつ、木兵衛は手紙を尚平に手渡した。封書の表に『しょうへいどの』

と、かな文字で書かれていた。戸惑い顔で手紙を開いた尚平は、なかほどまで読み進むと、顔色を変えた。

「どうした、尚平」

「おゆきさんが、さらわれた」

尚平の声がかすれていた。

四

木兵衛店の家主《いえぬし》が、新太郎と尚平を叩き起こしたのは、三月二十日の深夜である。木兵衛から渡された手紙を読むなり、尚平の酔いが吹っ飛んだ。

永代寺が真夜中の鐘を打ち、日付が変わった。三月二十一日は、夜半を過ぎて冷たい雨になった。

長屋の板葺《いたぶ》き屋根を、強い雨音が打っている。雨は、時季外れの底冷えを連れてきた。

「おめえ、寒くはねえか」

ぶるるっと、新太郎が大きな背中を震わせた。ふたりとも、紺色木綿《もめん》のあわせ一枚である。真冬でもこの格好で平気な新太郎なのに、今夜は様子が違っていた。

新太郎が話しかけても、尚平から返事がない。行灯の灯は、油が切れて消えていた。

雨降りの闇夜である。壁に寄りかかった尚平に、新太郎は顔を近づけた。真っ暗な部屋で、尚平の両目には思いつめたような光が浮かんでいた。

「おい、尚平……」

「尚平、返事をしてくれ」

相肩に気遣われた尚平は、返事の代わりに目を合わせた。目が異様に光っており、息遣いも荒い。

これまで幾つもの難儀を、ふたりは共にしてきた。筑波《つくば》の山では、番小屋の外にいる熊と向き合う目にも遭った。

生きるか死ぬかの、ぎりぎりの局面だった。あのときでも、尚平の目は落ち着いていた。

いまは違った。

話しかけても、ひとことの返事もしない。手紙を読んでからは、湯呑み一杯の水も口にはしていなかった。

しかも荒《すさ》みをはらんだ息遣いを繰り返して、不気味な光を目に宿している。尚平の様子は、尋常ではなかった。

「寒くてしゃあねえ」

相肩を元気づけるように、新太郎はわざと乱暴な物言いをした。

「火でも熾さねえと、身体の震えがとまらねえぜ」

立ち上がった新太郎は、足元を気遣いつつ土間におりた。小さな流し場が闇に溶け込んでいる。手探りの格好で、新太郎はへっついに近寄った。

灰を引っ掻《か》き回すと、種火《たねび》が出てきた。

が、火熾しは尚平に任せきりになっていた。種火にかぶせる焚《た》きつけがどこに仕舞われているのか、新太郎は知らなかった。

へっついの周《まわ》りを、ごそごそ手で探りまわった。しかし闇のなかでは、まるで見当がつかない。

「焚きつけはどこなんでえ」

問うても、尚平から返事がなかった。

いつもの新太郎なら、舌打ちをして、乱暴な言葉を相肩にぶつけるところだ。しかしいまは、尚平の様子が気がかりだった。

相肩の気持ちを波立たせぬように、新太郎は口を閉じて焚きつけを探した。

「そこにはねって」

闇のなかからいきなり言われて、新太郎は飛び上がって驚いた。

「脅《おど》かすんじゃねえ。いつの間におりてきたんでえ」

新太郎は、本気で口を尖らせた。

勝浦の浜で暮らしていた当時、尚平は毎晩のように夜釣りに出た。漁で目を鍛えている尚平は、闇のなかでもモノが見えた。

「おらが熾すだ。おめは上がってろ」

新太郎を押しのけて、尚平がへっついの前にしゃがみ込んだ。そして手際のいい手つきで、消えかかっていた種火に焚きつけをかぶせた。

火吹き竹を口にあてると、加減したほどよい風を種火に吹きかけた。見る間に炎が立ち、土間が赤い光に照らし出された。

手並みの違いを見せつけられた新太郎は、肩を落とし気味にして六畳間に戻った。

薄い壁に寄りかかり、目を閉じた。

屋根を打つ雨が、単調な音を立てている。火の気のない宿は、寒くて暗い。

おれは尚平のために、火ひとつ熾してやることができねえ……。

闇と寒さとが、おのれの不甲斐《ふがい》なさを責め立てた。

おれの命に代えても、尚平のためにおゆきさんを助け出すぜ。

胸のうちに気合を満たしたとき、尚平が炭火の熾きた七輪を運んできた。部屋にぬくもりと、明かりが戻った。

「夜が明けたら、江戸中駆けずり回っておゆきさんを見つけるからよう」

新太郎が肚《はら》の底から吐き出した言葉を聞き、尚平は小さくうなずいた。相肩がやっと応じたのを見て、新太郎が勢い込んだ。

「明日は、目一杯に動くことになる。ちょっとの間だけでも、おめえは寝ろ」

炭火の番はおれに任せろと、新太郎が請け合った。

「夜明けがきたら、朝飯もおれが作る。とにかく、おめえは眠ってくれ」

尚平を無理やり横にさせて、搔巻をかけた。気を張り続けていた尚平は、身体の芯《しん》からくたびれていたようだ。

新太郎が搔巻をかけてやったら、幾らも間をおかずに寝息を立て始めた。

いまは眠ってくれ……。

相肩の寝息を耳にしながら、新太郎はもう一度、壁に寄りかかった。朝まで、この姿勢で眠らない気だった。

朝飯は、しじみ汁と、生卵のぶっかけ飯にしよう。卵を食えば、尚平にも精がつく。

朝飯の支度をあれこれ考えながら、新太郎は目を閉じた。

炭火の熱が、身体に心地《ここち》よかった。

雨は相変わらず、定まった調子で屋根板を叩いている。

ぬくもりと雨音とが、新太郎の眠気を誘った。まどろみつつも、新太郎は何度も踏ん張った。

が、尚平と夜遅くから呑み始めた五合の酒が、まだ身体の奥底に残っていた。その酒が、新太郎を眠りの淵へと突き落とした。

七輪の炭火は、八ツ半(午前三時)に消えた。新太郎は壁に寄りかかったまま、熟睡していた。


「起きれ、新太郎」

尚平に三度呼びかけられて、新太郎は目を覚ました。雨は降り続いていたが、部屋は明るくなっていた。

「飯ができてるだ」

尚平はいつも通りに、朝飯の支度を終えていた。

「おめえ、いつ起きたんでえ」

だらしなく眠りこけたおのれが、腹立たしくて仕方がない。新太郎は我知らずに、尖った声を尚平にぶつけた。

尚平は答えず、流し場におりて味噌汁の鍋を手にした。

おれは、なんてえ情けねえ野郎だ。

左の手のひらに、こぶしにした右手を叩きつけた。

こんなことだから、尚平はいつまでたっても、おゆきさんと所帯が構えられねえ。

激しい調子で、おのれをののしった。自分に対しての怒りが治まらず、新太郎は無言のまま味噌汁に口をつけた。

尚平は、おゆきをひとりで帰した自分が許せないらしい。やはり無言で飯を口に運んだ。

重たい気配が、六畳間によどんでいる。

降り続く雨が、場違いな、調子のよい音を立てていた。

# 五

新太郎と尚平が今戸に顔を出したのは、三月二十一日の昼過ぎである。あいにくにも、芳三郎と源七はふたり揃って浅草寺に出かけていた。

「親分と代貸《だいがし》が毎月二十一日にお参りに出るのは、あにいたちもご存知でやしょう」

組の若い者は、ふたりを見ていぶかしげな顔つきになった。

新太郎たちは、駕籠を担《かつ》いではいなかった。笠をかぶり、股引《ももひき》の上には雨合羽《あまがっぱ》を着込んでいる。しかし合羽は大して役に立ってはおらず、身体は濡れねずみに近かった。

真夏でも真冬でも、新太郎と尚平は暑さ寒さを蹴散らして平気な顔を見せた。ところがこの日のふたりは、雨に負けていた。

しずくが伝わり落ちる顔には、張りがない。しかも留守だと分かりきっているはずの二十一日に、芳三郎をたずねてきた。

「うっかりしてた」

新太郎が小声でつぶやいた。疲れ切った顔に、きまりわるそうな色が重なった。

恵比須の芳三郎が生まれた日と、浅草寺月次《つきなみ》縁日とは、同じ二十一日である。賭場の貸元《かしもと》は、だれもが縁起をかつぐ。

毎月二十一日は、なにがあっても芳三郎は浅草寺への参拝を欠かさなかった。

新太郎も尚平も、もちろんそれは知っていた。おゆきのことのみに気がいって、すっかり忘れていた。

「あと一刻（二時間）もすれば、親分はけえってこられやす」

上がって待っていてほしいと、若い者はふたりを招き上げようとした。

「出直すだ」

断わりを言ったのは尚平だった。新太郎もうなずき、ふたりは雨の中へと戻った。

尚平が先に立って歩き、新太郎があとを追った。日本堤の土手に立つと、風が強くなった。

大川には、一杯の船も出ていなかった。ふたりのほかには、土手を歩く人影もない。幅広の川面を雨が叩き、無数の紋《もん》を描いていた。

「どこに行く気でえ」

尚平に並びかけて、新太郎が静かな口調で問いかけた。が、答えはなかったし、新太郎はそれを求めてもいなかった。

この土手は、昨夜尚平がおゆきと連れ立って歩いた場所である。ふたりが歩いたときの土手は、穏やかだった。いまは正面から風が吹きつけて、強い雨を顔に浴びている。

濡れながら歩く相肩の胸のうちを、新太郎は察した。足取りをゆるめて、尚平のあとについた。

「そいつあ、よしたほうがいい」

弾まない朝飯を終えたあと、新太郎が強い調子で尚平を止めた。すぐさま、坂本村に出向こうとしたからだ。

「おゆきさんをさらった連中が、村でおめえを待ち構えているかも知れねえ」

「もしいたら、地べたに叩きつけるだ」

尚平が言葉を吐き捨てた。

「ばかいうねえ。そんなことをしたら、おゆきさんの身に、なにが起きるか分からねえ」

いつもなら、相手を諌《いさ》めるのは尚平の役回りだ。新太郎よりも気は長いし、落ち着いて状況を読むこともできた。

いまは、おゆきのことしかあたまになかった。物事の判断がつかなくなっている。

そんな状態にありながらも、尚平は律儀《りちぎ》に朝飯の支度をした。相肩の誠実な気性を、新太郎は重たく受け止めた。

「様子が皆目分からねえいまは、軽はずみなことをしねえほうがいい」

手紙を持って、芳三郎をたずねよう。

これが新太郎の思いついた思案だった。

「ひとをかどわかす連中だ、とっても堅気《かたぎ》とは思えねえ。親分に訊けば、なにか分かることもあるだろうさ」

尚平も得心《とくしん》し、今戸をたずねることにした。次第によっては、雨の江戸を駆け回ることになるかも知れない。

動きやすいように、ふたりは股引に着替えた。手紙を油紙でていねいに包み、股引のどんぶり（胸元に縫いつけた小袋）に収めた。

雨具を着込んで裏店《うらだな》を出ようとしたら、長屋の木戸口で木兵衛に出くわした。

「駕籠はどうした」

木兵衛がきつい声音《こわね》で問い質《ただ》した。雨はもとより、雪が積もっていても、ふたりは駕籠舁き稼業を安易には休まない。そのあり方を、木兵衛は高く買っていた。

この朝のふたりは合羽に笠の雨支度だが、駕籠を担いではいなかった。

「ちょいとわけがありやすんで……」

いつになくていねいな物言いをして、新太郎は木兵衛のわきをすり抜けようとした。家主は、新太郎の合羽を摑んだ。

「あたしで役に立つことがあるなら、遠慮は無用だ」

木兵衛の物言いも違っていた。いつもの叱りつける調子ではなく、心底から相手を案じている。

尚平はすでに木戸を出ている。無言のままあたまを下げて、新太郎は相肩を追った。

ふたりが雨の路地を出て行くまで、木兵衛は後ろ姿を見詰めていた。

八ツ（午後二時）に再び顔を出したとき、芳三郎と源七は参拝を終えて戻っていた。広い土間の隅に雨具を引っ掛けてから、貸元の前に出向いた。

尚平の顔には、一段と深い疲れの色が浮かんでいる。新太郎と尚平を、芳三郎は長火鉢《ながひばち》の前に座らせた。

前夜半からの雨が連れてきた寒さが、貸元の部屋にも居座っている。長火鉢には、真っ赤な炭火がいけられていた。

五徳《ごとく》に載った鉄瓶《てつびん》が、強い湯気を立てた。

芳三郎はみずから急須《きゅうす》に湯を注《つ》ぎ、茶をいれた。分厚い湯呑みから、焙じ茶の香りが立ち昇った。

「口をつけて、身体をあたためろ」

芳三郎は、ふたりに茶を勧めた。

長火鉢の銅壺《どうこ》には、大き目の二合徳利が漬かっていた。それなのに酒ではなく茶にしたのは、尚平が尋常ではない様子を見せていたからだろう。

「やっこから聞いたが、あんたらは昼過ぎに顔を出したそうだな」

ひと口茶をすすってから、芳三郎が話の口火を切った。

「今日が二十一日だてえのを、うっかり忘れておりやした」

答える新太郎のわきで、尚平は目を伏せて畳を見詰めていた。

「見たところ、ろくに寝ていないようだが」

なにかあったのかとは、芳三郎は口にしなかった。ふたりの様子を見れば、身の上に異変が起きたのは分かりきっていた。

余計なことを口にしないのが、貸元の器量である。新太郎に膝をつつかれて、尚平が顔を上げた。

　芳三郎は湯呑みを手にしたまま、尚平を見詰めた。長火鉢のそばまで、尚平がにじり寄った。

「おゆきさんが、かどわかされたです」

　これだけ言って、尚平は油紙から手紙を取り出した。手渡された芳三郎は、二度、文面を読み返した。

　ていねいに折りたたんだあと、長火鉢の端に手紙を置いた。

「やっこ」

　貸元のひと声で、若い者が顔を出した。厳しいしつけをされている若い衆は、廊下を鳴らさずに駆けてきた。

「代貸を呼んでくれ」

　雨中の参拝に同行した源七は、内湯につかって身体をあたためていた。芳三郎の前に出てきたときは、顔を上気させていた。

「遅くなりやした」

　代貸が座るなり、芳三郎は手紙を見せた。源七も芳三郎と同じように、短い文面を二度読み返した。

貸元と違っていたのは、二度目の途中で小さな声を漏らしたことだ。

「これを書いたのは、弥之助《やのすけ》でやす」

源七がきっぱりと言い切った。開かれたままの手紙が、座の真ん中に置かれた。

尚平の顔に生気が戻った。

長火鉢の鉄瓶が、音を立てて湯気を噴《ふ》き出した。

六

かどわかしに遭ったおゆきは、古い蔵のなかに閉じ込められていた。

扉を閉じて明かり取りの窓をふさげば、蔵のなかは闇になる。見張りがついているわけではないが、おゆきは後ろ手に縛られたままである。

逃げ出そうとしても、分厚い漆喰《しっくい》の扉はびくともしない。土蔵から逃げ出せるものではないと、おゆきは観念した。

今日は朝から三度、食べ物と水が運び込まれた。食事どきにはわずかの間、扉の向こうから明かりが差し込んだ。

しかし闇にならされた目には、光はまぶし過ぎた。目をあけていることができず、光から顔を背《そむ》けた。

かわやを使うことが許されたのも、この食事どきだけだ。外のかわやに連れ出されるときは、おゆきはきつく目隠しをされた。

水を取りすぎると、次の食事が運ばれるまでに身体が用足しをせがむことになる。食べ物を口にすれば、便意を催《もよお》す。

そのどちらもいやだった。閉じ込められた蔵のなかで、小便を漏らす姿を想像しただけで、おゆきは身震いした。

それゆえに、おゆきは極力、飲まず食わずを続けた。じっとしていれば、喉に渇《かわ》きは覚えなかったし、空腹も感じなかった。

三月二十日の夜に押し込まれて、すでに丸一昼夜が過ぎていた。なにもせずに、ただ座っているだけである。

しかし飲まず食わずを続けていることで、おゆきの身体はゆるやかながらも、確実に弱っていた。

三月二十日の夜五ツ過ぎに、おゆきは坂本村への帰り道でかどわかしに遭った。

賭場の花札勝負に長《た》けていたおゆきは、ひとの気配には聡《さと》い。暗闇のなか、足音を立てずに忍び寄ってくる相手でも、気配で察した。

ところが二十日の夜におゆきを襲った一味は、だれもが気配を消す術を身につけていた。

おゆきの暮らす坂本村は、上り坂の途中である。尚平との間で、こころならずもいさかいが生じてしまった。おゆきは気持ちを波立たせたまま、宿へと向かった。

ことによると、尚平さんと朝まで……。

淡い思いを抱いていただけに、おゆきは提灯を持たずに出ていた。好いた相手と夜道を歩くのに、提灯は無粋《ぶすい》のきわみに思えたからだ。

しかしおゆきは、ひとりで夜道を帰る羽目になった。提灯はなくても、空には春の大きな月があった。

どうしてあたしは、ばかな短気を起こしたんだろう……。

夜道を歩きながら、何度もそれを思った。うなぎを食べに入ったみやがわで、尚平の様子が変わったから……。

ここに答えがあると、おゆきは思った。

尚平と酒をやり取りしていたとき、父子《おやこ》連れが入ってきた。こどもはうなぎご飯を頼み、父親にもうなぎを勧めた。

うなぎを食べて、ちゃんも怪我を早く治してと、こどもは甲高い声で父親に話した。それを耳にしてから、尚平はどこか気の晴れない顔つきになった。

卓には、二本の空徳利が並んでいた。

お神酒徳利みたいだと、おゆきは話しかけた。尚平は目元をゆるめたが、こころはここにはないと、おゆきは感じた。

二本の徳利を前にして、尚平と新太郎みたいだとおゆきは口にした。それも尚平には、きちんと届いていない気がした。

あたしは、新太郎さんにやきもちを焼いていた……。

せっかくふたりだけで出かけておきながら、尚平はこころの奥底では新太郎のことを考えていた。

同じ長屋に暮らすふたりは、息遣いもぴたりと合っている。傍目《はため》にも、それは充分に分かった。

駕籠の前棒《まえぼう》と後棒《あとぼう》なら、息が合っていて当然である。そんなことは分かっている。分かってはいるが、自分とふたりでいるときまで、新太郎のことを案ずる尚平には、腹が立った。

尚平の篤実《とくじつ》な人柄を、おゆきは心底から好いていた。おのれを捨ててでも、新太郎の身を案ずる気性である。所帯を構えたあとは、かならずやおゆきを大事にするに違いない。

あれもこれも、すべてを分かっていながら、おゆきはつい腹を立てた。そして、尚平を土手に残して、ひとりで帰ることになった。

明日、町木戸が開いたら、真っ先に尚平さんの宿をたずねよう。そして、ふたりの朝ごはんを拵えて、尚平さんに詫びよう。

坂道の先に、坂本村が月明かりのなかに見えてきた。尚平の宿をたずねようと決めたことで、おゆきの気が晴れた。

早く帰って、朝にそなえなくては……。

気持ちを弾ませたおゆきは、軽い足取りで村につながる坂道を登り始めた。

幾らも歩かないうちに、松の木陰に潜んでいた男たちに、捕らえられた。目隠しをされたあと、後ろ手に縛られた。

そして大八車《だいはちぐるま》の荷台に載せた、大きな箱に押し込まれた。

「声を出したら、車ごと川に叩き込む」

脅し文句の声には、どこか聞き覚えがあった。車に揺られながら、何度もその声を思い返した。が、喉元まで出ているのに、名前を思い出すことはできなかった。

おゆきは同じ拍子《ひょうし》で数を数えた。箱に押し込まれたのは、村に続く一本松のそばだ。数を数えておけば、村からどれだけ離れているかを、思案するときの役に立つ。

「もしもおゆきさんがかどわかしの目に遭ったときは、同じ拍子で数を数えることだ。ひいっ、ふうっ、みいっ……とこの拍子で数えれば、百で一町（約百十メートル）の見当だと思えばいい」

賭場で勝負に臨《のぞ》んでいた当時、壺振《つぼふ》りの男に教わったことである。おゆきは余計な思いをあたまのなかから追い払い、ひたすら数を数えた。

二千まで数えたところで、車が止まった。箱から出されたあとは、蔵に押し込まれた。途中で町木戸をくぐった気配は感じられなかった。

二千なら、二十町。およそ半里（約二キロ）の見当だ。通ったのは、町木戸のない田舎《いなか》道。声を出したら、車ごと川に叩き込むと男は脅した。

存外、坂本村の近くかもしれない。

蔵に転がされながら、おゆきは場所の見当をつけようとした。

蔵に入るなり、一味はおゆきの目隠しを外した。外しても、蔵のなかは闇だった。

「酒を持ってきたぜ」

二十一日の夜遅くになって蔵に入ってきた者は、それまでとは別の男だった。男は、仏壇に灯《とも》す灯明《とうみよう》のような細いろうそくを手にしていた。

明かりに目がなれていないおゆきは、まぶしくてまぶたを閉じた。

「なんでえ、おゆきさんよう。目を閉じちまったんじゃあ、久々のご対面が台無しじゃねえか」

粘り気たっぷりの、いやらしい物言いである。昨日から思い出せなかった男の正体が、いま、はっきりと分かった。

「あんた、弥之助だね」

おゆきの声は、真冬の池に張った氷よりも冷たかった。

七

「弥之助は、まだ江戸にいたのか」

「野郎がどこにいるのか、あっしは摑んでおりやせん」

いつもの源七に似合わず、物言いは歯切れがわるかった。

「うちから叩き出したあと、朱引《しゆび》きの外側に出るまでは若い者をつけやしたが……」

あとの足取りは確かめなかったと、源七が詫びた。

「おれがそう指図したことだ。おまえの落ち度じゃない」

代貸に答えたあとで、芳三郎は目を閉じた。


朱引きとは、江戸御府内《ごふない》のことである。

江戸城を中心として、公儀《こうぎ》は江戸の地図に品川《しながわ》大木戸、四谷《よつや》大木戸、板橋《いたばし》、千住《せんじゅ》、本所、深川を境として朱色の線を引いた。この境界線の内側が江戸、つまり御府内だ。

江戸所払《ところばら》いの刑に処された罪人は、朱引きの内側に入ることはできなかった。

五年前までの弥之助は、芳三郎の組の下働きだった男である。とはいっても、盆《ぼん》の手伝いをしていたわけではない。

渡世人にしてはめずらしく、筆遣いに長けていた。手先も器用で、小刀一本あれば木からも紙からも、自在に細工物を拵えた。

その技を生かして、年の瀬のガサ（正月飾り）造りや、酉《とり》の市の熊手造りには重《ちょう》宝《ほう》されていた。

しかし性根がわるく、なにかにつけて仲間の陰口をきいた。それが元で、殴り合いの騒ぎも一度ならず引き起こした。

仲間の陰口は、芳三郎がもっともきらうことだ。細工物造りには役に立った。しかし役立つよりも、組の雰囲気をわるくすることのほうが目立った。

おゆきが芳三郎の賭場に出入りしていた当時、弥之助も組で働いていた。

『今戸のお軽《かる》』のふたつ名で呼ばれたおゆきは、ここ一番の花札勝負にお軽の技を使った。

札を配るときに、手鏡に映して読み取るのが『お軽』である。が、これはもちろんいかさまで、見つかれば簀《す》巻《ま》きにされた。

おゆきの技は源七はもとより、芳三郎でも見抜けなかった。それほどに、技の使い方に秀《ひい》でていたのだ。

おゆきは手鏡などは使わなかった。

「そんな見え透《す》いたことをする者は、お軽使いとは言えませんから」

おゆきは自らが、お軽使いであることを隠さなかった。それでも芳三郎の賭場に出入りが許されたのは、いかさまの技が芸の域に達していたからだ。

おゆきと勝負をする者は、いつ技を使うかを楽しみにした。

「あんたは、もう見たか」

「おゆきさんの技か」

「決まってるじゃないか。あたしは二十両の勝負に負けたが、どこで技を使われたのかは皆目《かいもく》、見当がつかない」

おゆきと勝負をした客は、おのれが打ち負かされても満足そうだった。勝ち負けよりも、技の達人と為合《しあ》えたことを喜んだ。

しかしおゆきは、ほとんどの勝負でお軽は使わず、素で立ち向かった。技を使わずとも、相手を打ち負かすだけの勝負勘と度胸を備えていた。

「いかさま使いだと分かっていながら、なんだって親分はあの女を出入りさせるんでえ」

弥之助がきく陰口の相手は、仲間だけにとどまらなかった。おゆきを陰でこきおろすと同時に、芳三郎にまで言い及んだ。

「親分とおゆきてえ女とは、つるんで客のゼニを巻き上げてるにちげえねえ」

根も葉もない陰口が、芳三郎の耳に届いた。

「おまえの目配りが甘い」

芳三郎にきつく叱られた源七は、仕置きに指を詰めさせて、自分にも同じ仕置きをすると詫びた。

「くそみたいな半端者のせいで、おまえを傷つけてどうする」

弥之助を江戸所払いにしろと、芳三郎が命じた。源七は深い辞儀をして、芳三郎の温情に礼を言った。

この一件を漏れ聞いたおゆきは、芳三郎に恥をかかせたことを悔《く》やみ、今戸から去った。

「江戸に戻ってきたのなら、どこかの組に潜り込んでいるはずだ」

半端者ゆえに、堅気の仕事についているとは思えなかった。なにより弥之助は、五年前から無宿者だった。人別帳に記載のない者は、日傭取《ひようとり》に雇ってもらうのもむずかしい。

江戸で暮らすなら、渡世人を通すほかに道はなかった。

「あんな男でも、重宝がって飼う組はなくもない」

江戸には、百を超える渡世人の組がある。多くは芳三郎のように、堅気衆には迷惑をかけない、任侠道《にんきょうどう》をつらぬく貸元が束《たば》ねていた。

しかし近ごろでは、カネになることならなんにでも手を出す、外道《げどう》も増えている。

芳三郎も源七も、その手合いとは付き合いはない。が、狭い世界のことゆえ、様子を探ることはむずかしくはなかった。

「若い者を動かして、弥之助の居場所を知っている者を探り出してみろ」

「がってんでさ」

源七の目に力がこもった。

「舞い戻っていたのを知らなかったことには、言いわけのしようがありやせん。てめえの命にかけても、かならず突き止めやす」

言い切った源七は、怒りで声がわずかに上《うわ》ずっていた。

## 八

天明八年三月二十一日、五ツ半（午後九時）過ぎ。冷たい雨は夕方にはあがった。新太郎と尚平は、大川端を深川の木兵衛店に向けて歩いていた。

十五夜を過ぎて、すでに六日。空の月は新月に向かって夜毎に痩《や》せている。それでもこの夜はまだ、月から降る青い光が地べたを照らしていた。

「芳三郎親分が、手ずから動いてくれるてえんだ。いまはくよくよかんげえてねえで、おめえの身体を休めねえな」

肩を落として歩く尚平に、新太郎が親身な励ましを口にした。

「わかってるだが……おらの身体が、じっとしてねえだ」

尚平が苦しげな物言いで、思いを吐き出した。あたまが休めと指図を下しても、身体が勝手に動いてしまうのだろう。

「そういうことは、確かにある」

新太郎がぼそりとつぶやいた。

かつて臥煙《がえん》屋敷にいたとき、新太郎は雷に打たれて屋根から落ちた。以来、いまに至るまで高いところは苦手である。

しかし屋敷にいたときは、若い者の手前、見栄と意地を張って、纏《まとい》振《ふ》り稽古《けいこ》の足場を上ろうとした。

あたまは、無理だから上るのはやめろと新太郎に指図を下した。ところが手足が勝手に、はしごを上ろうとした。

結局はあたまが勝って、はしごの途中で身動きがとれなくなった。余計に恥さらしとなったが、身体が動こうとするのを、おのれが止めることができなかった。

あのときのおれとおんなじだ。

うつろな目をして、足元をふらつかせながらも、尚平は先へ先へと進もうとしている。いまの新太郎の一番の役目は、尚平を宿に連れ帰って寝かせることに尽きた。

大川端の道が、ゆるやかな上り坂になった。新大橋が近くなっている。

青白い月の光が、ぼんやりと橋の欄干《らんかん》を浮かび上がらせていた。

新大橋を東に渡り、たもとを南に折れれば深川万年橋《まんねんばし》だ。この橋は大川ではなく、中川船番所へと続く小名木川に架かっていた。

橋のたもと、小名木川に面した一角は、水戸《みと》家の広大な屋敷が占めている。夜でも屋敷の門前には、六尺棒を手にした門番が立っていた。

うっかり屋敷に近づくと、門番から大声で誰何《すいか》される。それがわずらわしくて、土地の者は門前をよけて通った。

しかし木兵衛店に帰るには、万年橋を渡ったほうが五町（約五百五十メートル）ほどの近道になる。

「尚平よう」

先を歩く尚平は、新太郎の呼びかけに定まらない瞳のまま振り返った。

「四ツ（午後十時）まではけえりてえからよう。水戸様の屋敷前を通り抜けて、万年橋を渡るが、でえじょうぶか」

「ああ……そこを行くだ」

相肩の張りのない返事を聞いて、新太郎が前に出た。

大川は漁船、高瀬舟《たかせぶね》、はしけ、屋形船、屋根船、それに乗り合いの渡し舟と、無数の船が行き交う大きな流れだ。

帆を張ったままの船が下をくぐれるように、橋の真ん中は大きく盛り上がっている。橋の西詰に一歩を踏み入れると、眼前には橋板が高く盛り上がって見えた。

芳三郎の宿をたずねたふたりは、わらじ履《ば》きである。ぼんやり歩いているようでも、尚平の足取りは確かだ。

音を立てず、確かな歩みで橋板を踏んだ。

「しっ……」
三、四歩先を歩いていた新太郎が、唇に指を当てて相肩を振り返った。尚平の目に力が戻った。
「どうしただ、新太郎」

小声で尚平が問いかけた。

「身投げをする気のやつがいる」

新太郎が橋の真ん中を指差した。月の光が、欄干から川を見ている男を浮かび上がらせていた。男は大川下流の、永代橋の方角を見る形で立っていた。

傍目には、夜の大川を眺めているようにしか見えない。しかし新太郎も尚平も、駕籠にはさまざまな客を乗せている。ひとを見続けているうちに、わけありの者を見分ける眼力が備わっていた。

それに加えて、ふたりはこれまで何度も、身投げを図ろうとした男女を、飛び込む手前で押さえつけていた。

男は、大川に飛び込む頃合を計っているようだ。飛び込もうとしながらも、それができなくて迷っていた。

たもとには石を詰めている。長着《ながぎ》の両方のたもとが、重たそうに垂れ下がっていた。

芳三郎の宿を出たのが、五ツ半近くだった。いまはもう、町木戸の閉じる四ツが近いはずだ。周りに商家のない新大橋界隈は、四ツといえば真夜中も同然だ。

橋には新太郎と尚平のほかには、人影がなかった。

「おれが羽交《はが》い絞めにする。おめえは、野郎の前に回ってくれ」

ささやき声で尚平に言い置くと、新太郎は身体をかがめて橋を上り始めた。すぐあとに、尚平が続いている。ふたりとも音を立てぬように、息を詰めて上った。

大川に架かる橋は、河口から永代橋、新大橋、両国橋、吾妻橋の四橋である。いずれの橋も真ん中の高いところから川面までは、五丈（約十五メートル）の高さがあった。

この高さから身投げをしたら、川が穏やかなときでも、まず助からない。ゆえにみずから命を絶とうとする者は、橋の真ん中から大川に身を投じた。

しかし、どの橋からも身投げがあるわけではなかった。

永代橋と両国橋の二橋は、明け六ツ（午前六時）から町木戸が閉じる四ツまで、橋番が両岸の番小屋に詰めた。

他の橋は、明け六ツから暮れ六ツ（午後六時）までは橋番が詰めたが、以後は小屋の前に竹ざるを吊るした。橋を渡る者は、渡り賃をざるに投げ込むのが決まりだった。

橋番は渡り賃の徴収《ちょうしゅう》が主たる役目だが、身投げを防ぐのも重要な仕事だ。

「身投げを見つけたときには、絶対に声をかけては駄目だ。その声がきっかけとなって、迷っていた者が飛び込んでしまう」

永代橋から本所まで、役目仕事で乗せた橋番が、新太郎に語った心得である。

「助けるなら、音を立てずに背後に忍び寄り、ぐっと羽交い絞めにして欄干から遠ざけることだ。これは相手が男でも女でも同じだ」

橋番から教わった心得を活かし、新太郎と尚平はこれまで三人の男女の命を救っていた。

息を殺し、橋板を這うようにして、新太郎は男の背後に近づいていた。尚平は右に離れて、素早く男の前に飛び出そうと身構えた。

男の背中に、あと三歩まで新太郎が忍び寄ったとき。東詰から野良犬二匹が、橋を上ってきた。

身投げ男は犬には気づかず、大川を見詰めていた。犬は、橋板に這いつくばった新太郎が気に食わなかったのだろう。

ガウウとひと声吠えるなり、新太郎に向かって挑みかかろうと身構えた。

その物音で、男がわれに返った。しかもわるいことに、飛び込むきっかけにもなった。

胸の前で両手を合わせると、高さ五尺（約百五十二センチ）の欄干を乗り越えにかかった。

新太郎は雨合羽を脱いで、野犬と向き合っている。小石でも転がっていれば、投げつければいい。しかし橋の上に石はなかった。

尚平の動きは敏捷《びんしょう》だった。

欄干を乗り越えようとした男に、身体ごと飛びかかった。六尺男に飛びかかられては、並の男は立ってはいられない。そのまま橋板に横倒しになった。

男のあたまが、したたかに橋板にぶつかって、ゴツンと鈍い音を立てた。

「なにするんですか、あなたは」

男が口を尖らせた。尚平は相手の文句には取り合わず、胸倉《むなぐら》を摑んで橋板の上で押さえつけた。

新太郎は二匹の犬を相手にしていた。

一匹は鼻面《はなづら》を橋板につけて、低い形で身構えている。

もう一匹は新太郎の左側に回り込もうとして、じりじりと動き始めた。

二匹とも、新太郎だけを相手にしている。息の合った動きから、二匹連れでいつも獲物に襲いかかっているのが察せられた。

脱いだ雨合羽を右手に巻き、新太郎は腰を落とした。

尚平は助勢に回りたかった。しかし男がばたばたと暴れて、手が放せない。

「静かにするだ」

低い声で言ったが、一向に聞かない。こぶしを拵えた尚平は、加減した一撃を男の鳩尾《みぞおち》に叩き込もうとした。男を気絶させんがためである。

尚平の顔つきとこぶしを見て、男が慌てた。危害を加えられると勘違いしたのだろう。

押さえつけられたまま、手足をばたばたさせた。その拍子にたもとが動いた。ゴツンと橋板を叩く音がした。

左手で男のたもとを探り、尚平が小石を取り出した。

「新太郎っ」

短いひと声をかけて、尚平は二個の小石を新太郎に投げた。左手で巧《たく》みに受け取ると、新太郎は右手に巻いた雨合羽をほどいた。一個ずつの石が新太郎の両手に握られた。

野犬の本能が、様子が変わったことを教えたようだ。隙《すき》を待つのをやめて、正面の犬が飛びかかった。

それを合図に、左に回った犬は新太郎のふくらはぎに嚙みつこうとして動いた。

新太郎は正面の犬の鼻を目がけて石を投げた。飛びかかろうとして宙に浮いていた犬が、短い悲鳴を上げた。

ふくらはぎに向かった犬には、尚平が石を投げつけた。鼻を目がけていたが、右に流れて犬のわき腹を捉《とら》えた。

うっと息を詰まらせながらも、犬は動きをやめなかった。が、石を食らって動きが鈍った。新太郎はそれを見逃さず、左足で強い蹴りを食らわせた。

犬のあごをまともに捉えた。

悲鳴を上げる間もなく、犬は後ろに蹴飛ばされた。落ちた場所に、他の一匹がいた。

鼻面に石の一撃を食らい、野犬はめげていた。その身体目がけて、仲間がドスンと落ちてきた。かわすにかわせず、犬は身体で仲間を受け止めた。

新太郎はまだ身構えを解いていない。

二匹の犬は、吠え立てる気力もなくしていた。尻尾を垂らした形で、足早に橋から逃げ去った。

「こんな近くから、石を外しやがって」

新太郎が尚平に毒づいた。が、目は嬉しそうに笑っている。相肩の瞳に、力がみなぎっているのが見えたからだ。

押さえつけた男の胸倉から手を放して、尚平が立ち上がった。新太郎が怪我をしなくてよかったと、両目が強く語りかけていた。

ふたりの大男が、橋板の上で向き合っている。足元に転がされた男は、動くに動けず、ふうっと大きなため息をついた。

おゆきがかどわかしに遭って以来、初めて尚平の顔に笑みが浮かんだ。痩せた月にむら雲がかかり、橋の上が暗がりに変わった。

九

「もう、ばかな了見は起こしませんから……どうぞてまえを放してください」

身投げを図った男は、新太郎に向かって手を合わせた。その目をしっかりと見詰め返した新太郎は、男の言い分を受け入れなかった。

男の目には、まだ曇りがあった。雲がかぶさった月の光は、行灯ほどの明るさもなかった。その頼りない光でも、男がまだ心掛けを直していないのは見て取れた。

「おめえの言う通りなら、佐賀町《さがちょう》はおれたちのけえり道だ」

男は佐賀町の廻漕問屋《かいそうどんや》、下田屋《しもだや》の手代《てだい》だと名乗っていた。それがまことであれば、下田屋は木兵衛店への帰り道の途中である。

ここで男を放したら、またもや大川に飛び込むに決まっている……そう判じた新太郎は、男の帯を摑んで歩かせた。

右側は尚平が固めている。男は渋々ながらも、ふたりに挟まれて歩いた。

「どんな事情かは、おれが聞いても仕方がねえが……とにかくお店《たな》にけえることだ」

これだけを言い置いたあとは、新太郎はひとことも口を開かなかった。手代の粘っこい物言いが癪《しゃく》に障《さわ》り、口をきくのもいやだったからだ。

新太郎の気性が分かっている尚平は、口を閉じたままである。もともと口数の少ない尚平は、おのれから話しかけることはなかった。

佐賀町に向かうにも、万年橋を渡るのが道順である。渋る手代を真ん中に挟み、新太郎と尚平は橋のたもとを南に折れた。

かぶさっていた雲が外れて、弱い月明かりが戻った。目の前に、水戸家の塀が見えてきた。白壁の高さは、およそ二丈（約六メートル）。徳川御三家は、下屋敷といえども造りは堅固だ。

高い白壁は、頼りない月光を浴びてぼんやりと青く見えた。

身投げを押さえつけられた手代は、顔から血の気がひいたままだ。青白い顔が月光のなかでは、さらに青く見えた。

「どうか助けると思って、てまえを放してくださいまし」

水戸家の正門が近くなったあたりで、またもや手代が歩くのを嫌がった。万年橋を渡れば、佐賀町はすぐ先だ。よほどに下田屋に帰りたくない様子である。

「おめえ、ほんとうに下田屋の手代か」

新太郎の問いかけに、手代は素直にうなずいた。しかし歩くのは嫌がっている。

「おめえをここで放したら、あとはどうしようてえんだ」

「それは……」

手代は口ごもった。そのさまを見た新太郎と尚平は、放したらかならず身投げをすると断じた。

「だめだ。とにかくお店にけえれ」

嫌がる手代を引きずるようにして、水戸家の門前に差しかかった。

「門番さん……お助けくださいまし」

手代がいきなり門番に声をぶつけた。

「このふたりに、かどわかされています。なにとぞお助けを」

手代の叫び声で、門の両脇を固めていたひとりが動いた。

新太郎、尚平に負けぬ大男である。六尺棒を強く握り、門を離れて三人のほうに寄ってきた。

「四ツが近いというのに、なにごとか」

水戸屋敷の門前で大声は許さぬと、門番が新太郎に詰め寄った。

「かどわかしとは、まことか」

手代の言い分を、門番は鵜呑《うの》みにはしていない様子である。が、青い顔の男を無理やり引きずって歩くさまは、尋常ではない。

「門前で男の訴えを聞いたからには捨ておけん。そのほう、素性を明かしなさい」

門番が強い口調で新太郎に迫った。

大名屋敷の門番は、上・中・下屋敷の区別なく、家臣ではない。口入屋《くちいれや》が周旋《しゅうせん》した武家奉公人が、門前の備えについた。

しかし徳川御三家に限っては、下屋敷の門番といえどもその家に雇われた、いわば家臣である。

新太郎にも、そのわきまえはあった。門番の口調は強かったが、横柄《おうへい》ではない。

「深川木兵衛店の駕籠舁きで、新太郎といいやす。こっちの男は相肩の尚平でやす」

互いに六尺男である。新太郎は門番を真正面から見詰めた。

「その駕籠舁きが、なにゆえあってこの男を摑んでおるのだ。かどわかしうんぬんはさておいても、明らかにそのほうらと歩くのをいやがっておる」

「身投げをしようとしてたんでさ」

ことの次第を、新太郎はかいつまんで話した。手代を下田屋まで送り届けたあとは、手早く宿に帰りたいと、話を結んだ。

「新太郎の申したことは、まことか」

「身投げなどとは、滅相《めっそう》もないことでございます」

手代は顔の前で、右手を忙《せわ》しなく左右に振った。たもとが大きく揺れて、石がぶつかる音がした。

「たもとを見せなさい」

門番の目つきが変わった。手代は仕方なく、たもとを突き出した。

「なにゆえあって、このような夜更けに石をたもとに入れておるのか」

問われた手代は答えられなかった。

「ここは、徳川御三家、水戸家の下屋敷である。門前にて偽《いつわ》りを申すならば、自身番に引き渡すぞ」

門番に一喝《いっかつ》されて、手代の腰が砕けた。

「身投げを引き止めたそのほうに、無礼な問いをした」

門番が軽くあたまを下げた。新太郎は顔を引き締めて、相手の詫びを受け入れた。

「造作《ぞうさ》をかけるが、この者を下田屋まで送り届けてもらえるか」

「もとよりその気でさ」

新太郎の答えを聞いた門番は、三人をその場に留《とど》めて潜《くぐ》り戸から屋敷内に入った。

出てきたときには、ひと張りの提灯を手にしていた。すでに明かりが灯された、小型の弓張り提灯である。

提灯の真ん中には、水戸家の家紋が描かれていた。

「これを持ちなさい」

途中で夜回りに呼び止められても、この提灯を見せれば相手は黙る……言ったあとで、門番は新太郎に笑いかけた。

「遠慮なしに、お借りしやす」

返しにきたときのために、新太郎は門番の名前をたずねた。

「奇《く》しくも、わしの名も新太郎だ」

門番の顔が、一段と崩れた。

新太郎と尚平は、深く一礼をして水戸家の門前を離れた。

雲が薄くなり、星のまたたきが見えている。

「いまごろ芳三郎親分の若い衆は、夜の町を駆け回ってくれているだろうぜ」

「だな」

応じた尚平は、しっかりと精気を取り戻している。手代は観念したらしく、素直な歩みで新太郎と尚平の真ん中を歩いた。

東の空を、小さな星が流れた。

十

新太郎たち三人が佐賀町河岸に着いたのは、四ツを大きく回っていた。

「なんてえ暗さだ」

「町が眠りこけてるだ」

尚平が目を凝《こ》らして、広い通りを見た。空に月はあるが、日が過ぎるとともに次第に痩せてゆく。星はまたたいてはいても、地べたを照らす明るさはなかった。

「佐賀町てえのは、毎晩こんなに暗いのか」

昼間の佐賀町には、数え切れないほどに客を運んでいた。が、陽《ひ》が落ちたあとの町に駕籠を乗り入れたことは一度もない。

新太郎が問いかけても、手代は固く口を閉ざしたままだ。新太郎と尚平は、手代を真ん中に挟むようにして通りを歩いた。

町は闇に包まれているが、そこは駕籠舁きのふたりである。佐賀町のどこに下田屋があるかは、聞かずとも分かっていた。

水戸家で借りた提灯だけが、佐賀町に灯る明かりだった。風もないのに、提灯の明かりが揺れた。使われているろうそくは、五匁《もんめ》の細身だった。

「店はその先だ。もうちっと速く歩きねえ」

新太郎が手代を急《せ》かせた。

よほどに店に帰りたくないらしい。手代はわざと歩みをのろくした。

永代橋東詰から小名木川までの大川端が、佐賀町河岸だ。蔵と廻漕問屋との間には、道幅四間（約七・二メートル）の広い通りが走っている。

昼間は荷車、荷馬車、荷物運びの仲仕《なかし》衆で、四間幅の通りが埋った。河岸の随所には一膳飯屋、うどん屋、蕎麦《そば》屋などの食べ物屋が店を構えており、通りの賑《にぎ》わいは門前仲町にも負けないほどである。

ところが陽が落ちるなり、佐賀町は町がいきなり静かになった。

この町には小料理屋や縄のれんのたぐいは、二軒しかない。その二軒とも、年寄り夫婦が安酒と、あて代わりの小鉢二、三品を出す程度の縄のれんである。

店に活気はなく、五ツ半(午後九時)前には、客がいても提灯の灯《ひ》を消し、縄のれんを引っ込めた。

廻漕問屋は、五ツ(午後八時)には、しっかりと戸締まりをして、へっついの火を落とした。五ツから半刻(一時間)は、商家の二階で年長の手代が師匠となって、丁《でっ》稚《ち》小僧に読み書きと算盤《そろばん》を教えた。

が、それも五ツ半までだ。その時刻を過ぎれば、奉公人は床に就《つ》いた。手代たちが夜更かしをしないわけは、ふたつある。

ひとつは早寝をする代わりに、佐賀町の廻漕問屋はどの店も早起きだからだ。品川沖の海に朝日が顔を出せば、それが明け六ツである。

店は夜明けとともに雨戸を開いた。毎朝の早起きのために、奉公人は早寝をした。

もうひとつのわけは、商家は夜の明かりを倹約したことである。

あるじ一家が暮らす奥では、上物《じょうもの》の菜種《なたね》油を燃やす遠州《えんしゅう》行灯を使った。来客をもてなすときには、ろうそくを灯した。

奉公人が使うのは、安い魚油を燃やす行灯か、さらに手軽な瓦灯《がとう》のいずれかである。いわしの油を燃やす行灯は、くさい煙を発した。においはひどいのに、明るさは頼りない。行灯を手許《てもと》に置かなければ、読み書きはむずかしかった。

素焼きの皿に魚油をいれ、それに灯心を浸《ひた》した瓦灯にいたっては、気休めほどの明るさしか得られない。

そんな乏しい明るさの行灯と瓦灯でも、店は無駄遣いをうるさく叱った。火を灯すためには、番頭か手代がしらの許しが入り用だった。

町全体が早寝であるのに加えて、商家は奉公人に油の倹約をきつく求めた。そんなわけで、五ツ半を過ぎた佐賀町は月星の明かりだけが頼りの暗い町となった。


「もうすぐおめえのお店じゃねえか。もっと、しゃきっと歩かねえかよ」

新太郎が強い言葉で叱っても、手代は地べたを擦《こす》るようにしか歩かない。業《ごう》を煮やした新太郎は、手代の腕を摑んで引きずった。

「なにをするんですか、おやめください」

手代の甲高い声が、寝静まった町に響き渡った。

「小僧みてえにだだをこねるのも、たいがいにしやがれ」

新太郎が声を荒らげた。

下田屋の潜り戸が開かれて、なかの明かりが広い通りにこぼれ出た。

店から飛び出してきたのは、下田屋の小僧である。暗がりに目がなれていないらしく、店に向かう三人が、だれだかすぐには分からなかった。

「あっ……敬太郎《けいたろう》さんだ」

戸口まで四半町（約二十八メートル）まで近寄ったとき、小僧は甲高い声を発するなり、店に飛び込んだ。

「番頭さん、敬太郎さんが帰ってきました。妙な男のひとに、腕を摑まれています」

小僧の声は、店に向かっている新太郎にも丸聞こえだった。

土間を駆ける音のあと、数人のおとなが店から通りに飛び出してきた。

「敬太郎……」

一番年長の男が、手代に呼びかけた。が、あとの言葉を吞み込み、暗い通りに棒立ちになった。下田屋の奉公人たちの目は、尚平が手にした水戸家の提灯に釘付けである。

徳川家の御紋《ごもん》が、佐賀町の闇のなかに浮かび上がっていた。

# 十一

「手代のみならず番頭までもが、まことにご無礼きわまりない振舞いに及びましたことを、なにとぞご容赦《ようしゃ》くださりますように」

下田屋当主の岡右衛門《おかえもん》が、心底からの詫びを口にした。向かい合わせに座った新太郎は、背筋を張って謝罪を受け止めた。

「それにつけても、あなたが杉浦屋さんの惣領《そうりょう》息子さんでしたか……」

岡右衛門の目つきは、駕籠舁き身なりの奥に息づいている、新太郎の上品さを見ているようだ。新太郎は知らぬ顔で、岡右衛門の気のすむように見詰めさせた。

「つい先月も、杉浦屋さんとお逢いしたばかりだが……そういえば新太郎さんたちは、二月晦日《みそか》の火事騒動の折りには、杉浦屋さんの火消しを手伝われたそうですな」

岡右衛門は杉浦屋当主から、じかにその話を聞かされていた。

「あの話をされたときの杉浦屋さんからは、いつものいかめしさがすっかり消えておりましたが」

いまだに実家には顔を出していないのかと、岡右衛門が問うた。

「ご無礼な口をききやすが、その話はうっちゃっといてもらいてえんでさ」

新太郎は落ち着いた口調で、答えるのを拒《こば》んだ。

「これは、うかつなことを口にしました」

新太郎の言い分を、もっともだと受け止めたようだ。岡右衛門は膝元の湯呑みに口をつけてから、話の流れを変えた。

「敬太郎が新太郎さんと尚平さんに出会えたのは、あの者の運の強さです。わたしは、今夜、はっきりとそれを思い知りました」

もう一度茶に口をつけてから、岡右衛門は思案をめぐらせる顔つきになった。さきほど番頭を呼び寄せて問い質したことを、思い返しているようだった。


「こんなに遅くまで、おまえはいったいどこにいたんだ」

新太郎たちを前にしながらも、番頭の東輔《とうすけ》は手代を怒鳴りつけた。敬太郎は、口をもごもごとさせただけで、まともには答えなかった。

「なにを言っているのか、あたしには聞き取れない」

寝静まった佐賀町の通りに、東輔の怒鳴り声が響き渡った。

「おれっちは、はええとこけえりてえんだ。奉公人を怒鳴りつけるのは、あとにしてくんねえか」

新太郎は尖った物言いを番頭に投げつけた。

東輔は新太郎たちに次第を問うでもなく、ましてや礼を言う気配も見せずに、いきなり手代を叱り始めた。

その振舞いを業腹《ごうはら》に感じた新太郎が、番頭に文句を言ったのだ。

「言われてみれば、おたくさんたちに事情を詮議《せんぎ》するのを忘れていましたな」

番頭は、駕籠舁き身なりのふたりを、明らかに見下していた。が、背丈は五尺二寸（約百五十八センチ）しかない。あごを突き出すようにして、東輔は新太郎を見上げた。

「手にしているのは水戸様の提灯だとお見受けしましたが……おたくさまがたは、水戸様のお身内でいらっしゃいますかな」

駕籠舁きが水戸家にかかわりのあるわけがない……提灯を手にした尚平を横目に見て、番頭はたっぷりとあなどりを含んだ物言いをした。

「なんでえ、その言い草は」

ひとを見下した番頭のしゃべり方に、新太郎がいきどおった。尚平も腹を立てているようだ。いつもなら新太郎を抑えに回る尚平だが、いまは提灯を手にしたまま動かなかった。

「なんですか、あんたがたは。夜更けの往来で、大きな声は慎《つつし》んでいただきたい」

「大きな声は、あんただろうがよ」

新太郎は番頭に詰め寄り、真上から見下ろした。

「おれと尚平とは、そこの手代が吾妻橋から身投げするのを引きとめたんだ」

「身投げですと?」

東輔が素《す》っ頓狂《とんきよう》な声を発した。わきに立っている奉公人たちも、目を見開いた。

「あんたに礼を言ってもらう気なんざ、さらさらねえが、水戸様の屋敷のめえで、その手代は門番相手に大嘘をこきやがった。この提灯は、おたくで水戸様の屋敷にけえしといてくれ」

しっかり門番に詫びておけと言い置いて、新太郎はきびすを返した。尚平は口が半開きになった番頭に、提灯を押しつけて相肩を追おうとした。

「新太郎さん……若旦那さん……」

下田屋の奉公人のひとりが、新太郎に呼びかけた。若旦那と呼ばれて、新太郎の足が止まった。

「杉浦屋さんにご奉公をさせていただいておりました、孝三《こうぞう》でございます」

名乗られても、新太郎は思い出せなかった。

「若旦那がお小さいころに、何度も纏を持たされた、小僧の孝三でございます」

「あっ……おめえか」

新太郎の顔が、一気に和《なご》んだ。孝三が新太郎のそばに駆け寄った。

「お久しぶりでございます」

孝三は新太郎よりも二歳年長である。丁稚小僧で杉浦屋に奉公していた孝三は、歳が近いこともあり、新太郎の遊び相手を務めた。

こども時分から火消しが好きだった新太郎は、おもちゃの纏を振って遊んだ。それに毎度付き合ったのが、孝三だった。

「おれが臥煙屋敷にへえったときは、おめえはまだうちの……そうじゃねえ、杉浦屋の手代だったじゃねえか」

「さようでございます。旦那様から若旦那が勘当《かんどう》されました翌年に、てまえはこちらにお店替《たなが》え（転職）をさせていただきました」

孝三が深々と新太郎にあたまを下げた。

下田屋は、商《あきな》いのカネの大半を杉浦屋に預け入れていた。その商いのつながりで、孝三は月に何度も下田屋をおとずれた。

佐賀町に足を運ぶなかで、孝三は廻漕問屋の活気のよさにこころを惹《ひ》かれた。元々が銭勘定が好きではなかった孝三は、杉浦屋の番頭に店替えを願い出た。

陰日なたのない孝三の働きぶりを、杉浦屋の番頭は高く買っていた。

「うちでご奉公を続ければ、おまえのことは、かならず旦那様が番頭に取り立ててくれるだろう。なにが哀しくて、お店替えなどをしたいんだ」

番頭は親身な言葉で孝三をいさめた。

「そうでなくても、若旦那様を勘当されて以来、旦那様のご機嫌はよろしくない。お前にも、それぐらいは分かってるだろうが」

番頭に強くさとされたが、孝三は願いを引っ込めなかった。

「小僧からご厄介《やっかい》になった大恩あるお店でございますが、どうしてもてまえの性《しょう》には合いません」

このまま無理に奉公を続けていては、行く末でかならずしくじりをおかすに違いない。人助けだと思って店替えを認めて欲しいと、孝三は番頭に頼み込んだ。

両替屋の跡継《あとつ》ぎを嫌って、新太郎は家を飛び出していた。

両替屋に勤めるには、ひとの気性に向き不向きがある……。

新太郎が勘当されたのを目《ま》の当たりにして、番頭はそのことを深く思っていた。その矢先の、店替えの願い出である。

何度さとしても聞き入れない孝三を見て、番頭は『この男も若旦那と同様、両替屋には向いていない』と察した。

「仕方がない」

最後には番頭が折れた。そしてあるじと懸命に掛け合った。

下田屋とは、何代にもわたって深い商いのかかわりがあった。下田屋が杉浦屋に預けているカネは、その当時ですでに一万三千両を超えていた。

預かり賃は一年一分（一パーセント）だ。杉浦屋は年に百三十両もの大金を、下田屋から預かり賃として受け取っていた。

預かったカネは、年利八分の利息で、尾張町《おわりちょう》の大店や大名諸家に貸し付けた。受け取る利息が、一年で千四十両にもなった。

つまり下田屋は、一年で都合千百七十両もの儲《もう》けを杉浦屋にもたらす大得意先だった。

下田屋当主も、孝三の店替えを了としていた。それらを番頭から聞かされて、杉浦屋は孝三の願い出を承知した。

いまでは下田屋の手代がしらを務めている孝三から、番頭は新太郎の素性を聞かされて飛び上がった。

「とんだご無礼を申し上げました」

番頭があたまを下げているとき、小僧が番頭に耳打ちをした。

「敬太郎の命を助けていただきましたことで、てまえどものあるじが、ぜひにも御礼を申し上げたいと……」

通りの騒ぎを知ったあるじは、奉公人のひとりから顚末《てんまつ》を聞き取った。孝三が番頭に話していることをも耳にした奉公人は、新太郎が杉浦屋の跡取りだと付け加えていた。

「こんな夜更けに、ご当主から礼なんぞを言われるのは億劫《おっくう》だ。またにしてくんねえ」

新太郎は強い口調で断わった。

「若旦那が受け入れてくれましたら、番頭さんと手前の顔が立ちますので……そこを曲げてなんとか……」

孝三に頼み込まれた新太郎は、渋々ながらも下田屋に入った。

岡右衛門は新太郎と尚平の前で、あらためて番頭から次第を聞き取った。

番頭の無礼な振舞いを、岡右衛門が詫びた。

「わたしの稼業は、海が相手です」

居住まいを正した岡右衛門は、正面から新太郎に目を合わせた。杉浦屋の話をしていたときとは、表情が変わっている。

柔和《にゆうわ》な様子が消えて、海を相手にする廻漕問屋のあるじならではの、ゆるみの微《み》塵《じん》もない顔つきとなっていた。

「身投げをするはずだった敬太郎は、新太郎さんを呼び寄せておのれの命を拾いました。わたしの稼業でなによりも入り用なのは、命が拾える運の強さです」

岡右衛門は、迷いのない口調で言い切った。

敬太郎がどんなしくじりをおかしたのかは、岡右衛門は口にしなかった。が、どれほどの不始末であろうとも、それをすでに赦《ゆる》しているようだ。

ツキのある者を大事にする。

大店のあるじでも縁起を担ぐのかと、新太郎は胸のうちで驚いた。その一方では、自分と尚平には、どんなツキがあるのかと思いめぐらせていた。

# 十二

新太郎が下田屋の座敷で、あるじと向かい合わせに座っていたころ。

おゆきは後ろ手に縛られて目隠しをされたまま、弥之助に蔵から連れ出された。

「あんたに、余計な脅しを言う気はねえ」

弥之助の物言いは、気味がわるいほどに穏やかだった。

「いま目隠しを取ってやるが、少しでも騒いだら容赦はしねえ」

分かったら目隠しを取る前に返事をしろと、弥之助が畳《たた》みかけた。物言いが穏やかなだけに、真の凄味《すごみ》が増している。

様子が分かるまでは、この男に逆《さか》らうのはよそう……胸のうちでしっかりと思いを定めたおゆきは、わずかなうなずきで応じた。

逆らうまいと決めたものの、たとえひとことであっても、弥之助に従うような物言いはしたくなかった。

「ほんとうに分かったんだな」

弥之助が念押しをした。

おゆきはもう一度、さきほどよりもさらに小さくうなずいた。唇はきつく閉じ合わせたままである。

「いかにも、あんたらしい」

おゆきの硬い表情を見て、弥之助は逆に得心したようだ。

「半端になびかれたりしたら、あんたの本音を身体に訊くしかねえと思っていたところだ。いやいやうなずいてくれたんで、おれも安心したぜ」

言葉の区切りとともに、弥之助の気配がいきなり消えた。おゆきはまだ、目隠しをされたままである。

なにが起きたのか。弥之助はどこにいるのか。部屋には、まるでひとの気配がしないので察しようがなかった。

おゆきは背筋を張って、息遣いを整えた。

深くゆっくりと吸い込んだあと、音を立てずにじわじわと息を吐く。これを五度繰り返すと、息がきれいに整った。

息が整うと、五感が冴《さ》えた。

弥之助は部屋のどこかにいる……。

おゆきの勘が、それを強く教えた。

どこで技を会得《えとく》したかは分からないが、弥之助はおのれの気配を消す術を身につけたようだ。しかしこの部屋のどこかにいて、おゆきの様子を見ていることは確信できた。

なんのために、そんなことを?

これが分からなかった。おゆきはもう一度、深い息を吸い込んだ。吐き終わる直前に、ひとつの思いがひらめいた。

あたしのお軽の息遣いを、見抜こうとしているに違いない……。

息をすべて吐き終わったとき、おゆきはおのれのひらめきを信じた。

おゆきの得意技は、お軽である。花札賭博《とばく》のとき、相手に配る札を一瞬のうちに見定めるのがお軽である。

小皿の醬油に札を映す。

漆器《しっき》の表面に、配る札をかざす。

なにもないときは、相手の瞳に映った札を読み取る。

お軽とは、相手が思いも寄らない手段で盗み見をする技だ。おゆきは、その極意をきわめていた。

しかしお軽は、おのれの五感をぎりぎりまで研《と》ぎ澄まさなければ使えない技だ。札にはなにも細工をしないし、醬油皿や漆器などの小道具がなくても、おのれの目と勘だけで技を使うからだ。

この部屋で気配を消して潜んでいる弥之助は、おゆきがお軽の息遣いを整えて、居場所を探り当てるのを待っている。

それに間違いないと、おゆきは断じた。

ふうっと大きな息を、だらしなく吐き出した。そして、背中を軽く丸めた。

弥之助の思惑を読み取ったがゆえに、おゆきは張り詰めていた五感をゆるめた。

いきなり、おゆきの真後ろに弥之助の気配が戻ってきた。

「惜しかったぜ。もうひと息てえところだったのによう」

舌打ちをしながら、弥之助はおゆきの目隠しを取った。

おゆきはまぶたを閉じたまま、部屋の明るさに目を慣らした。百まで数えてから、ゆっくりと目を開いた。

部屋の四隅には、百目《ひゃくめ》ろうそくが一本ずつ灯されている。畳は、表替《おもてが》えをしたばかりのようだ。ろうそくの明かりを浴びて、青々とした色味を見せていた。

「ぜひともあんたに、お軽を教わりてえという旦那がいるんだ」

正面に回った弥之助は、おゆきと顔がくっつきそうな間合いであぐらを組んだ。

「素直に伝授してくれりゃあ、痛い思いもせずにここからけえしてもらえる」

言うことをきかなければ、ごろつきからおもちゃにされたあとで、簀巻きにされて大川に沈められると言い放った。

そのひとことで、おゆきはどこに押し込まれているかの見当がついた。

「どのみち、生きて帰してはくれない気なんでしょう」

おゆきの物言いには、怯《おび》えの調子はかけらも含まれてはいなかった。

十三

宿に帰るという新太郎と尚平を、下田屋当主岡右衛門みずからが引き止めた。

「夜分の引き止めでご迷惑でしょうが……」

新太郎が杉浦屋の惣領息子だと分かったいまは、粗茶の一杯だけでもと岡右衛門がいう。

大店のあるじみずからが客を引き止めるのは、滅多にあることではない。老舗《しにせ》両替商の跡取りとして育った新太郎には、大店の仕来《しきた》りにはわきまえがあった。

「そこまでおっしゃるなら」

渋る尚平に強い目配せをした。

「おらは、あらたまった座敷は得手《えて》でねっから」

尚平は、めずらしく新太郎の目に逆らった。

新太郎にも、相肩の気持ちは充分に分かっていた。おゆきのことであたまが一杯の尚平には、無理強いはできない。

さりとて、おゆきをさらった連中が、どこで目を光らせているか知れたものではなかった。ひとりで夜道を帰しても、尚平なら心配はないが、いまは尋常なときではない。

しかも町木戸は、四ツ（午後十時）ですでに閉じたあとである。

「下田屋さんと話している間、おめえは板の間ででも休んでろ」

「そうするだ」

ひとりで考えごとがしたかったのだろう。尚平は新太郎の言い分を受け入れた。

「板の間などとは、滅相《めっそう》もないことだ」

岡右衛門は番頭の東輔に、商談用の客間への案内と、茶菓の支度を言いつけた。こんなことは、大店の当主が指図することではないし、また番頭に言いつけることでもない。

が、なにぶんにも四ツ過ぎの夜更けである。起きている奉公人が少なかった。番頭に雑用を言いつけてでも、岡右衛門は新太郎と話がしたかったのだろう。

岡右衛門はわざわざ内儀《ないぎ》に言いつけて、客間の支度をさせた。

新太郎が案内されたのは、中庭に面した十六畳の客間である。欄間《らんま》には透かし彫《ぼ》りがなされており、床の間には山水画の軸がかかっている。座布団は西陣織《にしじんお》りで、厚さは三寸（約九センチ）もあった。

「孝三を譲《ゆず》り受けるに際しては、格別のご配慮を杉浦屋さんからいただきました」

ひと通り当たり障りのない話をしてから、岡右衛門は本題に入った。

「さきほども申し上げましたが、わたしは敬太郎に暇《いとま》を出す気はありません」

店のカネに手をつけた敬太郎に、そのまま奉公を続けさせるという。

「厳しく目を配り、カネにかかわる仕事からは遠ざけますが、命拾いをした運の強さは、下田屋の稼業には入用です」

岡右衛門の口調は、冷え冷えとしていた。

岡右衛門が敬太郎を留め置くのは、温情心ゆえのことではなかった。

不祥事を引き起こした奉公人に暇を出せば、かならず同業者や近隣のうわさになった。うわさは、地回りの目明しの耳に入る。

公儀は、十両のカネを盗んだ者は死罪と定めている。定めは盗人《ぬすっと》に対してのみではなく、店のカネに手をつけた奉公人にも適用された。

敬太郎が手をつけたカネは五十両。間違いなく死罪である。

店の奉公人から縄付きを出したというだけでも、大店は仲間内からは白い目で見られた。もしも死罪人を出したとあれば、世間の評判が地に落ちるのは間違いなかった。

とりわけ下田屋のように、海を相手の廻漕業は評判のみならず、縁起の良し悪しを客は重んじた。

かつて江戸でも一、二の規模だといわれた新川《しんかわ》の廻漕問屋は、三十七両のカネを遣い込んだ手代を奉行所に突き出したことがあった。

当人も罪を認めて、死罪の沙汰《さた》が下された。

この一件は問屋仲間にとどまらず、荷主にまで知れ渡った。

「あの問屋のあるじは、薄情な男だ」

「たかが三十七両ぐらいのことで、奉公人の首を刎《は》ねさせることもないだろうに」

内々で始末をつけなかったあるじと番頭は、客先から散々に言われた。

「死罪人を出すような問屋には、危なくて廻漕などは任せられない」

手代が処刑場で首を刎ねられてから、ひと月もしないうちに、一軒の客もいなくなった。腕利きの奉公人たちは、みずから暇乞《ご》いを申し出た。

店は半年後に潰れた。

奉公人の不祥事を表沙汰にしないのは、なにも岡右衛門に限ったことではなかった。

カネの遣い込みを世間に知られたら、評判は急落する。しかもカネは返ってこない。

それに加えて、目明しに知られたら、調べと称して店にずかずかと入り込まれてしまうのだ。

「余計な口は閉じて、よその土地で暮らせ」

大店は口止め料ともいえる『慰労金』を手渡して、店から追い払った。

岡右衛門同様に、不祥事をおかした奉公人を、店で飼い殺しにすることもめずらしくはない。

慰労金を渡して追放するのも、暇を出さずに留めおくのも、いずれも温情心ゆえの沙汰ではなかった。

「敬太郎は、客先の跡取り息子と一緒になって、賭場に出入りをしていました。このたび遣い込んだカネも、そこの店から集金した五十両です」

下田屋は廻漕問屋という稼業柄、手荒な稼ぎをする客とも付き合いがあった。敬太郎を賭場に連れ込んだのは、上方《かみがた》から仕入れた薬草で大当たりを取った、薬種《やくしゅ》問屋の跡取り息子である。

売薬は『黄丹丸《おうにがん》』という名の薬である。

「黄丹丸てえのは、箱崎町の豊田屋《とよたや》がばか当たりをとった、あの薬でやすか」

岡右衛門は、苦々《にがにが》しげな顔でうなずいた。

七種類の薬草を秘伝の調合法で丸薬にしたという黄丹丸は、胃腸の働きを整えて肌を身体の内側からきれいにするというのが売り文句である。

豊田屋は浜町、柳橋の芸者衆を使って薬の効能を広目《ひろめ》（宣伝）した。

丸薬は素焼きの小さな瓶《かめ》に入っており、二十粒入りで四百文もする。一粒が二十文の高値である。

食あたりに効能ありで昔から知られているのは、健腸丸《けんちょうがん》である。これは真っ黒い丸薬で、一粒が四文。黄丹丸は五倍の高値で、しかも粒が小さかった。

ところが高値が逆に評判を呼んだ。

日本橋大店の内儀衆や娘が、競い合って買い求めた。芸者の広目が効を奏した。

服用した者のなかには、ほんとうに肌艶《はだつや》がよくなった者もあらわれた。それが知れ渡ると、長屋の女房連中までが、亭主の尻を叩いて黄丹丸を買わせた。

どんな薬草を使っているのか。

果たして効能があるのか。

それらは一切、不明である。が、上方から江戸に運ぶ薬草の量は、一年のうちで五倍に増えた。のみならず、前回は別誂《べつあつら》えの船まで仕立てて、薬草を江戸に運び込んでいた。

下田屋にとっては、豊田屋は上客である。黄丹丸に薬草を使っていることは、廻漕を受け持つ下田屋がだれよりも分かっていた。

七種類の薬草というのは嘘ではないが、薬効がどこまで本物なのかは、知れたものではない。

岡右衛門は、豊田屋の繁盛に眉をひそめた。

当主と跡取り息子の評判が、決して芳《かんば》しいものではなかったがゆえである。

「ひと晩の博打《ばくち》で、豊田屋の跡取りは五十両のカネを遣っている」

岡右衛門の耳に入るのは、ろくな話ではなかった。

豊田屋の売掛集金は、月に一度である。敬太郎を集金に差し向けるのを、番頭は昼前に限った。陽が高いうちなら、間違っても賭場に連れて行かれることはないと判じてのことだ。

「豊田屋さんにどれほど誘われても、おかしなところに出入りするんじゃない」

番頭はそれでも、何度も敬太郎に念押しをした。

「ご安心ください。てまえは博打はきらいでございますから」

きっぱりと言い切って、敬太郎は集金に出向いた。月に一度集金する売掛金を、この日までは過《あやま》ちなく敬太郎は持ち帰った。

今月の集金五十両というのは、いつもの月の倍近かった。誂え船の代金の一部が含まれていたからだ。

四ツ（午前十時）前に豊田屋に出た敬太郎が、七ツ（午後四時）になっても帰ってこないと分かり、番頭は別の手代を箱崎町に差し向けた。

「敬太郎は豊田屋さんの若旦那さんと、昼過ぎに連れ立って出かけたそうです」

手代から報《しら》せを受けた番頭は、すぐさま岡右衛門に伝えた。胸騒ぎを覚えたからだ。

「奉公人には一切そとに漏らさぬよう、固く口止めをしておきなさい」

息を潜めて待っていたとき、敬太郎が新太郎たちに伴われて帰ってきた。

「昼間から開いている賭場は、江戸でも数はすくねえはずでさ」

芳三郎と付き合うなかで、新太郎は江戸の賭場のことには明るくなっていた。

「こちらの手代が、どんな賭場に出入りしていたかは、おれの伝手《つて》でそれとなしに聞いてみやしょう」

新太郎は、格別のことを思ったわけではない。実家の得意先である下田屋に力を貸せば、杉浦屋の商いにも役立つと思っただけのことである。

「新太郎さんには、賭場に伝手がおありですか」

岡右衛門の眉が、ふっと曇った。

「勘ちげえしねえでくだせえ」

新太郎は、芳三郎との付き合いを軽く話した。

「そういうことなら、なにとぞよしなに」

敬太郎がどんな賭場に出入りしていたのか。

いったい、幾らのカネを賭場で使ったのか。

そのあらましでも分かれば、敬太郎への対処の仕方も違ってくる。

岡右衛門は軽くあたまを下げた。造作《ぞうさく》のよい客間には、隙間風などは入ってこない。が、行灯の明かりが揺れていた。

## 十四

前夜、佐賀町の下田屋で一夜を明かした新太郎と尚平は、夜明けとともに木兵衛店に駆け戻った。手早く下帯を替え木綿の長着に着替えると、朝飯も食べずに出た。

行き先は、今戸の芳三郎の宿だ。

代貸源七の指図で、配下の若い者はおゆきの消息を聞き込みに回っている。そのことへの礼と、下田屋で聞き込んだ『昼の賭場』の一件を芳三郎に伝えるためにである。

ふたりは親方につかない、自前の駕籠舁きだ。月ぎめの客は何人かいたが、二十二日の客はいない。仕事休みにしても迷惑をかける相手はいなかった。

木兵衛店を出たのは、町木戸が開いた四半刻（三十分）ほどあとだ。大柄で歩幅の広いふたりは、ただ歩いていても並の者の早足よりも速い。

両国橋に差しかかったのは、まだ六ツ半(午前七時)をわずかに過ぎたころだった。橋の東詰から真っ直ぐ東に歩けば、通りの左手が回向院《えこういん》である。

早朝から、多くの参拝客が回向院に向かっていた。その人出を相手にする立ち食い蕎麦屋が、橋のたもとで商いを始めていた。

つゆの香りが、蕎麦屋から漂い出ている。新太郎が足を止めた。新太郎も尚平も、朝飯を口にしないことには、身体が目覚めない。

「朝飯代わりに、かけそばをたぐり込もうじゃねえか」

「んだな」

芳三郎の宿は朝の遅い稼業だ。そばをたぐり込んでも、まだ早く着き過ぎるぐらいである。ふたりは髷《まげ》で暖簾を押しのけて蕎麦屋に入った。

意外にも先客のなかに参詣客はおらず、仲仕風の大柄なふたりがそばを食べていた。新太郎たちを横目で見たが、ふたりとも気にした様子はなく、そばを食べ続けた。

「かけをふたつ」

新太郎が誂えを口にしたとき、仲仕のひとりがそばを食べ終えた。

「蔵宿師《くらやどし》がうろつき回るからよう、仕事がやりにくくてしゃあねえ」

「春借米《かしまい》が終わったばかりだてえのになあ」

「よくよく御家人《ごけにん》連中は、ゼニに詰まっているんだろうよ」

新太郎と尚平は、身体つきも身なりも、力仕事の仲仕に似ている。先客のふたりは、新太郎たちを仲間だと思ったらしい。ほかに客もおらず、蔵前の御米蔵《おこめぐら》で働く仲仕ふたりは、遠慮のない声で話していた。

徳川幕府は、家臣の旗本・御家人には年に三度、俸給として米を払い出した。三月の春借米、五月の夏借米、十月の大切米《おおぎりまい》がそれで、春と夏には俸給の四分の一ずつを、十月の大切米は残り二分の一を支給した。

「うまかったぜ」

新太郎たちがかけそばに箸《はし》をつけたとき、仲仕ふたりは食べ終わって出て行った。

かけそば一杯が十六文、屋台の夜鳴き蕎麦と同じ値だ。が、どんぶりには刻みネギが山盛りになって置かれているし、一味からしも好きなだけ使える。つゆはサバ節《ぶし》だが、粗野ながらもそばに負けない強さがあった。

空腹だったこともあり、新太郎も尚平も二杯を平らげて蕎麦屋を出た。

両国橋を西に渡ったふたりは、御蔵大路《おくらおおじ》に架かる浅草橋を北に渡った。橋を渡りきった先の大路には、ひとと荷馬車とが溢れていた。

流れてきた鐘の音が、五ツ（午前八時）を告げている。

天明八年三月二十二日、五ツ。おゆきが『かどわかし』に遭ってから二日目の朝は、空が高く晴れ渡っていた。

浅草橋から、吾妻橋の並木町《なみきちょう》手前までの御蔵大路には、札差百九家が軒を連ねている。この百九家だけで、旗本およそ五千二百家、御家人およそ一万八千家のすべての俸給米を取り扱っている。

三月の春借米支給は終わったが、一ヵ月半後には五月の夏借米支給である。三月中旬から五月中旬までの二ヵ月間、朝の五ツから昼前までは、大路はひとと荷馬車で埋った。

新太郎たちは、何度もこの大路を駆けていた。が、それはすべて昼過ぎで、朝五ツの喧騒ぶりは知らなかった。

「邪魔だ、わきにどけ」

新太郎の背後から、武家が乱暴な声をぶつけた。新太郎と尚平は、うっかり並んで歩いていた。

新太郎は武家に道を譲った。二本を差した着流しの武家は、背丈が五尺三寸（約百六十一センチ）ほどだ。わきを通り過ぎるとき、きつい目で新太郎を見上げた。

新太郎は相手にせず、先に行かせた。武家は調子の揃った早足だが、新太郎たちのほうが歩幅は広い。歩みを加減しないことには、すぐに武家に追いついてしまう。

「あいつは蔵宿師だ、かかわるのはよそうぜ」

新太郎は小声で相肩にささやいた。尚平がうなずき、ふたりは歩調をゆるめた。

札差は、武家の俸給米を担保《たんぽ》に取ってカネを貸した。常に金詰りの武家は、担保価値以上のカネを貸せと迫った。

札差は応じない。

業を煮やした武家は、借金強要の代理人を雇った。それが蔵宿師である。

蔵宿師の多くは、仕官《しかん》先のない浪人だ。御家人に雇われた蔵宿師は、札差から融通（脅しも同然）を受けた金高《きんだか》に応じて報酬を得た。

融通という成果がなければ、報酬は得られない。ゆえに蔵宿師は、ときには太刀《たち》を抜いて凄んだりもした。

なにかといえば札差相手に騒動を起こす蔵宿師は、蔵前界隈の嫌われ者である。札差のみならず、力自慢の仲仕衆も蔵宿師には近寄らなかった。

加減して歩いてはいるが、新太郎たちと武家との間は、四半町（約二十七メートル）も隔《へだ》たってはいなかった。
先を歩く武家の前には、大型の荷馬車がいた。大路両側の札差の店先には、何台もの荷馬車が重なり合って停まっている。

広い大路が停車した荷馬車のせいで、半分ほどに狭《せば》まっていた。武家は先を行く荷馬車のわきをすり抜けることができず、焦れながら荷台のすぐ後ろについていた。

荷馬車には、米俵が山積みになっていた。荷馬車の進み方がのろいため、新太郎たちと武家との隔たりが、二間（約三・六メートル）ほどに詰まっている。車輪の軋《きし》み音は、新太郎たちの耳にも届いた。

「いやな音だぜ」

「米が重過ぎるだ」

ふたりが話していた、まさにそのとき。

両側の後輪の軸が同時に折れた。車輪が吹き飛び、荷台が真後ろに傾いた。

荷台の米俵は、積み重ねただけで、縛ってはいない。米俵が、後ろを歩く武家を目がけて転がり落ちた。

飛びのく間もなかった。

武家は二俵の転がりをまともに受けた。俵の勢いに押されて、背中から地べたに倒れ込んだ。

新太郎と尚平は、敏捷に動いた。

ふたりは荷台の後ろに駆け寄り、二列になって転がり落ちてきた米俵を受け止めた。

一列あたり、十俵以上の米が転がろうとしている。受け止めたふたりのひたいと腕とには、太い血筋が浮いた。

周りから、ふたりの仲仕が駆け寄ってきた。

仲仕たちは、米俵に押し倒された武家を助けに回った。たとえ嫌い抜いている蔵宿師でも、難儀《なんぎ》に遭っているのに知らぬ顔はできないからだ。

ひとりの仲仕は両手に一俵ずつ摑むと、顔色も変えずに放り投げた。

もうひとりが武家を抱え上げて、荷馬車の後ろから逃げた。

「あにい、もうでえじょうぶだ」

米俵を放り投げた仲仕が、尚平の前に回り込んだ。

「俵を離しなせえ」

新太郎と尚平が、荷馬車の左右に逃げた。雪崩《なだれ》を打って落ちてきた米俵が、地べたを転がった。荷馬車は、四十俵も積んでいた。

新太郎と尚平は、大きな息を繰り返した。

米俵を押し留《とど》めていたのは、さほどに長い間ではなかった。が、その間はふたりとも、息を止めて踏ん張っていた。

「てえした力でやしたぜ」

新太郎に話しかけた仲仕の目には、相手を敬《うやま》う光が浮かんでいた。

息が整った新太郎は、尚平のそばに寄った。目を見交わしただけで、ふたりは通じ合える。黙ったまま、後ろも振り返らずに吾妻橋のほうに歩き始めた。

新太郎と尚平の後ろ姿に向かって、武家が一礼をした。

十五

三月二十二日の八ツ（午後二時）下がり。

芳三郎はひとりで浜町河岸を日本橋蛎殻町へと歩いていた。向かっているのは、猿《ましら》の九蔵《きゅうぞう》の賭場である。

大川につながる浜町堀の両岸には、大型の屋形船と、ふたり乗りの屋根船とが何杯も舫《もや》われている。日暮れになれば、屋形船の軒下には、彩りに富んだ提灯が提《さ》げられる。

八ツ下がりのいまは、河岸も船も居眠りをしていた。

弥生《やよい》も下旬だが、まだ陽光は柔らかだ。中天から西空へと移り始めた陽は、斜め上の空から河岸の柳を照らしていた。

風はなく、柳の枝はだらりと垂れている。

河岸には人影もなく、陽だまりには野良犬二匹が腹を見せて寝転がっていた。

いかにものどかな八ツ下がりでも、道の真ん中をひとりで歩く芳三郎は、目元も唇も強く引き締まっていた。

前を見て歩いてはいるが、背後と左右の気配の動きには抜かりなく気を配っている。素人《しろうと》には分からなくても、武芸者なら芳三郎には隙がないことを察しただろう。

目の前に四つ辻が見えてきた。辻を南に折れれば蛎殻町の大木戸である。木戸をくぐり、一本裏の路地に入れば、突き当たりが九蔵の宿である。

芳三郎の歩みに変わりはない。が、顔つきが一段と引き締まっていた。

この朝五ツ半（午前九時）過ぎに、新太郎と尚平がたずねてきた。

ふたりは、昨夜身投げしようとしていた手代を助けた顚末を芳三郎と源七に聞かせた。

「この話が役に立つかどうかは分かりやせんが、下田屋の手代は昼間っから箱崎町界隈の賭場に連れて行かれたてえやした」

箱崎町界隈の、昼間の賭場。

それを聞いただけで、芳三郎は貸元は猿の九蔵だと察した。

「ことによると、手代はいかさまに嵌《は》まったらしいんで」

新太郎が付け加えたときには、九蔵の賭場に間違いないと確信した。

真っ当な賭場は客同士に丁半《ちょうはん》を釣り合わさせて、貸元は勝負にはかかわらない。盆と壺振りを用意して、勝ったほうからテラ銭を取るだけである。

こうすることで、客は安心してサイコロの目を読んだ。賭場が勝負にかかわっていなければ、壺振りがいかさま勝負を仕掛けたりはしないからだ。

とはいえ、丁半同額でなければ勝負は成り立たない。両方の駒（賭け金）が揃うように、客は丁半への張り方を加減した。

九蔵はすべての勝負にかかわった。

丁半の駒が揃わないときには、足りない分を賭場が埋めた。客は駒を気にすることなく、好きな目に賭けられる。が、賭場は埋めたほうの目を出すために、時々、いかさまを仕掛けた。

いつ九蔵がいかさまを仕掛けるか。

その読みが、勝負のあやである。客のなかには、いかさまありの勝負を好む者もいた。が、芳三郎や猪之吉は、外道《げどう》だと吐き捨てた。

九蔵はいかさまを仕掛けるだけではなく、昼間から開帳した。

「夜は目が疲れてつらい」

「昼間なら、出かけても周りからとやかく言われることがないからねえ」

旦那衆のなかで昼間の賭場を喜ぶ者は、少なからずいた。九蔵はいかさまありと、昼間の開帳とを売り物にしていた。

羽振りがいいだけに、九蔵の組に入りたいという渡世人は多かった。が、いかさまありを堂々と口にする組である。

九蔵の手下を望む者のなかには、真っ当な組を破門された者も、少なからずいた。

おゆきのかどわかしに、九蔵がかかわっているとは、芳三郎は思ってはいない。そんな面倒なことをしなくても、九蔵の賭場は充分に潤《うるお》っていた。

それを分かっていながらも、芳三郎は蛎殻町に向かっていた。九蔵なら、半端者の弥之助の行方を知っているかもしれないと判じたからだ。

宿の前には組の若い者がふたり、縁台に座って張り番についていた。

「今戸の芳三郎だ」

それだけ言うと、芳三郎は宿に入った。張り番ふたりは芳三郎が発する気迫に呑まれて、止め立てもできなかった。

宿に入った芳三郎は、九蔵の部屋へと一気に向かった。部屋のふすまに手をかけたとき、組の若い者が廊下を鳴らして駆け寄ってきた。

## 十六

三月下旬の八ツ、浜町河岸は春のぬくもりに満ちていた。

ところが九蔵の前の長火鉢には、真っ赤な炭火が熾きていた。芳三郎の全身からきつい気配が放たれている。

九蔵が座した部屋は、炭火が欲しいほどに冷えていた。

芳三郎と向き合って座った猿《ましら》の九蔵は、目一杯に虚勢を張ろうとした。しかし、うまく運んではいなかった。

腕組みをしたり、神棚を祀《まつ》った壁に寄りかかったりと、上体を動かした。どんぐり目で、九蔵の瞳は大きい。その目は芳三郎を見詰めてはおらず、畳を見たり、天井を見上げたりと、落ち着かないことおびただしい。

あぐらを組んだ芳三郎は、そんな九蔵を強い目で見据えていた。

「ウッ、ウン……」

空《から》の咳払《せきばら》いをしたあと、九蔵は長火鉢に載った湯呑みに手を伸ばした。分厚い素焼きの湯呑みで、わずかに湯気が立っている。

その湯気を見て、九蔵は伸ばした手を引っ込めた。

猫舌で、熱い茶は苦手なのだ。

配下の若い者は、もちろんそれを知っている。いつもならぬるい茶をいれるのだが、芳三郎に押しかけられて、若い者も動転した。

沸《わ》き立った湯で、熱々の焙じ茶をいれてしまった。

芳三郎の膝元にも、同じ茶が出されていた。九蔵に目を当てたまま、芳三郎は音も立てずに茶をすすった。

「若い者がいれたにしては、美味い茶だ」

さらにひと口すすってから、湯呑みを膝元に戻した。

「猿《ましら》のは、相変わらずの猫舌か」

「ああ……そうだ」

答えた九蔵の声が、かすれていた。

「今戸からわざわざ出向いてくれるなら、前もって若い者を寄越してもらいたかったぜ」

いきなりでは支度もできねえと、九蔵が口を尖らせた。文句を言いつつも、芳三郎には目を合わせていない。

「心遣いはありがたいが、あんたとは別に酒を酌《く》み交わしたいわけじゃない」

芳三郎の目の光が、一段と強くなった。あけすけなことを言われて、九蔵が芳三郎に目を向けた。が、相手の目が燃え立っているのを見て、慌てて目を逸《そ》らした。

「しっかりとした話を、あんたの口から聞きたくて出向いてきた」

「なんだ、しっかりとした話とは」

「ここに出入りしてる客で、豊田屋という薬種問屋がいるはずだ」

九蔵は返事をせず、ようやく冷めた湯呑みに手を伸ばした。

「思い出せないなら、詳しく言おう。近ごろ江戸で大した評判の、黄丹丸を派手に売りさばいている薬屋だ」

芳三郎も、膝元の湯呑みを手にした。わざとずるっと大きな音を立てて、ぬるくなった茶をすすった。

「豊田屋はここからすぐ近くで、そこの惣領息子があんたの賭場に入り浸《びた》っている。どうだ猿の、思い出したか」

「賭場で遊ぶ客がどうこうとは、答えねえのが貸元の掟《おきて》だ。それぐらいは、あんたも知ってるだろう」

「もちろんだ」

「ならば、答えるわけにはいかねえ」

「それは残念だ」

言うなり芳三郎は、手にした湯呑みを九蔵に投げつけた。狙いすまして、力を加減して投げた湯呑みである。

九蔵のこめかみにぶつかった。鈍い音を立てて落ちた湯呑みは、長火鉢の角にあたった。

湯呑みを投げると同時に、芳三郎は座布団から立ち上がった。素早く立てるように、あぐらの組み方を工夫していた。

こめかみを押さえて、九蔵はうめき声をあげている。その背後に回った芳三郎は、おのれの太い腕を首に回して締め上げた。

物音を聞きつけて、若い者三人が九蔵の部屋に飛び込んできた。

「なにしやがんでえ」

若い者が三人とも、さらしに挟んでいた匕首《あいくち》を抜いた。

「親分から手を離さねえと、八つ裂きにするぜ」

「やってみろ」

芳三郎は首に回した腕に力を込めた。

九蔵が手をばたばたさせて、若い者に匕首を引っ込めさせようとした。

「ですが親分……」

三人は従わない。なかのひとりが、腰を落として芳三郎に突進した。芳三郎は首に腕を回したまま、長火鉢のわきに転がっていた湯呑みを蹴った。

湯呑みは、立ち向かってきた男の急所にぶつかった。渾身《こんしん》の力を込めて蹴った湯呑みだ。男は身体を二つ折りにして、その場に崩れ落ちた。

「聞き分けがわるそうだな」

九蔵の首が一段ときつく締められた。息が詰まった九蔵は、顔を真っ赤にしてもがいている。大きな瞳が上に移り、白目が見えた。

九蔵の様子を見て、若い者ふたりが匕首をその場に落とした。

芳三郎は、腕をぐいっと締めて、九蔵を気絶させた。九蔵はぐったりとなり、火鉢のわきに倒れこんだ。

匕首を落としたふたりは、呆然《ぼうぜん》として動きを忘れている。素早く動いた芳三郎は、ふたりの鳩尾に堅いこぶしを叩き込んだ。

「うっ……」

ふたりとも、短いうめき声とともに膝が落ちた。わずかの間に、四人の男が畳に横たわることになった。

物音とうめき声を聞きつけて、組の若い者たちが部屋に駆けてきた。が、転がっている四人を見て、部屋に入るのをためらっている。

芳三郎は匕首を拾い集めてから、九蔵の背後に回った。身体を起こすと、背中に膝をあてて力を込めた。

うっ……と息を噴き出して、九蔵が正気に戻った。

「そこに転がっている三人を、部屋から出させろ」

九蔵は言われるがまま、部屋の外の若い者に命じて三人を部屋から出させた。

もはや、芳三郎に立ち向かう者はいないらしい。

「おれに、新しい茶を一杯いれてくれ」

芳三郎に言われた若い者は、戸惑い顔で九蔵を見た。九蔵があごをしゃくると、あたまを下げて茶をいれに戻って行った。

元の座に戻った芳三郎は、匕首三本を膝元に置き、九蔵に目を合わせた。

「貸元が客の素性を気安く唄《うた》わないというのは、あんたの言う通りだ」

低い声で話し始めたとき、若い者が茶をいれてきた。九蔵にも差し出したが、またもや熱々の茶が供された。

九蔵は尖った目で若い者を睨みつけた。配下の者が部屋を出ると、芳三郎は話に戻った。

「その掟は、真っ当な貸元が口にすることだ。あんたにそれを言われても、おれの耳には通じない」

芳三郎は、遠慮のないことを言い切った。九蔵は顔をしかめたが、文句をつける気力は失せているようだ。

「もう一度、同じことを訊く。豊田屋の息子は、ここに出入りをしているな」

「ああ。月に何度も顔を出している」

九蔵の返事を聞いて、芳三郎は思案顔になった。腕組みをして、あれこれと思いをめぐらせている。九蔵は渋い顔のまま、火鉢の炭火を見ていた。

不意に芳三郎の顔つきが変わった。

「ここに弥之助がいただろう」

だろうと言いながら、芳三郎の目はいたと断じている。九蔵はとぼける気もなさそうだ。すぐにうなずきで答えた。

「弥之助は、いまどこにいる」

「それは知らねえ」

「知っている者がいるだろう」

「うちにはいねえ」

「あんたのところにいなくても、知っているやつはいるということだな」

九蔵は、あいまいなうなずき方をした。

「いいか、猿《ましら》の。おれが言うことを、命がけで聞いておけ」

弥之助の居場所を、すぐに突き止めること。

突き止めたら、相手に気づかれずに、すぐに今戸に知らせること。

あわせて、弥之助はいま、だれの下で働いているかも調べること。

この三点を、芳三郎は誤解しようのない言葉で九蔵に聞かせた。

「恵比須のが言ったことは分かったが、なんであんな半端者を探すんだ」

「あんたにまで半端者と呼ばれては、弥之助も口を尖らせるだろう」

芳三郎の目が糸のように細くなった。凄味を帯びた顔を見た九蔵は、長火鉢の向こうで尻を浮かせた。

「あの男は、かどわかしに手を染めた」

「なんだと」

九蔵の声が裏返った。

「それも、おれの大事な客人にかかわりのあるひとをだ」

「ばかなことを……」

「まさに、ばかだ」

芳三郎は、細い目のまま言葉を吐き捨てた。

「弥之助につなぎをつける者に、しっかりと言い聞かせてくれ」

「なにを言えばいいんだ」

「もしもそのひとに指一本でも触れたら、早く殺してくれと頼む目に遭わせる」

九蔵の顔が引きつった。芳三郎が口にしたことは、脅しではないと分かっているからだ。

「弥之助だけではない。そのひとが怪我でもしたら、この組を叩き潰す」

返事は早いほうがいいぞと言い残して、芳三郎は賭場を出た。張り番の若い者が、おもわず芳三郎の後ろ姿にあたまを下げた。

十七

「あんたも、つくづく聞き分けのないひとだなあ」

蔵から出されたおゆきの前で、豊田屋の息子徳次郎《とくじろう》が、大げさにため息をついた。

「なにも、あんたに手荒なことをするわけじゃない」

「そうですか」

おゆきは冷ややかな声で応じた。

「来たくもない場所に連れてこられて、会いたくもない顔を無理やり見せられました。これでも、手荒なまねではないんですか」

おゆきの物言いは、相手をまるで怖がっていない。徳次郎は、しわのないつるんとした顔をしかめた。

「あんまり、達者なことを言わないほうがいい。あたしだって、腹を立てることもあるんだから」

徳次郎の声は、甲高くて聞き苦しい。おゆきはそっぽを向いて、声をやり過ごした。

「なんだね、その振舞いは」

おゆきの顔を両手ではさんだ徳次郎は、力をこめて自分のほうに向けた。

「あたしは、まだ話をしているさなかだ。ちゃんと聞かないのは無礼だよ」

「それは失礼いたしました」

おゆきが口元をゆるめた。男の気力が萎《な》えそうになる、冷たい笑い顔だ。徳次郎が顔を真っ赤にして、平手でおゆきを張ろうとした。

「よしなせえ、若旦那」

ふたりのやり取りを黙って見ていた弥之助が、鋭い物言いで止めた。

「女に手をあげたんじゃあ、しゃれになりやせんぜ」

徳次郎に対しての物言いは、弥之助も冷ややかである。

「おまえ、だれに向かってそんな口をきいているんだ」

徳次郎は吊り上がった目で弥之助を睨んだ。

「あっしは若旦那に、気に障ることでも言いやしたか」

「しらじらしいことを言うんじゃない」

徳次郎は弥之助に詰め寄った。

「あんたが任せろというから、いままで預けておいたのに、この女はまるで言うことをきかないじゃないか」

「すまねえこってさ」

「このうえもまだ、女に好き勝手なことしか言わせられないなら、あんたもこの女も、野田《のだ》さんに始末してもらうよ」

徳次郎は、肩をそびやかして部屋から出て行った。

弥之助から、大きなため息がこぼれ出た。

十八

芳三郎が猿の九蔵を身体の芯から震え上がらせた翌日の、三月二十三日。明け六ツ（午前六時）の鐘が鳴るなり、九蔵の手下三吉《さんきち》が宿から駆け出した。

背丈は五尺三寸（約百六十一センチ）、渡世人としては並の上背だ。しかし三吉の目方は十九貫（約七十一キロ）もあった。

浜町河岸に出た三吉は、周囲を落ち着きのない目つきで見回した。だれもつけている者がいないと分かり、ふうっと安堵の吐息を漏らした。

吐息で、口の周りが白く濁っている。三月下旬といっても、日の出早々の町にはまだ肌寒さがたっぷりと残っていた。

浜町河岸の表通りには、黒板塀で囲まれた料亭が建ち並んでいる。三吉が駆けたのは、賭場から浜町河岸までのわずかな道だけである。黒板塀の前に出ると、あとは歩き始めた。

太っているため、歩くのが億劫らしい。ふうっ、ふうっと大きな息を吐く。その都度、口の周りに湯気が立った。

辻に出るたびに、三吉は後ろを振り返った。が、どこにも人影は見えない。それでも三吉は辻ごとに同じ仕草を見せた。

猿の九蔵から、よほどきつい指図を受けていたのだろう。浅草寺裏の仕舞屋《しもたや》の勝手口からなかに消えるまで、三吉は律儀に振り返ることを続けた。

「太っちょが相手でなによりだったぜ」

「あんな野郎を手下にしているようじゃあ、猿の九蔵てえ親分の器量が知れるぜ」

三吉が入った仕舞屋から半町（約五十五メートル）離れた辻で、股引・半纏姿の若い者ふたりが小声を交わした。

三吉は賭場を出てから、ずっと後ろを気にして歩いてきた。あとをつける者はいないと安心していたが、芳三郎配下の若い者ふたりが、隔たりを保って追っていた。

ふたりとも職人風に髷を結い直し、股引・半纏の身なりを調《ととの》えている。この姿であれば、どこを歩いていても人目を惹《ひ》く恐れはなかったからだ。

早朝の江戸の町を行き来するのは、仕事場へと急ぐ職人たちがもっとも多い。普請場の仕事始めは、六ツ半（午前七時）から五ツ（午前八時）の間である。

外仕事は、陽光のある間というのが決まりごとである。日暮れたあとでは、たとえ何基ものかがり火を焚《た》いたとしても、暗くて仕事にならなかった。

その代わりに、日の出のあとは季節にかかわりなく、すぐさま仕事を始めた。仕事場に向かう職人が、早朝の江戸の町を行き交うわけはこのことだった。

「それにしても、うちの親分はてえした器量だぜ」

「いまさら言うことじゃねえ」

三吉が入った仕舞屋を見張りながら、職人姿のふたりが、心底から芳三郎の器量のほどを称《たた》え合った。

三月二十二日の夕暮れ前から、浜町河岸の船着場に一杯の屋根船が着けられた。この船も、外見はまるで人目を惹かないありふれた屋根船である。

しかし芳三郎が手配りしたこの船の造りは、他の屋根船とはまるで違っていた。屋根船とは、わけありの男女が逢引《あいびき》に使ったり、二、三人が密談に用いたりする小型の屋根付き船だ。

船には四畳半の小部屋が普請されている。部屋の四方は障子戸で囲われており、船頭は人影のない岸辺に舫ったあとは、船をおりた。あとは、船客が好きに過ごすという次第だ。

芳三郎が回したのは、探りのために別誂えした屋根船である。四畳半大の部屋に、三段の蚕棚《かいこだな》が二列、都合六人のおとなが潜んでいられる造りである。

猿の九蔵を脅しに出向いたとき、芳三郎はあらかじめ探りの船を浜町近くに待たせていた。乗っていたのは芳三郎配下の若い者で、いずれも探りと尾行の修練を積んだ者だ。

代貸の源七は探りの資質を備えた者を選び出して、常から修練を積ませていた。

「おれが出たあとは、船から賭場を見張れ」

芳三郎から指図を受けていた六人は、船に潜んで九蔵の宿を見張った。脅したあとで、かならず九蔵は弥之助につなぎをつけると断じての手配りだった。

「あにい……出てきやした」

芳三郎が九蔵の宿を出るなり、昨日は七回も九蔵の手下が外出をした。その都度、船に潜んだ探り役がふたりで組んであとを追った。が、昨日はすべて空振りだった。

七回とも、九蔵配下の者は賭場の所用で外に出ただけだった。

昨夜の五ツ（午後八時）過ぎに、源七が屋根船に顔を出した。

「かならずだれかが弥之助につなぎをつけに動くと、親分は見切っておられる。夜中になっても気を抜かず、交代で見張っていろ」

若い者に指図を終えた源七は、六人それぞれに二分《ぶ》（二分の一両）の小遣いを渡した。

「首尾よく役目を果たしたら、吉原で腰が抜けるほど遊ばせてやる」

源七は口にした約束を果たすと、六人全員が分かっていた。明け方まで、三人ずつが交代で賭場を見張った。

明け六ツの鐘に合わせたかのように、三吉が賭場から駆け出してきた。

「野郎がつなぎ役だ」

六人全員が、探りと尾行に長けている。三吉の様子を見て、船のなかの気配が張り詰めた。前夜から職人髷に結い直していたふたりが、尾行に備えて艫《とも》に回った。

「弥之助は食えねえ男だと、代貸は何度も言われた。手柄を焦《あせ》ってしくじるなよ」

「分かってる」

職人姿のふたりが、きっぱりと請け合った。六人とも、弥之助の顔は見たことのない若い者である。源七は絵描きに似顔絵を描かせていた。股引のどんぶりに似顔絵を仕舞ってから、尾行役のふたりは船を出た。

三吉は太目の男で、動きに敏捷さはない。それでも辻ではかならず周囲を見回して、つけられていないかを確かめた。

尾行役ふたりは半町の隔たりを保ったまま、浅草寺裏まで三吉をつけた。

「勝手口の戸が動いたぜ」

探り役のひとりが、仕舞屋に向かってあごをしゃくった。勝手口が開き、男がふたり、顔を出した。ひとりは浜町から出向いてきた三吉である。

半纏姿のふたりは、素早くどんぶりから似顔絵を取り出した。絵だけではなく、弥之助の背丈と目方も記されていた。

しかしそれを読むまでもなく、似顔絵は見事に弥之助の特徴を描き出していた。

探り役の資質のひとつは、遠目の利くことだ。半町離れた辻から、弥之助の薄い唇、尖ったあご、目尻の吊り上がり具合を似顔絵と見比べた。

「野郎に間違いねえ」

ふたりが顔を見交わしたとき、弥之助が辻に向かって駆けてきた。つかの間、ふたりは尾行がばれたのかと息を詰めた。弥之助は、わき目もふらず辻に向かってきたからだ。

が、弥之助は血相を変えて、辻を通り過ぎた。向かっているのは、浅草寺の方角である。よほどに先を急いでいるのか、唐桟を尻端折《しりっぱしょ》りにしていた。

「野郎はおれに任せて、おめえは親分につなぎをつけろ」

「がってんだ」

若い者のひとりは、今戸に向かって駆け出した。相方《あいかた》は間合いを保ちながら、弥之助のあとを追った。

三月二十三日、五ツ前。おゆきがさらわれて三日目の朝に、動きが慌《あわただ》しくなった。

# 十九

顔から血の気のひいた弥之助が駆けつけた先は柳橋の船宿、ゑさ元《もと》である。神田川《かんだがわ》と大川とが交わる根元の船宿で、三十人乗りの屋形船を二杯も持つ老舗だ。

ゑさ元は屋形船だけではなく、五人乗りの釣り船も三杯有していた。夏場は朝釣りに出る客で、ゑさ元は夜明け前から賑わう。が、いまはまだ釣りの時季ではない。

屋形船が大川に繰り出すのは、季節にかかわりなく夜である。日暮れから船を出し、五ツ半（午後九時）まで大川を上り下りするのが、屋形船の遊びだ。

船宿に戻った船は、部屋の掃除をして火の始末を確かめる。そして船から汚れた鍋や皿をおろし、戸締まりを終えるのが四ツ（午後十時）過ぎだ。

ゆえに朝釣りのない時季の船宿は、おおむね朝寝坊だった。

「開けてくんねえ」

弥之助がゑさ元の玄関を叩いたのは、五ツをわずかに過ぎたころだ。

「どちらさんですかい」

戸の内側から問いかけたのは、屋形船の船頭だ。気持ちよく眠っているところを叩き起こされて、声には愛想のかけらもなかった。

「おたくに薬屋の徳次郎さんが泊まってるはずだから、すぐに起こしてくんねえ」

船宿の戸が開いた。

おゆきを浅草寺裏の仕舞屋に押し込めた二十日の夜から、徳次郎はゐさ元に居続けをしている。

「あたしは遊びのカネには、糸目をつけないからねえ。ゐさ元にだって、ひと晩十両のカネを落としているんだから」

なにかといえば、船宿にひと晩十両を遣っていると自慢話を聞かされている。徳次郎の名を聞いた船頭は、すぐさま玄関を開いた。一夜に十両の金遣いは、あながちホラ話でもなさそうだった。

「おたくは、どちらさんで」

船頭は、潮焼《しおや》けした五十年配の男だ。小柄だが、毎日棹《さお》と櫓《ろ》を扱う腕は、こどもの太ももほどの肉置《ししお》きである。

「弥之助と、そう言ってくんなせえ」

おのれの名前を、声をひそめて船頭に伝えた。腕は太くて力もありそうだが、船頭は耳が遠かった。

「もうちっと大きな声で言ってもらわねえと、聞こえやしねえ」

三度名乗って、やっと船頭に通じた。

「おたくの名前は分かったが、どんな用だと徳次郎さんに言えばいいんだい」

身なりを見て、弥之助が堅気ではないと察したらしい。船頭の物言いがぞんざいになった。

「用向きは徳次郎さんに会ってから、じかに言うからよう。とにかく急いで起こしてくんねえ」

弥之助は、いまも血の気のひいた顔色である。尋常なことではないと察した船頭は、それ以上の問いをせず、なかに入った。

待てども、徳次郎は出てこない。苛立《いらだ》った弥之助は、道端の小石を何個も神田川に投げ込んだ。

「なんだい、こんな早くから」

やっと顔を出した徳次郎は、寝巻きの胸元がはだけていた。寝巻きから、白粉《おしろい》のにおいが漂った。

「あたしには朝の五ツは、真夜中も同然だ。どんな用だか知らないが、もっとあとにできなかったのかい」

口を開くのも億劫そうである。弥之助は蒼《あお》い顔のまま、徳次郎に詰め寄った。

「おゆきを放さねえことには、若旦那も生きたまま大川に沈められやすぜ」

「なんだい、藪《やぶ》から棒に剣呑《けんのん》なことを。朝から、そんな話は聞きたくないね」

「おれだって聞かせたくはねえが、これは脅しじゃあねえ」

すぐに着替えて、仕舞屋に戻ってくれと徳次郎を急《せ》かした。

「いやだね、そんなことは」

徳次郎は顔を歪めて言葉を吐き捨てた。

「あたしは、ひとからあれこれ指図をされるのが一番嫌いなんだよ。どこのだれだか知らないが、大川に沈めるというなら、やってもらおうじゃないか」

我慢という言葉を教えられずに育てられた、跡取り息子である。弥之助に向かって、胸を反《そ》り返らせた。

「若旦那は今戸の芳三郎の怖さを知らねえから、そんな強がりを言ってられるんでさ。とにかく、おゆきを放り出しやしょう。あとのことを思案するのは、それからでさ」

「なんだい弥之助、あとのこととというのは」

「芳三郎の前から、姿をくらませる算段でさ」

「姿をくらますって、このあたしが？」

冗談じゃないと、徳次郎は気色《けしき》ばんだ。

「おまえは怯え切っているけど、芳三郎というのはどんな男だよ」

「今戸の貸元で、さらったおゆきとは深いかかわりのある男でさ」

「なんだ、渡世人か」

会ったこともないのに、芳三郎を見下したような言い方をした。弥之助は両目を吊り上げて徳次郎に顔を近づけた。

「強がりたけりゃあ、簀巻きにされるまでずっとやってろ。おれは死にたくねえから、とっととずらかるぜ」

徳次郎を睨みつけてから、弥之助はきびすを返した。

「待ちなさいよ」

弥之助の唐桟の袖《そで》を引いて、徳次郎が引き止めた。

「江戸から逃げ出すのは、あたしが貸した二十三両を返してからにしてもらいたいね」

「命がありゃあこそのゼニだぜ」

「なんだい、その言い草は」

「あんたも分からねえ男だぜ」

弥之助はもう一度、徳次郎に詰め寄った。

「ゆんべあんたがやったみてえに、おゆきを脅したことが芳三郎に知れたら、なぶり殺しにされるてえんだ」

「なんだい、芳三郎、芳三郎って。あたしのことは、野田さんが守ってくれるさ」

徳次郎は甲高い声で、用心棒の名を口にした。弥之助は物分かりのわるい男を、憐《あわ》れむような目で見詰めていた。

## 二十

柳橋から浅草寺裏の隠れ家に戻る道を、徳次郎は顔を歪めっぱなしで歩いた。

なんであんな男の言うことを……。

あたまのなかでは、弥之助への怒りが渦巻いていた。持ちかけられた話を受け入れたのは、ほかならぬ徳次郎である。弥之助だけに怒りをぶつけるのは、筋違いといえた。

ところが。

顔を歪めて歩く徳次郎は、話を本気にしたおのれにも非があるなどとは、露《つゆ》ほども思ってはいなかった。

もしも騒動がひどくなるようなら、野田さんに言って、始末をつけさせよう。

考えているのは、言うことをきかない弥之助への意趣返《いしゅがえ》しばかりだ。

おのれの過ちを認める。

ひとの気持ちを思いやる。

相手の都合を考えて、おのれを処す。

これらの「ひとと折り合いをつける」ということを、徳次郎はこの歳になるまで、なにひとつしつけられなかった。

その代わりに「おのれがやりたいことだけをやる」という身勝手さは、たっぷりと身体の芯にまで身につけていた。

「それにつけても、おゆきという女の強情さは、いったいなんだ」

歩きながら、声に出して怒った。矛先《ほこさき》がおゆきに移ると、徳次郎の歩みがのろくなった。徳次郎の周りにいる女で、だれひとりとして言いつけに逆らう者はいなかった。

着ているものを脱げと言いつければ、たとえ人前であっても帯を解いた。

空腹を口にすると、それが真夜中であっても、女たちはすぐさまへっついに火を熾《おこ》して飯を炊いた。

徳次郎が相手にしている女は、言いつけ通りに動く、いわば人形でしかなかった。

おゆきは違った。

蔵に閉じ込められて飲み物も食べ物もろくに口にしていないのに、ひもじそうな様子はかけらも見せない。

「あたしの言う通りにしないと、あんたの命をもらうよ」

業《ごう》を煮やした徳次郎は、目に力をこめて脅した。

「そうしたければ、好きにしてくださいな」

おゆきは顔色ひとつ変えない。徳次郎を見詰め返す目に怯えや哀願の色などは、微《み》塵《じん》も浮かべてはいなかった。

弥之助とおゆき。

ふたりとも、徳次郎の意のままにはならなかった。それを思うと、苛立ちで息遣いが荒くなってくる。隠れ家へと向かう徳次郎は、何度も地べたに唾《つば》を吐いた。

カネには不自由していなくても、徳次郎の育ちのほどがどれほどのものかは、その振舞いから知れた。

薬種問屋のひとり息子として生まれた徳次郎は、甘やかし放題に育てられた。

「これで、豊田屋の跡取りができた」

七年目にしてやっと男児を出産した豊田屋の内儀《ないぎ》は、産後の肥立《ひだ》ちがきわめてわるく、そのまま寝込んだ。当主の平右衛門《へいえもん》は内儀の容態には頓着《とんちやく》せず、赤子の身だけを案じた。

誕生したその日のうちに、平右衛門は口入屋の手代を呼びつけた。

「費《つい》えのほどは構わないから、乳の出のいい乳母《うば》を見つけてくれ」

授かった惣領息子の世話をさせるために、平右衛門は乳の出のよい女と、年若い娘を世話役に雇った。

「おまえたちの命に代えて、この子の世話をしなさい」

月にひとり三両という破格の高給を払う代わりに、平右衛門は四六時中、赤子のそばに女ふたりを張りつかせた。徳次郎が生まれた当時の豊田屋は、番頭ひとり、手代五人に小僧ひとりの小さな所帯だった。

店構えは四間（約七・二メートル）間口で、薬草を仕舞う蔵もひとつしかなかった。

しかし『薬《くすり》九層倍《くそうばい》』と陰口をきかれるほどに、薬種問屋の儲けは大きい。店構えは小さくて奉公人の数が少なくても、内証《ないしょう》の豊かさは札差や高利貸しと肩を並べるほどだった。

豊田屋の商いが順調だったのは、薬草に目の利く奉公人が居ついていたからだ。徳次郎にはべろべろに甘くて、金儲けには貪欲《どんよく》な平右衛門である。しかし、吝嗇《りんしょく》ではなかった。

奉公人の質がよくなければ、商いは伸びない……平右衛門には、このわきまえがあった。ゆえに他の商家ではあり得ないことだが、平右衛門は小僧にも給金を払った。

豊田屋は自家製薬剤『黄丹丸』が大当たりをして、売り上げも儲けも急激に膨らんだ。この薬の元になる知恵を出したのも、豊田屋の奉公人である。

「新薬売り上げの三分（三パーセント）を、知恵料として払う」

平右衛門は、奉公人全員とこの約定《やくじょう》を取り交わしている。黄丹丸は売り出してから今日までに、八百両も売っていた。

黄丹丸は、一包み二十粒で四百文もする。それなのに売り上げが八百両もあったということは、すでに一万包みが売れた勘定である。

この薬の元を考え出した手代は、二十四両の知恵料を手にしていた。

豊田屋はあるじの平右衛門も、惣領息子の徳次郎も、女と博打が大好きな遊び人である。しかし奉公人の働きのよさに支えられており、年を追って身代《しんだい》は大きくなっていた。

浅草寺が近くなるにつれて、人通りが多くなってきた。が、徳次郎は相変わらず、苛立ちの顔つきで歩いていた。

着ている長着も羽織も、絹の上物である。履物は真新しく、歩くたびに尻金《しりがね》がチャリン、チャリンと小気味よい音を立てた。

身なりだけ見れば、大店の若旦那である。が、顔つきは険しいし、ひっきりなしに地べたに唾を吐いている。

徳次郎とすれ違う者は、眉をひそめてわきによけた。半町（約五十五メートル）後から、芳三郎配下の者が徳次郎をつけていた。

「なんてえ野郎だ。成り上がり者の、お里が知れるぜ」

徳次郎の振舞いには、渡世人も眉をひそめていた。

# 二十一

九ツ（正午）を過ぎたとき、芳三郎、新太郎、尚平の三人が浅草寺裏の仕舞屋の辻に顔を出した。大男の駕籠舁きふたりが貸元を警護するかのように、真ん中に挟んでいた。

「四半刻ばかり前に、豊田屋のせがれがひとりでけえってきやした」

仕舞屋を見張っている若い者頭《がしら》の由吉《よしきち》が、ほかにはだれも出入りしていないことを請け合った。

「弥之助はどうなっている」

「利蔵《としぞう》あにいと蜂助《はちすけ》が追っておりやす」

利蔵と蜂助は、追っ手と出入り（喧嘩）の両方に長けている。ふたりが弥之助を追っていると聞いて、芳三郎は得心した顔つきになった。

「仕舞屋のことは分かったのか」

「正助《しょうすけ》が一刻前から動いておりやすから、おっつけ仕入れてけえってくるはずで……」

由吉が話し終わる前に、浅草寺の方角から正助が駆けてきた。走りは速いが音は立てない。渡世人ならではの駆け方だった。

「お待たせしやした」

息を弾ませた正助が、芳三郎にあたまを下げた。

「様子がつかめたようだな」

正助の顔つきから、芳三郎は上首尾を察していた。

「うめえ具合に、この仕舞屋を扱う周旋屋に行きあうことができやして……ここの見取り図を写してきやした」

「上出来だ」

短い言葉だが、ねぎらいを言われた正助は顔を大きくほころばせた。

「そこの路地で、仔細《しさい》を聞かせてくれ」

張り番の由吉を残して、四人は人目のない路地に入った。陽が空の真上に移っている。ひとの気配がしない路地だが、地べたは明るく照らされていた。

「この仕舞屋は、豊田屋が仕事場として三年前から借りているそうでやす」

正助はふところから見取り図の写しを取り出した。

豊田屋がここを借りたのは、天明五年の八月である。黄丹丸作りの仕事場を探すに際して、平右衛門は出入りの易者に易断を頼んだ。

「浅草寺の裏手に場所を構えれば、この仕事はかならず大きな実りが得られる」

見立てを元に、仕事場探しが始まった。動いたのは番頭である。

「新しい薬を拵えることになったもので、手ごろな仕舞屋が欲しくてねえ」

ものがよければ、借り賃には文句をつけない……番頭にきっぱりと言われた周旋屋は、とっておきの物件を示した。

敷地は百八十坪。二十坪の土間がついた母屋《おもや》は、建坪七十坪で広々としていた。広さも造りも、番頭は見取り図を見ただけで気に入った。駄目押しとなったのが、蔵である。

「元は坂本村の百姓が使ってたものですから、蔵が普請されております」

薬草を仕舞ったり、出来上がりの丸薬を納めておくのに、蔵はうってつけである。

物件を確かめた番頭は、手付けを払って仮押さえをした。

翌日、平右衛門は徳次郎を伴って仕舞屋をおとずれた。

「うちのために普請したようじゃないか」

上機嫌の平右衛門は、その日のうちに約定を結びたいと周旋屋に伝えた。

「お貸しするには、それなりの手順がございますもので」

浅草界隈の客を相手にしている周旋屋は、箱崎町には通じていなかった。それに加えて、賃料は月に四両二分の高額である。馴染みのない豊田屋に、それだけの賃料が払い続けられるかどうか、聞き込みが入用だった。

「うちを疑うようなら、この話はなしにすればいい」

徳次郎があごを突き出した。平右衛門はその口をたしなめるでもなく、息子の言い分にうなずいている。

気をわるくした周旋屋は、破談でもいいと言い出した。なんとか番頭が間を取り持って、約定が結ばれた。

黄丹丸が大当たりを取ったあとは、箱崎町の近所に新しい仕事場を構えた。浅草寺裏は豊田屋から遠すぎて、なにかと不便だからだ。

が、易者の見立てを大事にする平右衛門は、仕舞屋を借りたままにしていた。

「周旋屋は、豊田屋の息子には思うところがあるようでやして……」

芳三郎の名は、浅草でも知れ渡っている。周旋屋の手代は、渋ることなく仕舞屋のあらましを正助に話した。

「このまま、乗り込ませてくだせ」

怒りに燃え立つ尚平の目は、見取り図に釘付けになっていた。

二十二

三十畳もある座敷の真ん中で、顔を歪めた徳次郎がおゆきを見据えていた。

座敷は広いが、調度品はなにもない。この座敷は、かつては出来上がった黄丹丸を箱詰めするための仕事場に使っていた。

当時は三十畳の部屋一面が、木箱と紙箱で埋もれていた。毎日、数百の箱が運び込まれ、同じ数だけが運び出される。いかに黄丹丸がばか売れしたかを、三十畳もある部屋の広さが物語っていた。

いま座敷にいるのは、徳次郎とおゆきのふたりだけだ。部屋が広くて物がなにもないだけに、徳次郎の険しい顔が目立っていた。

「どうしたんですか、こんな昼間から」

おゆきが先に口を開いた。徳次郎の口元がさらに歪んだ。

「あたしに屋敷だとか顔だとかを平気で見せているということは、始末をしようというわけなんでしょうね」

おゆきは気負いのない物言いをした。が、口にしているのは尋常なことではない。おゆきは、胸のうちでそれなりに覚悟を決めているようだ。

「まったく、あんたも弥之助も、あたしにとっては疫病神《やくびょうがみ》だ」

顔つき同様、徳次郎の物言いも苦々しげだ。おゆきは顔色も変えず、そんな相手を静かな目で見詰めた。

「弥之助の口車に乗ったばかりに、しなくてもいい苦労をさせられている」

「それはお気の毒ですね」

「なんだ、その言い草は」

徳次郎が怒鳴り声をあげた。わずかなことでも、たちまち声を荒らげる。徳次郎は、なにごとによらず、我慢をするということをしつけられずに育っていた。

「あんたが、お軽という凄い技を持っているというから、あたしは弥之助の言い分を買って高いカネを払ったんだ」

腹立ちのあまりなのか、徳次郎はおゆきに向かって、自分の口から今回の次第を話し始めた。

半端者ではあっても、弥之助は渡世人の端くれである。おゆきに対しては、余計なことはなにひとつ話をしなかった。それゆえおゆきは、かどわかしの裏にどんな事情が潜んでいるのか、おぼろげな見当すらつけられずにいた。

「あんた、聞いてるのか」

「聞いていますとも」

おゆきは、わざと相手の怒りを煽《あお》り立てるような口調で応じた。

「聞いていますが、それでどうなるものでもありませんでしょう。どうせ、始末をされるんでしょうから」

「さっきからあんたは始末だ始末だと言ってるが、そんなに始末をされたいのか」

「ご冗談でしょう」

あなたごときに……心底から相手を見下したという意志を、おゆきは物言いに込めた。さらに怒りを煽り立てて、徳次郎の口をさらに軽くさせようと考えてのことである。

案の定、徳次郎の顔色が変わった。

「ご冗談でしょうとは、どういうことだ。あたしをコケにしようというのか」

「そんな気は、これっぱかりもありません」

「その物言いが、あたしをコケにしているじゃないか」

「あら、そうですか。気に障ったら、ごめんなさい」

「ふざけるんじゃない」

徳次郎のこめかみに、青い血筋が浮かんだ。怒りが抑えきれなくなったのだろう。膝元に置いてあったキセルを、皮袋に入れたまま、おゆきに投げつけた。

おゆきは上体をわずかに動かして、それをよけた。キセルは後ろの畳に落ちた。

「いまのいままで、あんたをどこかに放り出そうと思っていたが、もう勘弁できない」

望み通り、始末をしてやると息巻いた。

「お軽だか勘平《かんぺい》だかは知らないが、そんなことはもうどうでもいい。弥之助ともども、今日のうちに始末をつける」

徳次郎の口元が、怒りでわなわなと震えている。相手が気を昂《たか》ぶらせれば昂ぶらせるほど、おゆきの気持ちは落ち着いた。賭場で何度も修羅場《しゅらば》を潜り抜けたことで、おゆきはその息遣いを身につけていた。

「弥之助さんはどこに行ったんですか」

徳次郎の怒りには取り合わず、おゆきは静かな物言いで問いかけた。

「どこに行こうが、あんたの知ったことじゃない」

「あらそうですか……失礼しました」

おゆきは冷たい笑いを浮かべた目で、徳次郎を見詰めた。

「あたしはてっきり、あのひとはもういなくなったんだと思ってましたが……どうやら、そうではなさそうですね」

「なんだ、いなくなったとは」

「そちらさんが何度も口にしていた、強いお武家さんが、どうにかしたんだと思ってたものですから。あんなひとがどうされようが、あたしにはかかわりがありませんけど」

弥之助はいやな男。それが徳次郎に伝わるように、おゆきは吐き捨てるような物言いをした。

「はっきり言わせていただきますが」

おゆきは背筋を伸ばして、徳次郎を見据えた。いきなり物腰が変わったおゆきに、徳次郎は驚いたようだ。怒りを忘れたかのような顔で、おゆきの強い目を受け止めた。

「いつまでも蔵に閉じ込められて、かわやに行くのもままならないような目に遭わされ続けるのは、もうまっぴらです」

賭場で大勝負に臨むとき、おゆきは持てる力のすべてを両目に込めた。いま徳次郎に向けているのは、まさにその目つきである。

おゆきは命がけの勝負に出ていた。

「あたしをかどわかしたわけが、もしもお軽を見たいということなら、どうぞ捨ておいてください。たとえなぶり殺しの目に遭わされようとも、それを見せる気はありません」

おゆきは、きっぱりと言い切った。締め切った部屋には、隙間風も入ってはこない。それなのに、おゆきの物言いにつれて、部屋の気配が揺れた。

「どうしてそちらさんは、あたしをかどわかそうとしたんですか」

おゆきが強い語調で詰め寄った。

「あたしは坂本村で、一膳飯屋を商うただの女です。お断わりしておきますが、お軽を遣っていた当時とは別の女です」

それを承知で、こんな目に遭わせたのかとおゆきは訊いた。

「かどわかしたのは、わたしじゃない」

「手を下したのは、弥之助さんだと言いたいのかしら」

おゆきの口調が、元の冷たいものに戻っている。徳次郎は憮然《ぶぜん》とした顔で、返事もしなかった。

「たとえあのひとがやったことでも、裏で糸を引いたのはそちらさんではありませんか。あたしを攫《さら》ったところで、一文の得にもならないことは、弥之助さんだって分かっているはずです」

おゆきの物言いには、徳次郎に言いわけを挟ませる隙がない。徳次郎は口元を歪めたまま、話を聞いていた。

「おカネを出す者がいなければ、あのひとはなにもしません。あたしが知っている弥之助さんは随分と昔のことですが、ひとの卑《いや》しい性根は変わりませんから」

「だからといって、わたしがカネを払ってあんたをかどわかそうとしたわけじゃない」

おゆきから一方的に決めつけられたのが、腹に据えかねたのだろう。徳次郎は、一気にまくし立て始めた。

「弥之助は、あんたに恨みを抱いていた。そんなあんたと浅草で思いがけず出会ったものだから、あとをつけたんだ。あんたの連れにまで嫌がらせの手紙を出したそうだよ」

つまらない行き違いから、尚平との間に気まずい気配が流れた、あの夜。

青筋を立ててまくし立てている徳次郎の前で、おゆきは尚平を想っていた。

## 二十三

徳次郎は長火鉢の置かれた八畳間で、あれこれと思案を続けていた。

隣の三十畳間には、おゆきをひとりで座らせている。向き合って話すのが苦痛になり、徳次郎はそこから逃げ出してきたのだ。

なんだ、あのおゆきという女は。

向き合って話しているうちに、おゆきには底知れない凄味を感じた。それに怖さを覚えて、徳次郎は三十畳間から出てきた。

徳次郎はこれまで何度も、喧嘩騒ぎを引き起こしてきた。が、それはすぐ近くに用心棒の野田誠之輔《せいのすけ》が控えていると分かっていたからだ。

自分に腕力のないことだけは、わがまま放題に育った徳次郎にもわきまえがあった。

こども時分は、大男の手代が控えていた。その手代を後ろ盾《だて》にして、徳次郎はガキ大将まがいの座に座ることができた。

「あいつの目つきが気にいらない」

ひとことつぶやけば、手代が脅してその子を追い払った。薬種問屋を商ってはいても、徳次郎の家は、のれんを誇る老舗ではない。ゆえに遊び仲間は、近所の長屋のこどもたちである。

「徳ちゃん、あめだま買いに連れてってよ」

「冷や水を飲ませて」

「汁粉《しるこ》を食べたいから、屋台に行こうよ」

徳次郎がガキ大将を続けていられたのは、カネと、後ろに控えた大男の手代あってのことだった。

長じたあとも、徳次郎は腕力のある者を雇うことで、虚勢を張ってきた。いまは、蔵宿師の野田を用心棒に抱えている。

「相手と立ち合うことに異存はないが、卑怯な真似の助太刀は気が進まぬ。身勝手な揉《も》め事を起こすのは、ほどほどにいたせ」

野田はこれまで雇ってきた渡世人などとは異なり、カネを払えばなんでもやるという男ではなかった。月に五両という、法外な高値の手当てを野田は受け取った。しかし他の用心棒たちとは異なり、手当てをふところに仕舞うときの手つきに卑しさはみじんもなかった。

「先生の太刀さばきを、一度は見せていただきたいものです」

酔った勢いで、徳次郎は野田に軽い調子でからんだことがあった。

「おまえを相手に見せてもいい」

物静かな口調で言い切った野田は、徳次郎を正面から見据えた。太刀には手も触れていないのに、徳次郎は恐ろしさのあまりに小便をちびらせた。

それゆえに、指図には素直に従わない野田であっても、徳次郎は大事にしている。

さきほど向き合ったおゆきから、徳次郎は野田を女にしたような凄味を覚えた。

徳次郎がどれほど脅かしても、一向に言うことをきかない。蔵に閉じ込めて身の自由を奪っているのに、めげた様子もない。

そしてつい先刻は、凄まじい光を放つ目を見せられた。物言いは静かだが、目は徳次郎の喉元に食らいついていた。

弥之助の口車に乗ったのは、過ちだった。

おゆきと真正面から向き合ったことで、徳次郎はおのれの過ちを強く感じた。

そう思うにつけ、弥之助には強い腹立ちを覚えた。

あの男だけは許せない……。

弥之助への怒りが募《つの》り、またもやこめかみに血筋を浮かべた。

## 二十四

長火鉢には、炭火が熾きていた。種火を切らすなと、徳次郎は常から言いつけている。

仕舞屋の留守番役の権助《ごんすけ》は、知恵の回りはよくなかった。しかし徳次郎が一度言いつけたことは、やめろと言わない限りいつまでも守る男だ。

長火鉢に種火を絶やすな。

これを権助に言いつけたのは、去年の節分どきだった。すでに一年以上が過ぎていたし、夏も通り越していた。権助は言いつけを守り、夏場でもひたいに汗を浮かべつつ種火をいけていた。

長火鉢の引き出しから、徳次郎は一枚の昆布を取り出した。本郷《ほんごう》の大木屋《おおきや》まで権助を差し向けて買い求めた、分厚い板昆布である。

鋏《はさみ》でほどよい大きさに切ってから、徳次郎は板昆布を炭火にかざした。ぷちぷちと音を立てて、昆布の表面が焦げていく。

肌を焼かれるなかで、昆布はぷくっと膨れたり、焦げ目をつけたりと、さまざまに変化をする。

手ごろな焦げ目がついたところで、徳次郎は昆布をふたつに折った。パリッと音を立て、昆布が割れた。

炭火で焼いた板昆布は、徳次郎の大好物である。思えば弥之助と初めて口をきいたのも、昆布がきっかけだった。

昨天明七年の江戸は、正月から米が尋常ではない高値となった。一月四日には、大坂から一万石もの米が、江戸に向けて送り出されたほどだ。

春を過ぎても江戸の天候は定まらず、ひとはまたもやひどい飢饉《ききん》に襲われるのではないかと怯えた。

五月に入ると、江戸の方々で打毀《うちこわ》しが始まった。襲撃されるのは、蔵を持った米屋である。暴徒を恐れる米屋は、地元の貸元に頼み込んで、若い者を用心棒に回してもらった。

弥之助は、猿《ましら》の九蔵の宿に客分としてわらじを脱いでいた。九蔵は、弥之助の評判がよくないことは分かっていた。が、匕首を使わせると、弥之助はそれなりの技量を持っていた。配下の若い者を使いたくない荒事《あらごと》に、九蔵は都合よく弥之助を使っていた。

弥之助は弥之助で、賭場の客のなかで、ゼニのにおいがする者に近寄ろうとして待ち構えていた。

世間は打毀しだ、凶作だと大騒ぎである。しかしそんなことにはかかわりなく、昼間から賭場に出向いてきて遊ぶ客も少なくなかった。そんななかのひとりが、徳次郎だった。

ほぼ一日おきに、昼の賭場に顔を出す徳次郎を弥之助が放っておくわけがなかった。

「だれなんでえ、あの男は」

賭場の若い者に、徳次郎の素性を質《ただ》した。

「黄丹丸って、聞いたことはあるだろうよ」

「もちろんあるさ。近ごろ、ばか当たりをしているてえじゃねえか」

「あれは、黄丹丸の発売元の惣領息子さ」

「そうだったのか……」

舌なめずりをした弥之助は、すぐさま徳次郎のあれこれを洗い出した。

金儲けには、さほどに気を動かさない。

めずらしいもの、胸が高鳴るようなものを見るためなら、カネに糸目はつけない。

金遣いは荒っぽいが、見栄を張るための無駄なカネは遣わない。

およそこれらのことを調べ上げた弥之助は、賭場で徳次郎を待ち受けた。

夜の賭場は四ツ（午後十時）になると、客に夜食を供する。昼も遊ばせる九蔵の賭場では、八ツ（午後二時）に、いわゆる『おやつ』を供した。

そのおやつどきに、弥之助は板昆布を手にして徳次郎に近寄った。

「若旦那がお好きだとうかがいやしたもんで、上方から取り寄せやした」

弥之助が差し出したのは、蝦夷《えぞ》産の極上板昆布だった。上方料理のダシの元は、昆布と鰹節《かつおぶし》である。それゆえ大坂には、諸国から選《え》りすぐりの昆布が集まった。

弥之助が差し出した蝦夷昆布は、江戸の日本橋、尾張町、本郷の食材老舗でも手に入らない極上品だった。

弥之助が差し出した昆布は、下心あってのことだと徳次郎には分かっていた。が、九蔵一家の客分で、素性は知れている。ゆえに弥之助がぶら下げたエサに、徳次郎は安心して食いついた。

「吉原へ繰り出しやしょう」

た。

「洲崎《すさき》の大門通りに、おもしろい店ができやした」

徳次郎を案内して遊んでいるうちに、弥之助は九蔵の組から外に出ると言い出した。

「客分でいる限りは、よその賭場に若旦那を案内することができやせん。それだとどうにも不便でやすから」

弥之助の言い分に得心した徳次郎は、浅草寺裏手の仕舞屋を、自由に使っていいと申し渡した。

「寝泊り、出入りとも自由にやってくれ。権助のこしらえる飯でよければ、一緒に食べればいい」

徳次郎は弥之助を、居候《いそうろう》として受け入れた。浅草寺裏手の仕舞屋は、弥之助とはかかわりなく借りていた物件である。住人が弥之助ひとり増えたところで、格別のことはなかった。

浅草寺裏に暮らせることには、弥之助なりに恩義を感じていたのだろう。徳次郎が喜びそうなことを仕込んだり、うわさを拾い集めたりすることを弥之助はいとわなかった。

下田屋の手代敬太郎を騙《かた》りにかけたのは、徳次郎が漏らしたひとことが端緒《たんしょ》となった。

た。

「手代の分際なのに、あたしと同じ年格好だというんで妙に張り合うのがいてねえ。目障《めざわ》りで仕方がない」

徳次郎がぼそりとつぶやいたことを、弥之助は聞き逃さなかった。

「若旦那と張り合うなんざ、とんだ料簡《りょうけん》違いだ。きっちりと成敗《せいばい》しやしょう」

敬太郎を嵌《は》める絵図は、すべて弥之助が描いた。

徳次郎の店に集金にあらわれた敬太郎を、九蔵の賭場に引っ張り出す。すぐには勝負をさせず、女をあてがっていい気にさせる。

いざ勝負となったときは、賭場の出方《でかた》と壺振りに細工をしてもらう。

賭場は敬太郎から有り金そっくりを巻き上げられるのだ。わるい話ではなかった。

徳次郎は、金儲けがしたいわけではない。うっとうしい敬太郎が、賭場で煮え湯を呑まされれば、それで満足なのだ。

勝負に負けた敬太郎が、幽霊のような蒼い顔で賭場を出て行ったとき。

ここまでやっていいのかと、おのれの胸のうちで悔いた。それと同時に、ひとをここまで嵌めても胸の痛みを感じていない弥之助に、ざらりとした違和感を覚えた。

が、弥之助と一緒に暮らすわけではない。敬太郎を嵌めたあとは、少し隔たりをあけようと考えていた。

そんなとき、弥之助が目の色を変えておゆきの話を持ち込んできた。

「昔、いささかわけのあった女でやすが、滅法凄《めっぽう》いお軽という花札の技を使いやす。若旦那に披露《ひろう》させようてえんで、仕舞屋に連れてきやした」

徳次郎は、お軽がどんな技だかは知らなかった。が、弥之助が上気して話すほどに凄い技だと思うと、ぜひにも見たい気がした。

「仕舞屋にいるんなら、あたしもそこに行って見せてもらおう」

「ところが若旦那、お軽をやるにおいては、いささかわけがありやして……」

ここに至り、弥之助は初めておゆきをかどわかしてきたと白状した。

「かどわかしただとう」

徳次郎は声を裏返して驚いた。

「かどわかしは、役人に捕まったら死罪じゃないか。なんだって、そんなことを」

きつい口調で叱りつけたが、ことはすでに手遅れだった。おゆきは、仕舞屋の蔵に放り込まれていた。このさき、もしもおゆきが訴え出たりしたら、仕舞屋を借り受けている徳次郎は、ただでは済まなくなる。

「お軽さえ見せれば、あとは手出しをせずに解き放つからと言い聞かせて、おゆきを従わせるほかはねえでしょう。かどわかした仲間は口の固い連中です」

いいもわるいも、弥之助に任せるしかなかった。徳次郎はなにひとつ、指図をしたわけではなかった。が、行きがかりとはいえ、かどわかしの片棒を担いでしまった。

さらにわるいことに、おゆきの後ろには今戸の芳三郎という怖い貸元がついていると分かった。芳三郎に凄まれて、九蔵の組は震え上がったらしい。

芳三郎が動いていると分かったいまでは、弥之助も尻尾を巻いて逃げ出してしまった。すべての後始末は、徳次郎がつけるしかなくなっていた……。


「権助、ここにきてくれ」

小声で呼んだのだが、権助はまばたきする間もおかずに顔を出した。

「野田先生を、ここに呼んできてくれ」

「分かりましただ。すぐ行ってくるだで、ちょっくら待っててくだっせ」

五十路《いそじ》を迎えた権助だが、動きはまことに敏捷である。返事が終わる前に、すでに勝手口から外に出ていた。

なんでこんなことに……。

徳次郎は口を尖らせたあとで、大きなため息をついた。

隣の三十畳間では、おゆきも小さな吐息を漏らしていた。

## 二十五

仕舞屋の勝手口を見張っていた正助が、権助の外出を告げにきた。

「下男が出て行ったとなりゃあ、あとはだれが残ってるんでえ」

新太郎の問いに、答えられる者はいなかった。

「ことによると、おゆきさんと、薬屋のせがれだけかもしれやせん」

今戸の若い衆がぼそりと漏らした。いつもはおとなしい尚平の目が、怒りで燃え立った。

「いつまでも、ここにいても仕方がない」

芳三郎たちが仕舞屋の前に到着したのは、正午過ぎだった。かれこれ、半刻（一時間）近くも、戸口で張っている見当だ。

芳三郎に限らず、全員がしびれを切らしていた。

「おれたちは、正面から入る。まず、廊下の先の座敷に踏み込む」

芳三郎は尚平、新太郎を順に見た。修羅場をくぐってきた芳三郎だからこその勘なのか。ふたりはきっぱりと芳三郎にうなずき返した。

「おまえたちは念のため、庭の蔵を検分してから入ってこい」

「がってんでさ」

芳三郎に辞儀をしたあと、若い者たちは蔵に向かって駆け出した。

芳三郎、尚平、新太郎の三人が、仕舞屋の正面に残った。

「あんたら、心構えは大丈夫だな」

「でえじょうぶでさ。おめえはどうだ」

「いつでもいいだ」

尚平は気負いのない口調で返事をした。胸のうちに期する思いが強い分だけ、物言いはおとなしくなったのだろう。

仕舞屋の玄関の戸は、左右の開き戸だった。錠前はかかっておらず、権助の掃除が行き届いているのだろう。戸は、軽い力ですっと開いた。

なかに一歩を踏み込んだら、尚平の目つきが険しくなった。

「おい、尚平」

新太郎は、尚平のたもとを引いて立ち止まらせた。

「なんだ」

「薬屋のせがれを見つけても、手荒な真似をするんじゃねえぜ」

「手荒なとは、どんなことだ」

尚平の問い方には、棘《とげ》があった。新太郎は、肩をすぼめて吐息を吐き出した。

「そんなこたあ、訊くまでもねえだろうが」

「いや、分からね」

尚平は真顔である。よほどに怒りが胸のうちで煮えたぎっているのだろう。新太郎も、もちろん尚平の腹立ちは承知している。

「おめえが本気で相手を引っぱたいたら、薬屋のせがれは半殺しの目に遭うだろうよ。頼むから、殴るときには手加減してくれ」

分かったとも答えず、尚平はずんずんとなかに入って行った。

周旋屋から手にいれた、仕舞屋の見取り図の写しを尚平は手にしている。目の前の廊下の先の右側が、三十畳座敷の入口である。

尚平は息を詰めて、一気に廊下を歩いた。そして、三十畳間のふすまに手をかけた。

力を抜いて、軽くふすまを開いた。

おゆきが、両手を膝に載せて座っていた。

# 二十六

おゆきは、部屋の戸を開いた尚平を黙って見詰めた。言葉は無用だった。おゆきがだれを想って屈辱に耐えてきたかは、尚平を見詰める目にすべて描かれていた。

「すまね」

おゆきの前にあぐら組みで座り込んだ尚平は、両手を膝に載せてあたまを下げた。

「詫びなければならないのは、あたしのほうです」

おゆきは背筋を張って、尚平と向き合った。再会できて嬉しいはずだが、おゆきの顔はどこか苦しそうだった。

口のなかが乾いて、舌がうまく動かないのかもしれない。おゆきの唇は、いつもの潤いが失せて乾き気味だった。

「どうかしたか」

問いかける尚平の声が曇っている。おゆきは答えず、膝に置いた手を組み替えた。

「大変だったな」

尚平の背後から、芳三郎の声がした。おゆきは顔つきをあらためて、辞儀をした。

芳三郎はそれ以上の口をきかず、黙ったままおゆきの顔をつぶさに見詰めた。

「おい、やっこ」

芳三郎が、短いひと声を発した。すぐさま、若い者のひとりが三十畳間に飛び込んできた。芳三郎は若い者を呼び寄せ、小声で耳打ちをした。

「がってんでさ」

若い者はおゆきに近寄り、手を貸して立ち上がらせた。

「あっしについてきてくだせえ」

若い者がなにをしようとしているのか、おゆきはすぐに察した。立ち上がると、尚平と芳三郎に軽くあたまを下げてから部屋を出た。

「大した器量だ」

「おゆきさんが？」

尚平の問いに、芳三郎は軽くうなずいた。

「かどわかされてからいままで、あのひとは気丈《きじょう》に振舞っていたんだろう」

徳次郎や弥之助に頼みごとをしないために、幾つも我慢を重ねていた……芳三郎は、そう判じていた。

「おゆきさんの唇が乾いていた。きっと、喉が渇いていたはずだ」

「若い衆がおゆきさんを連れて出たのは、水を飲ませに?」

芳三郎は返事をしなかった。

おゆきはかわやに行きたいのだろうと、芳三郎はひと目で見抜いた。しかしそれをはっきりと口にしたら、尚平とおゆきの両方に恥をかかせることになる。

ゆえに若い者を呼び寄せて、すぐさまかわやへと連れて行かせたのだ。尚平はまだそのことに気づいていないが、芳三郎には思い違いを正す気は毛頭なかった。

「どこにもいやしねえ」

芳三郎と尚平が黙って向かい合っているところに、口を尖らせて新太郎が入ってきた。

「薬屋のばか息子のやろう、どこに隠れやがったんでえ」

おゆきが若い者に連れられてかわやに向かうところを、新太郎は見ていた。ゆえに部屋におゆきの姿がなくても、まるで気にしていない。それよりも、徳次郎を見つけられないことに苛立っていた。

「出口はすべて見張っているから、逃げ出すことはできない。慌てなくても、そのうち向こうから顔を出すだろう」

芳三郎の見立ては、片方では正しかった。さほどに間を置かず、徳次郎が三十畳間に顔を出した。ふすまを半分だけ開き、姿をのぞかせた。

「やろう、どこに隠れてやがったんでえ」

新太郎と尚平が、敏捷に立ち上がった。徳次郎は皮肉そうな笑いを顔に浮かべて、ふすまを一枚分開いた。

「うっ……」

新太郎と尚平が棒立ちになった。芳三郎の読みと違っていたのは、徳次郎がおゆきを引き連れていたことだ。

「若い者はどうした」

ゆっくりと立ち上がった芳三郎が、抑揚《よくよう》のない物言いで問いかけた。この口調で芳三郎が話すのは、胸のうちに怒りをたぎらせているときだ。

「おゆきさんを放せ」

芳三郎が低い声で徳次郎に指図をした。

「手もなくひねられるような者が、この女の用心棒とは笑わせてくれるじゃないか」

おゆきの右手を強く握ったまま、徳次郎があごを突き出した。

「そんな男を手下に抱えたあんたの指図など、ばかばかしくて聞いてられないね」

「そうか」

芳三郎の声が、ますます低くなった。両目は、いまにも徳次郎の喉元に食らいつきそうなほどに、怒りに燃えていた。

その目を見て、徳次郎にも芳三郎の凄味のほどが分かったようだ。口を閉じると、さらにふすまを大きく開いた。

二本を差した武家が立っていた。

二十七

正面の男を見て、新太郎と尚平が呆《ほう》けたような顔になった。

武家も驚きが隠しきれないようだった。

「その折りには世話になった」

武家が軽くあたまを下げた。

「世話になったって……野田先生は、この連中を知ってるというんですか」

「いや、名も知らぬ」

野田誠之輔は、目の底に怒りを宿して徳次郎を見た。

「その折り、せめて名前だけでも聞いておけばよかった」

野田は口惜《くや》しそうに唇を嚙んだ。そのさまを見て、新太郎が一歩前に踏み出した。

「おれの名は新太郎で、こっちは相肩の尚平でやす。おれも尚平も、深川の駕籠舁きでやしてね」

「さようか」

野田は両手を垂らして、新太郎の話に応じた。刀に手をかける気のないことを、真下に伸ばした両手が物語っていた。

「わしは野田誠之輔と申す。わけあって浪人をいたしておるが、元はさる大名の家臣でござった」

野田はいささかも卑しさを感じさせない物言いで、姓名を名乗った。

「そんな駕籠舁きを相手に、なんで先生は名乗ったりするんですか」

おゆきの右手を強く摑んだまま、徳次郎は野田に向かって目を吊り上げた。

「そんなことをしていないで、手っ取り早く峰《みね》打ちを食らわして成敗してください」

「成敗とは、このふたりの御仁《ごじん》をか」

「決まってるじゃないですか」

「なにゆえだ」

野田は両手を垂らしたまま、徳次郎に向かって一歩を詰めた。

「そんなことは、いまここで言うことじゃないでしょう」

気持ちを昂《たか》ぶらせた徳次郎は、ついおゆきの手を離して野田に向き合った。尚平がすぐさま動き、おゆきを引き寄せた。

人質が手許から離れて、徳次郎はつかの間、困惑顔になった。が、すぐさま表情を戻すと野田と向き合った。

「先生には、あたしの言う通りに動いてもらうために、手当てをはずんでいるんです。いまはつまらないことを言ってないで、駕籠舁きふたりを成敗してください」

手当て分はしっかりと働いてもらいますからと、言葉の追い討ちをかけた。

野田は徳次郎の毒に満ちた言葉を、一切気にとめていないようだ。無礼な物言いに怒るどころか、薄い笑いを浮かべて徳次郎を見た。

「そのほうから手当てなるものを受け取ったのは、まぎれもないことだ。受け取ったからには、手当て分の働きを示せというのも、それなりに筋は通っておる」

「当たり前じゃないですか」

徳次郎はさらに気を昂ぶらせた。

「払っただけの見返りを求めるのは、商人のイロハです。野田さんには、約束通りにしっかりと働いてもらわないと、算盤《そろばん》が合いませんから」

徳次郎は、もはや先生とは呼ばなくなっていた。

「わしが考えておったのも、まさしくそのことだ」

「なんですか、そのこととは」

「貴様が口にした、約束のことだ」

物静かだった野田の口調に、いきなり力が込められた。

「卑怯な真似の手伝いはせぬというのが、貴様と取り交わした約定だ。しかるに貴様は、新太郎氏《うじ》、尚平氏、さらにはこの女人《にょにん》に対し、卑劣千万な振舞いに及んでおろうが」

野田に正面から詰め寄られて、徳次郎は言葉に詰まった。野田の目が怒りで燃え立っている。まともには目を合わせられず、徳次郎は慌てて目を逸らした。

「主君の元を離れたとは申せ、わしは武家だ。町人の分際《ぶんざい》で武家をたばかるとは、不埒《ふらち》千万である。峰打ちなどとは言わず、この場において手討ちにいたす。そこに座れ」

野田は太刀の鯉口《こいぐち》を切り、徳次郎を膝元に座らせた。

「貴様を討ち果たしたのち、わしはそのほうの首を提げて、奉行所に出頭いたす」

へたり込んだ徳次郎を見下ろしたのち、野田は新太郎と尚平に向き直った。

「まことに手間をおかけいたすが、奉行所まで同行願いたい」

「がってんでさ」

新太郎は、ことさら神妙な顔を拵えて応じた。尚平は真顔でうなずいた。

「仔細を話せば、奉行所はわしの成敗を咎め立てはいたさぬ。放免されたのちは、弥之助なる者もかならず探し出して成敗いたす。そのほうひとりを冥土《めいど》には送らぬゆえ、こころ安んじて首を差し出せ」

野田が大音声《だいおんじょう》で一喝した。

徳次郎は白目を剝いて気を失った。

尚平は人目もはばからず、おゆきの手を握っている。おゆきもそっと、力を込めて握り返した。

## 二十八

「おめえ、正気でそんなことを言ってるのか」

新太郎が声を荒らげた。が、目に怒りの光はない。両目に宿されていたのは、呆れ返ったと言いたげな色だった。

「あたしからもお願いします」

尚平に寄り添うような形で、おゆきが言葉を添えた。

「おゆきさんまでが……」

新太郎から、あとの言葉が出なくなった。

「どうぞよろしくお願いします」

おゆきに言葉を重ねられた新太郎は、渋々ながらもうなずいた。

ほとんど眠ることもせず、おゆきの身を案じ、無事を願っていた尚平。相肩の姿を、新太郎は目の当たりにしてきた。

そのおゆきの身柄が、ようやく解き放たれたのだ。なにごともなしに。

いまこそ、ふたりだけで過ごせばいい。

熱い思いを語り合い、肌のぬくもりを確かめあうには、なによりのときだ……新太郎でなくても、相肩ならそう思っただろう。

ところが尚平は、一緒に坂本村までついてきてくれと言った。

「ばか言うんじゃねえ」

大声とともに、新太郎は突き放した。

ところが何度声を荒らげても、尚平は一緒に来てくれと言い続けた。

おめえ、正気かとまで、新太郎は大声で怒鳴りつけた。

尚平はまったく怯《ひる》まなかった。

怯まないどころか、途中からおゆきまでも一緒にきてほしいと言い始めた。

「このひとは、新太郎さんが近くにいないと落ち着かないんです」

真顔でおゆきに頼み込まれた新太郎は根負けしてうなずいた。


坂本村に向かうには、小高い丘を越えることになる。西に傾き始めた夕日は、丘の彼方に見えた。

赤味の強い光が、三人を照らしている。長い影が坂道に描かれていた。

「ひとつ山越しゃあ、よさほいのほおい〜」

農耕馬の手綱を引いた農夫が、丘の上から下ってきた。調子外れの唄を唄いながら。

新太郎の先を歩いているおゆきと尚平は、脇に寄って道を譲った。

ふたりは手をつないでいるわけでも、肩を寄せ合って歩いているわけでもない。後ろにいる新太郎を気遣い、尚平とおゆきは肩が触れないように丘を登っていた。

しかし影は正直である。

地べたに長く描かれた尚平とおゆきの影は、しっかりと寄り添い、手も重なりあっていた。

手綱を引く農夫は、唄を変えた。

「ひとの恋路を邪魔するやつはあ〜」

ブヒッ。

鼻を鳴らし、馬が合の手を入れた。

「馬に蹴られてよおお〜」

フフンッ。

凄まじい音を立てて、鼻息を新太郎に吹きかけた。

「やってらんねえ」

新太郎のつぶやきを、馬の鼻息が押しつぶした。

注・この作品は、平成十七年七月祥伝社より四六判として刊行されたものです。 ——編集部

# 解説——主人公の清冽《せいれつ》な生き様《ざま》は、深い感動を与えてくれる

文芸評論家　末國善己《すえくによしみ》

江戸《えど》開府当初、隅田川《すみだがわ》の東側には湿地帯が広がっていたが、慶長《けいちょう》年間（一五九六年～一六一五年）に深川八郎右衛門《ふかがわはちろうえもん》が開発を始めたことから、徳川家康《とくがわいえやす》に自分の名前を付けることを許され、深川と命名したという。

隅田川河口という交通の要衝《ようしょう》にあった深川は、米、油、干鰯《ほしか》などを扱う問屋町として栄えるが、寛永《かんえい》一八（一六四二）年の大火を機に、幕府が日本橋川《にほんばしがわ》周辺にあった材木商を深川に移転することを決めたこともあって、材木の町としても発展している。深川を象徴する木場《きば》は、元禄《げんろく》一四（一七〇一）年に幕府が九万坪を払い下げて誕生したものである。

隅田川の対岸にあることから「川向う」と呼ばれた深川は、富岡八幡《とみおかはちまん》の門前町だったことから風紀の取り締まりが緩《ゆる》く、花柳界が発展。粋《いき》と張りを売りにする深川の芸者衆（江戸城の辰巳《たつみ》の方角にあったことから辰巳芸者、あるいは羽織を着ていたこと

から羽織芸者とも呼ばれた）は、遊び慣れた通人に支持され、人情本にも描かれる江戸の人気者になっていた。また松尾芭蕉《まつおばしよう》、山東京伝《さんとうきようでん》、滝沢馬琴《たきざわばきん》といった文人墨客《ぼつかく》が居を構えた町でもあり、〃江戸っ子気質〃とは異なる〃深川気質〃とでも呼ぶべき独自の文化を育《はぐく》んでいたのである。

庶民の町として発展した深川は、これまでも多くの時代小説の舞台になってきたが、山本一力は最も深川を愛している作家の一人であろう。〈深川駕籠〉シリーズの第二弾となる本書『お神酒《みき》徳利』も、著者のホームグラウンド深川を舞台に、駕籠《かご》舁きの新太郎《しんたろう》と尚平《しようへい》が、仕事の最中に出くわす様々なトラブルを解決する人情ミステリーとなっている。

山本一力の深川ものは、ある作品の登場人物が別の作品に顔をのぞかせるなどゆるやかに繋《つな》がり、〃一力サーガ〃とでも呼ぶべき世界を作り上げているが、シリーズ化された作品は〈損料屋喜八郎《きはちろう》始末控え〉や〈深川黄表紙掛取り帖〉など、数えるほどしかない。二〇〇〇年一一月にスタートした〈深川駕籠〉は、現在も「小説ＮＯＮ」に連載されている人気シリーズなので、著者の思い入れの大きさが分かるのではないだろうか。

〈深川駕籠〉シリーズの面白《おもしろ》さは、時代小説や時代劇ではお馴染《なじ》みなのに、読者も詳しくは知らないであろう駕籠舁きをヒーローにしたことにある。江戸時代の駕籠舁きは、客との交渉で代金を決めていただけにトラブルが絶えなかった。中には目的地に到着した後に法外な料金をふっかける悪徳業者もいたようだ。宿場が雇う道中人足や強請《ゆす》りたかりを行う無頼漢を意味する「雲助《くもすけ》」という言葉が、駕籠舁きの蔑称となっていることからも、駕籠舁きの評判がどれほど悪かったのかが分かるだろう。

これに対して本書の主人公の新太郎と尚平は、どんな客を乗せても駕籠を揺らさず、しかもライバルよりも速く走る、という駕籠舁きとしての技術に磨《みが》きをかける一種の職人とされている。後棒《あとぼう》の新太郎は、老舗《しにせ》両替商の惣領《そうりよう》息子だったが勘当《かんどう》され、臥煙《がえん》（火消し）の纏《まとい》持ちをやっていたが、屋根から転落して高い所に登れなくなってしまった。一方、相肩《あいかた》の尚平は安房《あわ》勝浦《かつうら》の漁師の息子だったが、網元の息子を半殺しにして逐電《ちくでん》、本所《ほんじよ》の相撲部屋に入門するが、優しい性格もあって力士になるのを断念したという過去があった。

心に傷を負い、それを克服した二人は、他人の痛みが誰よりも理解できるだけに、弱い人たちを救うために奔走し、不正を働く者は相手が豪商であっても、武士であっても毅然《きぜん》として立ち向かう。義理と人情、男気にあふれた二人の周囲には、人別帖から外された新太郎と尚平の身許引受人であり、駕籠舁きの仕事を紹介した木兵衛店《きへえだな》の大家・木兵衛、江戸の北側を仕切る渡世人・恵比須《えびす》の芳三郎《よしさぶろう》、お軽《かる》（花札を配る時、手札を読み取るいかさま）を得意とする博徒だったが、今は足を洗い、坂本村《さかもとむら》の一膳飯屋で働くおゆきといった同じ志《こころざし》を持った仲間が集まりファミリーを作っている。新太郎と尚平が仲間たちと悪に立ち向かう物語は、読んでいるだけで心地よく、爽快な気分にさせてくれるはずだ。

ここで本書の収録作を、順に見ていきたい。まず巻頭の「紅蓮退治」は、火事を知らせる半鐘《はんしょう》が打たれたのに、煙が見えないという奇妙な出来事が発端となる。木造家屋が密集していた江戸では、小さな火事でも大惨事になるため、上は将軍から下は長屋のおかみさんまで火の始末には注意していた。火の扱いに神経質な江戸庶民にとって、いたずらで半鐘を慣らすことは絶対に許せない行為。特に新太郎は元臥煙だけに犯人への怒りが大きく、何が何でも捕まえてやろうと意気込むが、その最中に火事が発生してしまう。町火消しと大名火消しの違いや、江戸の消火活動の実態が活写されているのも楽しく、火消したちが命をかけて火事と戦うクライマックスでは、圧倒的なスペクタクルが堪能できる。

続く「紺がすり」は、新太郎と尚平が大家の木兵衛を入谷《いりや》に運ぶ途中で、行き倒れになった母子を救う場面から始まる。その帰り道、煮売り屋に立ち寄った二人は、先客が木場から材木を盗むことを計画しているらしいことに気付く。売れば大金になるものの、重く輸送も難しい大木を盗み出す方法が分からないまま、二人は事件を未然に防ごうとするが、犯人の計画は二人の推理を遥かに超える悪辣《あくらつ》なものだった。一見すると無関係に思えるエピソードがパズルのピースのように集まり、巨大な陰謀を浮かび上がらせるのでミステリー色が濃厚で、どんでん返しが連続する後半の驚きとスピード感は圧倒的である。

そして最終話「お神酒《みき》徳利」では、尚平の恋人おゆきが誘拐されてしまう。事件には、「今戸《いまど》のお軽」の異名で呼ばれていた博徒時代のおゆきの過去が関係しているらしい。おゆきをどのように救出するのかというサスペンスはもちろん、二人の恋の行方がどうなるのかも緊張感を盛り上げてくれるので、謎解きと恋愛の結び付きも鮮やかである。

このように本書では、新太郎と尚平の奮闘によって、深川庶民を危険にさらす悪人の正体が次々と明かされていく。これが従来の人情時代ミステリーなら、豪商や武士、ヤクザ者が悪人とされ、庶民は強い力を持つ者に虐《しいた》げられるだけの善人とされるところだが、一力作品では、必ずしも大商人や博徒が悪人とはされていないのだ。

例えば、ある商人が革新的なアイディアで顧客の心を摑み、大成功をしたとする。

それが自分の才覚と努力で勝ち取った成功なら、どれだけ大金を得ようと、著者はその商人を評価する。その一方で、法には触れてはいないものの倫理からは外れている小狡《こずる》い方法で金を稼いだり、莫大《ばくだい》な利益で私腹だけを肥《こ》やし、社会に還元しないような商人は徹底的に糾弾《きゅうだん》される。つまり自分を律する厳しいルールを持ち、〝筋目《すじめ》〟を重んじる人物だけを、著者はヒーローにしているのである。大商人や大身の旗本でも〝筋目〟の正しい人物もいれば、長屋暮らしの住人にも小悪党はいる。自分の仕切る賭場ではいかさまを禁じ、堅気《かたぎ》には絶対に迷惑をかけない任俠《にんきよう》道を貫《つらぬ》く芳三郎を善玉とし、手代《てだい》の働きの上にあぐらをかいて道楽に明け暮れる「お神酒徳利」に出てくる薬種《やくしゅ》問屋・豊田《とよた》屋を批判的に描いているのも、〝筋目〟を通すか否《いな》かに肩書きや職業は関係ないことを示すためなのである。

バブル崩壊後の不況を乗り切るため、日本は弱肉強食のアメリカ型の市場原理主義を導入した。その結果、景気が上向いたことは確かだが、一般庶民には好景気が実感できない格差社会を作り出してしまった。金を稼ぐことが成功であり、勝利と考える社会は、大量の非正規社員を雇ってコスト削減をする大企業や、バブル崩壊の痛手を忘れたかのように投機に走る庶民を生み出した。このような時代に、何よりも〝筋目〟を重んじる新太郎と尚平の清冽《せいれつ》な生き様《ざま》を描いたのは、金を稼ぐためなら手段を選ぶ必要はない、という現代の風潮を批判するためだったのではないだろうか。

清貧は尊《たっと》い、といったステレオタイプなテーマを描くのではなく、現代人に共感できる問題を掘り下げたからこそ、本書は深い感動を与えてくれるのである。そして、〝筋目〟を通すヒーローと、小狡く立ち回るヒールとのコントラストには、これを機に自分の人生を見直して欲しい、という著者の思いが込められているように思えてならない。

一〇〇字書評

お神酒徳利

切・り・取・り・線

| 購買動機（新聞、雑誌名を記入するか、あるいは○をつけてください） | |
|---|---|
| □（　　　　　　）の広告を見て | |
| □（　　　　　　）の書評を見て | |
| □ 知人のすすめで | □ タイトルに惹かれて |
| □ カバーが良かったから | □ 内容が面白そうだから |
| □ 好きな作家だから | □ 好きな分野の本だから |

・最近、最も感銘を受けた作品名をお書き下さい

・あなたのお好きな作家名をお書き下さい

・その他、ご要望がありましたらお書き下さい

| 住所 | 〒 | | | | |
|---|---|---|---|---|---|
| 氏名 | | 職業 | | 年齢 | |
| Eメール | ※携帯には配信できません | 新刊情報等のメール配信を 希望する・しない | | | |

この本の感想を、編集部までお寄せいただけたらありがたく存じます。今後の企画の参考にさせていただきます。Eメールでも結構です。

いただいた「一〇〇字書評」は、新聞・雑誌等に紹介させていただくことがあります。その場合はお礼として特製図書カードを差し上げます。

前ページの原稿用紙に書評をお書きの上、切り取り、左記までお送り下さい。宛先の住所は不要です。

なお、ご記入いただいたお名前、ご住所等は、書評紹介の事前了解、謝礼のお届けのためだけに利用し、そのほかの目的のために利用することはありません。

〒一〇一 - 八七〇一
祥伝社文庫編集長　清水寿明
電話　〇三（三二六五）二〇八〇

祥伝社ホームページの「ブックレビュー」からも、書き込めます。

www.shodensha.co.jp/
bookreview

祥伝社文庫

# お神酒《みき》徳利《どつくり》

平成20年9月10日　初版第1刷発行
令和7年8月5日　第8刷発行

著者　山本一力《やまもといちりき》

発行者　辻　浩明

発行所　祥伝社《しょうでんしゃ》
東京都千代田区神田神保町3-3
〒101-8701
電話　03（3265）2081（販売）
電話　03（3265）2080（編集）
電話　03（3265）3622（製作）
www.shodensha.co.jp

印刷所　萩原印刷
製本所　ナショナル製本



Printed in Japan ©2008, Ichiriki Yamamoto ISBN978-4-396-33453-6 C0193